A MAIOR CONQUISTA DE UM HOMEM

JOHN O'FARRELL

A MAIOR CONQUISTA DE UM HOMEM

Tradução de
LUCIANA VILLAS-BOAS

Revisão técnica de
RODRIGO ABREU (*Gordinho*)

EDITORA RECORD
RIO DE JANEIRO • SÃO PAULO
2006

CIP-Brasil. Catalogação-na-fonte
Sindicato Nacional dos Editores de Livros, RJ.

O27m O'Farrell, John
A maior conquista de um homem / John O'Farrell; tradução Luciana Villas-Boas. – Rio de Janeiro: Record, 2006.

Tradução de: The best a man can get
ISBN 85-01-06797-0

1. Pais – Ficção. I. Villas-Boas, Luciana. II. Título.

06-3053

CDD – 823
CDU – 821.111-3

Título original em inglês:
THE BEST A MAN CAN GET

Copyright © 2000 by John O'Farrell

Composição: Glenda Rubinstein

Todos os direitos reservados. Proibida a reprodução, no todo ou em parte, através de quaisquer meios.

Direitos exclusivos de publicação em língua portuguesa no Brasil adquiridos pela
EDITORA RECORD LTDA.
Rua Argentina 171 – Rio de Janeiro, RJ – 20921-380 –Tel.: 2585-2000 que se reserva a propriedade literária desta tradução

Impresso no Brasil

ISBN 85-01-06797-0

PEDIDOS PELO REEMBOLSO POSTAL
Caixa Postal 23.052
Rio de Janeiro, RJ – 20922-970

EDITORA AFILIADA

Para Jackie, com amor

Agradecimentos

Obrigado a Georgia Garrett, Bill Scott-Kerr,
Mark Burton, Simon Davidson e Charlie Dawson

capítulo um

a maior conquista de um homem

Achei difícil trabalhar horas a fio quando fui meu próprio chefe. O chefe tinha a mania de me dar a tarde de folga. Às vezes, dava a manhã também. Às vezes dizia: "Olhe, você trabalhou muito hoje, por que não tira um bem merecido descanso amanhã?" Se dormia demais, ele nunca me ligava para saber onde eu estava; se me atrasava para me sentar à minha escrivaninha, ele também só aparecia exatamente na mesma hora; qualquer desculpa que eu inventasse, sempre acreditava. Ser meu próprio chefe foi genial. Ser meu próprio empregado foi um desastre, mas nunca pensei nesse lado da equação.

Naquele dia em particular, fui acordado pelo barulho de crianças. Sabia por experiência que devia ser antes das 9:00 da manhã, quando os estudantes começavam a chegar para a escola pela minha rua, ou em torno de 11:15, hora do recreio. Rolei na cama para olhar o relógio e os pequenos números do meu rádio-despertador me informaram que eram 1:24. Hora do almoço. Eu dormira por 14 horas seguidas, um recorde histórico.

Eu o chamava de meu rádio-despertador, mas na verdade tratava-se simplesmente de um relógio grande e impertinente. Desistira de usar a função do rádio-despertador havia muito tempo, quando dei para acordar de manhã cedo com o pau duro ao som do noticiário sobre o alastramento da fome no Sudão ou a extração do dente de siso da princesa Anne. Impressionante como uma ereção acaba rapidamente. De qualquer maneira, despertadores são para gente que tem algo a fazer mais importante do que dormir; e esse era um conceito que eu tinha dificuldade de entender. Havia dias em que acordava, decidia que não valia a pena me vestir e aí ficava na cama até, bem, até a hora de ir para a cama. Mas não era um ficar na cama apático, qual-o-sentido-de-me-levantar. Era um ficar na cama positivo, um ficar na cama estilo-de-vida. Decidi que tempo de lazer devia significar lazer autêntico. Se me coubesse escolher, não haveria nada no Centro de Lazer de Balham além de fileiras de camas com todos os jornais dominicais espalhados em volta.

Meu quarto evoluíra de tal forma que eu reduzira ao mínimo absoluto a necessidade de me levantar da cama. Em vez de mesinha-de-cabeceira, havia um minibar, que tinha sempre leite, pão e manteiga. Em cima do minibar, uma chaleira elétrica, que brigava por espaço com uma bandeja cheia de canecas, uma caixa de chá em saquinhos, uma seleta de cereais para o café-da-manhã, uma torradeira e um benjamim com as tomadas lotadas. Liguei a chaleira e botei uma fatia de pão na torradeira. Estiquei o braço para pegar o jornal do dia e levei um pequeno susto quando um chaveiro escorregou do minibar e bateu no chão. Então lembrei que na verdade não dormira por 14 horas seguidas; aconteceu uma conversa vaga mas desagradável muito cedo de manhã. Pelo que eu recordava, tinha sido alguma coisa assim:

— Desculpe, cara.

— O quê? — respondi debaixo do edredom.

— Desculpe, cara. Sou eu. O jornaleiro — disse a voz engasgada de um adolescente um pouco tenso.

— O que você quer?

— Mamãe diz que não estou mais autorizado a entregar o jornal ao pé da sua cama.

— Por que não? — resmunguei, sem me levantar.

— Ela diz que é esquisito. Por pouco não liga para o disquedenúncia de proteção ao menor.

— Que horas são?

— Sete horas. Contei que você me paga duas libras a mais por semana para eu trazer o jornal aqui em cima. Mas ela diz que é esquisito e que só me dá autorização para empurrar o jornal dentro da caixa de correio, como faço com todo mundo. Vou deixar as chaves da porta da frente aqui.

Se algo mais foi dito depois disso, não me lembro. Deve ter sido nesse momento que adormeci de novo. O barulho das chaves me trouxe de volta o diálogo como um sonho confuso. E, enquanto folheava o jornal pelas matérias de guerra, crime e desastre ambiental, fiquei deprimido. Hoje foi meu último dia com direito a jornal ao pé da cama.

Uma fatia de pão levemente tostado pulou da torradeira e a chaleira desligou sozinha. A manteiga e o leite ficavam na prateleira superior do minibar, de forma que podia alcançá-los sem sair da cama. Logo que comprei o minibar e o coloquei em meu quarto, tive de me ajoelhar em mortificada descrença. A porta do minibar abria do lado errado, da cama eu não alcançava o puxador. Tentei botar o minibar de cabeça para baixo, mas ficou meio estranho. Tentei botá-lo do outro lado da cama, mas aí tive que tirar meus teclados e minha mesa de mixagem e todas as outras peças de meu equipamento musical, que enchem meu quarto-estúdio. Depois de muitas horas arrastando mobília para diferentes lugares do quarto, finalmente encontrei uma arrumação que me permitia tirar confortavelmente as coisas do minibar, fazer o café-da-manhã, atender ao telefone e ver televisão sem ter de me cansar me levantando da cama. Se a Boots tivesse à venda um kit de faça você mesmo o seu cateter, eu seria o primeiro comprador.

Melhor do que café na cama só café na cama à hora do almoço. Há nisso uma decadência que dá à torrada com manteiga um sabor de manjar dos deuses. Provei meu chá e, com um de meus inúmeros controles remotos, liguei a televisão ainda a tempo de pegar o começo de um de meus filmes favoritos, *Se meu apartamento falasse*, de Billy Wilder. Vou assistir só uns minutinhos, pensei comigo mesmo enquanto arrumava os travesseiros. Só aquele pedaço em que ele está trabalhando em uma imensa agência de seguros com centenas de outras pessoas fazendo exatamente o mesmo trabalho monótono. Quarenta minutos mais tarde, meu celular arrancou-me de meu estado de transe hipnótico. Tirei o som da televisão e removi o celular do carregador de bateria.

– Alô, Michael, aqui é Hugo Harrison, da DD&G. Estou telefonando apenas para confirmar, caso tenha esquecido, que você disse que provavelmente poderia nos entregar sua música até o fim da tarde de hoje.

– Esquecido? Você está brincando? Trabalho nela o tempo todo. Agora mesmo estou no estúdio.

– Você acha que vai conseguir entregar em tempo?

– Alguma vez não cumpri meus prazos? Estou apenas fazendo uma remixagem, para você ter isso na mão até as 5:00.

– Está bem – mas Hugo pareceu desapontado. – Não haveria chance de me entregar antes? Porque vamos ficar aqui matando o tempo até a hora de fazer a sonorização.

– Bem, vou tentar. Sinceramente, eu ia sair para comer alguma coisa, mas vou continuar trabalhando, já que vocês têm tanta urgência.

– Obrigado, Michael. Muito legal. A gente se fala mais tarde.

Desliguei meu celular, deitei na cama e assisti a *Se meu apartamento falasse* até o final.

O que não disse a Hugo da DD&G era que na verdade completara minha composição quatro dias antes, mas, quando alguém lhe paga mil libras por um trabalho, você não pode entregar o material dois dias depois da encomenda. Eles têm que sentir que estão tendo o retorno do investimento. No meu caso, podiam até achar que queriam aquilo o mais rápido possível, mas eu sabia que apreciariam e curtiriam muito mais se o trabalho tivesse me custado uma semana.

O slogan que a agência ia pôr sobre minha música era: "O sedã que pensa que é carro esporte." Então fiz uma introdução arrastada e fácil de pegar que se transformava no som estridente de uma guitarra elétrica. Carro sedã, carro esporte. Som banal para as vidas enfadonhas de todos esses motoristas de sedã na faixa dos trinta, e guitarra elétrica para as vidas animadas e excitantes que eles começam a perceber que acabou para sempre. Hugo achou essa idéia genial quando a apresentei. Tanto que logo falava dela como se fosse dele.

Em geral, concluía meus trabalhos assim que recebia a encomenda, depois ligava para o cliente a intervalos regulares para dizer:

— Olhe, fiz um negócio aqui que estou curtindo muito, mas está só com 13 segundos. Precisa ter exatamente 15 segundos?

E eles diriam:

— Bem, se você diz que está tão bom, talvez devêssemos ouvir. Mas não é possível esticar para 15? Diminuindo o ritmo, por exemplo?

— Diminuindo o ritmo? O que você quer dizer com isso?

— Não sei. Não sou compositor.

Então fingia ter descoberto uma solução, e o cliente desligava com a segurança de que eu continuava imerso no trabalho e feliz porque contribuíra para a sua conclusão. E o tempo todo havia um jingle pronto, com 15 segundos, em uma DAT em meu estúdio. Sempre que entreguei rapidamente um trabalho, a reação inicial foi apática, e dias mais tarde ligavam de novo para pedir uma alteração. Aprendi que era muito melhor entregar na última hora, quando eles já não tinham outra escolha senão decidir que o trabalho estava genial.

Eu me convencera de que fazia, na verdade, mais ou menos o mesmo volume de trabalho que faz a maioria dos homens na minha idade, ou seja, duas ou três horas por dia. Mas estava decidido a não desperdiçar o resto de minha vida *fingindo* que trabalhava, passando do jogo de paciência para a proteção de tela do computador, ou mudando de repente o tom da conversa pessoal ao telefone quando o diretor executivo entrava na sala. Pelo que ouvia dos meus contemporâneos, havia muito emprego onde as pessoas chegavam pela manhã, conversavam por uma hora ou duas, faziam algum trabalho realmente útil das 11 até o almoço, voltavam à tarde, enviavam um e-mail estúpido para o Gary na contabilidade, antes de passarem o resto do dia em uma concentração aparentemente total enquanto faziam o download da imagem de um transexual pelado em http://www.peitosepintos.com.

O filme foi interrompido por comerciais e não pude evitar um interesse profissional na música que empregavam. O jingle da Gillette afirmava que sua nova lâmina dupla com engaste giratório e fio lubrificante era "a maior conquista de um homem". Considerei que era uma afirmação um bocado radical quando o que estava em questão era um barbeador descartável. Uma Ferrari nova ou uma noite na cama com Pamela Anderson talvez tivessem esse significado para a maioria dos homens, mas, segundo o cantor do comercial, não, basta dar a ele uma boa barba que está bom. Aí voltou *Se meu apartamento falasse* e pensei: Não, isso é a maior conquista de um homem – passar a tarde quentinho e aconchegado, assistindo a um grande filme na televisão com chá e torrada e nada para se preocupar.

Quando as pessoas me perguntavam o que eu fazia, normalmente resmungava que "mexia com publicidade". Antes dizia que era compositor ou músico, mas vi que provocava uma fascinação não justificada quando descobriam que isso significava escrever a música do comercial do Mr. Gearbox da Rádio Capital. Eu era um compositor de jingles free lance (embora outras pessoas do meio fossem pretensiosas demais para chamar aquelas musiquinhas de jingles), trabalhando na base do mercado free lance de composição de jingles. Se o homem que compunha "Gillette! A maior conquista de um homem" representava o equivalente publicitário de Paul McCartney, eu era o baterista da banda que ficou em quinto lugar no Festival Canção da Europa do ano passado.

As pessoas sempre presumem que rola muito dinheiro em publicidade, mas eu começava a pressentir que jamais faria uma fortuna escrevendo jingles de rádio de vinte segundos, mesmo se me decidisse a trabalhar oito horas por dia.

Houve uma época em minha vida em que realmente acreditei que seria um astro de rock milionário. Quando saí da faculdade, voltei para minha cidade natal e formei um grupo que tocava em pubs e bailes de verão da universidade. Você pode dizer que me falta modéstia, mas, honestamente, houve um momento no fim dos anos 80 em que éramos a maior banda de Godalming. Tudo foi por terra quando nosso baterista deixou o grupo devido a "diferenças musicais". Nós éramos musicais, ele não era. Apesar de ser o mais desqualificado baterista que já ouvi, virara o membro mais importante da banda porque era o dono da van. Eu achava que era impossível carregar amplificadores em um patinete. Depois desse auge na carreira, continuei gravando músicas e tentando formar bandas, mas agora tudo que tinha para mostrar daqueles anos era uma caixa de fitas demo e uma preciosa cópia de meu flexi-disc.*

Saí da cama e pus essa faixa para tocar de novo enquanto me vestia. Ainda tinha orgulho dela e nunca consegui perdoar o radialista John Peel** por dizer que eles não tocavam flexi-discs. O trajeto para meu local de trabalho envolvia andar de

---

* Flexi-disc é um pequeno disco de vinil, muito utilizado no passado como brinde em revistas e promoções comerciais. Mais barato que o disco convencional, era usado por novos artistas para gravar faixas de divulgação. No entanto, o advento do CD somado à fragilidade do flexi-disc tornaram o pequeno disco um artigo de colecionador. (*N. do R. T.*)

** O radialista inglês John Peel (1939-2004) manteve por mais de quatro décadas um programa na Radio 1, da BBC. Foi um dos primeiros Djs a tocar punk rock e reggae nas rádios britânicas. (*N. da T.*)

um lado da cama para outro. Antes de começar, em geral, preferia converter aquele espaço de quarto de dormir em estúdio, o que significava transformar minha cama de volta em sofá e remover meias e cuecas que porventura houvesse deixado sobre os teclados. Além de meu Roland XP-60, o lado estúdio de gravação do meu quarto tinha um computador, uma mesa de mixagem de dezoito canais, um sampler, uma unidade de reverb, uma midi box, vários módulos de som, amplificadores e toca-fitas e, atrás disso tudo, cerca de 13 quilômetros de cabos entrelaçados. Se você não conhecesse rigorosamente nada de música, imagino que essa tralha toda podia impressionar, mas a realidade era muito mais caótica. Quanto mais equipamento comprava, mais tempo eu perdia para eliminar um zunido misterioso que tornava impossível a realização de qualquer trabalho. Normalmente, confiava em meus teclados, com seu módulo de som embutido, e meu sampler de vários talentos, capaz de dar uma pancada corajosa no ruído produzido pela maior parte dos instrumentos musicais. Embora parecesse exibir a última palavra em tecnologia, aquele material todo já devia ter uns oito anos, ou teria quando eu aprendesse a utilizá-lo. Porque nunca me dei ao trabalho de ler os manuais, era como o proprietário de uma Ferrari que só engrena a primeira marcha.

Arrastei-me até o banheiro e me olhei no espelho. Durante a noite, os fios grisalhos nas laterais de minha cabeça abriram caminho para o alto, e uma mecha inteira de cabelo sobre minhas orelhas ganhara um brilho prateado. Os fios da variedade grisalha eram mais grossos e fortes do que os finos cabelos escuros aos quais estavam gradualmente substituindo. Os grisalhos ainda eram minoria, mas eu sabia que, como os esquilos daquela mesma cor deprimente, uma vez que tomassem pé conseguiriam afinal empurrar para a beira da extinção todo o cabelo nativo, com talvez umas duas colônias de criação remanescentes em cada sobrancelha e em poucos fios pretos que seriam flagrados pulando para fora de minhas narinas. Na lateral de meu nariz, um cravo amarelo amadurecera e foi habilmente espremido com a destreza que vem de vinte anos de prática. Na minha adolescência, acreditei haver uma era de ouro na vida quando os cravos acabam e o cabelo ainda não começou a ficar grisalho. Agora percebia minha ingenuidade; com pouco mais de trinta anos, já passara do meu apogeu físico. Parece que o verão começou há poucos dias, e você já percebe as noites se alongando.

Em torno das 4:00, finalmente adentrei na sala, onde Jim passara os últimos dois anos pesquisando para seu Ph.D. Hoje isso envolvia jogar Tomb Raider no videogame com Simon. Ambos conseguiram resmungar "oi" para mim, mas como nenhum dos dois se dera ao trabalho de tirar os olhos da tela, eu poderia muito bem ser o monstro da lagoa negra andando sorrateiramente por trás deles até a cozinha com a chaleira. Jim e Simon pareciam desenhos de "antes" e "depois" do *Atlas Charles de musculação*. Jim era alto e musculoso, com a aparência saudável de um menino que esquia durante todo o inverno desde os cinco anos de idade. Simon era magrelo, pálido e desajeitado. Se o videogame fosse um pouco mais realista, Lara Croft falaria na tela – "pare de olhar meus peitos, seu canalhinha" –, empurrando-o do sofá. Ele tinha uma promissora carreira servindo cerveja em copos de plástico aos estudantes da universidade onde se diplomara fazia pouco tempo. Conseguira o emprego no dia em que saíra da faculdade e esperava ganhar o dinheiro necessário para pagar as dívidas contraídas do outro lado do balcão.

Naquele momento, a porta da frente bateu, e Paul chegou de volta à casa, jogando uma pilha de velhos livros de exercícios na mesa da cozinha com um suspiro martirizado, que tinha a intenção óbvia de provocar perguntas sobre o que acontecera com ele. Conseqüentemente, ninguém perguntou nada.

– Oh, meu Deus – disse Paul, mas ainda assim nos recusamos a morder a isca.

Ele pôs de volta uma caixa de leite na geladeira e colheu na pia dois saquinhos de chá usados, falando baixo consigo mesmo. Seus suspiros não somente anunciavam irritação porque todo mundo deixava tudo desarrumado, como também raiva de ser ele a ter que fazer a limpeza depois de um dia inteiro de aulas. Era como se estivesse dando a entender que o trabalho noturno de Simon, ou o Ph.D. de Jim, ou minha música nos teclados fossem trabalhos de alguma forma menos exigentes. O fato de que isso fosse verdade não tem absolutamente nada a ver.

Nós quatro dividíamos esse espaço havia já dois anos. Nenhum deles me conhecia quando entrei para ocupar meu quarto, e por inúmeras razões eu preferia assim. O apartamento podia gabar-se de uma vista esplendorosa para a Balham High Road e ficava convenientemente localizado sobre uma lojinha aonde podíamos descer a qualquer hora do dia ou da noite para comprar comida árabe. Mas não se tratava do apartamento velho e desleixado que se espera de um lugar onde chafurdam quatro homens; havia um rigoroso rodízio de faxina, pelo qual nos revezávamos para deixar todo o trabalho para Paul.

Paul pôs de volta na manteigueira o que sobrara de um naco de manteiga e embrulhou cuidadosamente a caixa vazia com papel laminado antes de jogá-la no lixo. Uma vez que falar para todo mundo na sala não lhe rendeu um mínimo de atenção, tentou dirigir-se a alguém especificamente.

– Michael, como foi seu dia?

– Uma merda – respondi.

– Mas o que aconteceu? – retrucou, genuinamente preocupado.

– O bostinha do jornaleiro me acordou às sete da manhã para me dizer que não vai mais entregar o jornal ao pé da cama. Diz que a mãe acha esquisito. Lembro perfeitamente de falar, quando negociamos esse arranjo, que era melhor que não comentasse com os pais.

Houve uma pausa.

– Não. *Eu* contei à mãe dele – confessou Paul com o ar desafiador de um homem que vem se preparando para esse confronto.

– Você?! Por que diabos fez isso?

– Bem, para começar, não sou especialmente fã da idéia de você entregar as chaves da porta da frente de nosso apartamento para um delinqüente de 13 anos.

– Ele não é um delinqüente.

– É um delinqüente, e você quer saber como tenho certeza disso? Porque dou aula para ele. Troy está na minha turma. E anteontem, às 7:00 da manhã, saí do banheiro com a bunda de fora para dar de cara com Troy de pé no corredor olhando para mim.

Nesse momento, Jim deu uma gargalhada tal que teve de cuspir o chá de volta na caneca.

– O que você falou?

– Bem, eu disse "oi, Troy".

– O que ele disse?

– Disse "oi, professor Hitchcock". Ficou meio perturbado, para dizer a verdade. Foi muito azar de sua parte também, há alguns dias ele vinha me evitando porque me deve um trabalho sobre o personagem de Piggy em *O senhor das moscas*. Acho que por um momento pensou que invadi esta casa às sete da manhã, sem roupa, só para cobrar a redação dele.

Eu ainda estava irritado.

– Então você deu de cara com ele no corredor. E daí? Precisava falar com a mãe?

– Sou o professor dele. Isso não é legal, né? MENINO VISITA APARTAMENTO DE PROFESSOR NU ANTES DAS AULAS. Além disso, não quero ter de dizer a minha turma que a pronúncia correta do meu nome é Hitchcock, não Titchy-cock.*

---

* Trocadilho, "pau pequeno", "pintinho". *Tit* é uma espécie de passarinho. (*N. da T.*)

A essa altura, o chá de Jim tinha sido cuspido tantas vezes que não dava mais para tomar.

– Então na reunião de pais de ontem à noite – Paul continuou – disse à mãe que o filho dela tinha a chave do meu apartamento e que na manhã anterior ele me vira pelado.

– Decerto, não foi a melhor maneira de colocar as coisas.

– Bem, diante da reação dela, vi logo que devia ter formulado a frase de outra maneira. A mulher pirou e começou a me bater com o sapato. Só me largou quando foi puxada pelo vice-diretor.

Paul ficou magoado por se ver de repente como objeto involuntário de gozação generalizada.

– Não leve a mal, Paul – disse eu –, não estamos rindo *de* você.

– Eu estou – disse Jim.

– Eu também – acrescentou Simon.

Paul se ajeitou para corrigir provas, e seus alunos receberam notas muito mais baixas do que receberiam se o tivéssemos tratado melhor. Claramente, ele era esse tipo de professor que não consegue controlar a turma. Havia algo que o destacava como o animal manco da manada. Sempre tentava disfarçar isso, até mesmo quando um de seus alunos vendeu seu carro.

Não sei por que tinham essa necessidade de ir tão longe em suas provocações quando, obviamente, ele já se enfurecia com coisas mínimas. Uma vez disse que dali em diante só removeria o seu próprio cabelo da tela que protegia o ralo, pois ninguém mais tinha esse hábito, e assim nós o descobrimos agachado na banheira vazia tentando separar seus fios ruivos dos outros fios de cabelo. Não que Paul fosse mesquinho, mas era do tipo que se aborrecia quando alguém apertava a pasta de dentes do lado errado. De fato, tudo em nós o incomodava.

Sentamos em volta da mesa da cozinha por um pouco mais de tempo, e então Jim anunciou que ia preparar um chá. Paul sempre recusava os oferecimentos de chá de Jim porque a maneira como Jim fazia o chá era a essência de tudo que Paul achava mais irritante nele.

A rotina de preparação do chá de Jim era o triunfo da ineficiência distraída. Primeiro, ele tirava as canecas do armário e as arrumava numa bandeja. Depois, parava perto da pia com um ar meio perdido, enquanto tentava se lembrar o que pretendia fazer. Afinal vinha uma luz: pegar o leite na geladeira. Depois que o leite tinha sido despejado em cada xícara, pegava os saquinhos de chá para botá-los no bule. E aí, depois disso tudo, quando aprontara cada detalhe e percebia que pegara uma caneca além do necessário e a devolvia ao armário, e então colocava o açucareiro na bandeja e decidia que não havia mais nada a fazer, aí sim ele botava água na chaleira para esquentar.

Para Paul, bastava essa seqüência para tornar a convivência com Jim quase impossível. E não só ele deixava a chaleira por último, como também a enchia até a borda, de forma que o chá para três demorava muito mais do que o necessário. E, enquanto levava uma eternidade para a água ferver, ficava ali em pé esperando, de vez em quando mexendo nas canecas da bandeja. E esse tempo todo nem se dava conta de que Paul estava à beira de explodir de frustração com a baixa funcionalidade dessa ordem de fazer as coisas. Por mais que se esforçasse, Paul não conseguia deixar Jim fazer as coisas a sua maneira. Eu sabia que em sessenta segundos ele perguntaria por que Jim não começara com a chaleira.

— Jim, por que você não começou botando a chaleira para esquentar? — perguntou três segundos mais tarde.

— Hem?

— Estou só dizendo que seria um pouco mais rápido se você aquecesse a chaleira primeiro de tudo. Sabe, antes de pegar as canecas e tudo o mais.

Jim deu de ombros, com indiferença.

— Bem, a água não ferveria mais rapidamente.

Ele era tão lento para perceber a lógica de Paul quanto para fazer chá.

— Não, mas ferveria antes, porque você a teria posto para ferver mais cedo, e aí poderia pegar os saquinhos de chá e o leite e tudo o mais *enquanto* ela estivesse fervendo.

Paul teve de se conter para não berrar as quatro últimas palavras na cara de Jim. Jim estava atônito diante da consternação de seu companheiro de apartamento.

— Eles não estão com pressa de sair, estão? Você está atrasado para sair, Simon?

Simon levantou os olhos do jornal.

– Eu? Não.

– Ninguém está com pressa. Então que importância tem isso?

Eu podia ver crescer a frustração de Paul; seu rosto ficava vermelho, o que pelo menos tinha a vantagem de tornar sua barba ruiva menos chamativa.

– Só que é uma maneira realmente ineficiente de fazer uma xícara de chá.

– Mas você nem quer uma xícara.

– Não, não quero, porque é absolutamente irritante como você faz tudo errado.

E com isso saía da sala batendo os pés. Jim ficava completamente perplexo.

– Será que botei açúcar no chá do Paul e ele não gostou?

Simon resmungava que achava que não e Jim dava de ombros e ficava em pé junto da pia por um momento e depois de cinco minutos percebia que não apertara o botão de "ligar" no lado da chaleira.

Quando o chá ficava pronto, os três de nós remanescentes tomavam-no em contemplativo silêncio. Simon lia a coluna "Querida Deirdre", no *Sun*, na qual Deirdre abordava os problemas sexuais dos leitores, sobre os quais eu tinha a convicção de serem inventados pelos jornalistas da baia ao lado na redação.

– "Meu cunhado é meu amante" – ele leu alto. – "Querida Deirdre, sou uma loura atraente e as pessoas dizem que tenho uma bela estampa. Noite dessas, quando meu marido estava fora, o irmão dele veio e uma coisa levou a outra e acabamos na cama..." – e Simon interrompeu a leitura. – Elas sempre dizem isso: uma coisa levou a outra. Como exatamente uma coisa leva a outra? Deve ser nessa parte que eu erro. Entendo a história de o irmão chegar e entendo que eles vão juntos para a cama. Mas como passam do primeiro estágio ao último?

– É fácil, Simon – disse Jim.

– Como? Como é?

– Você encontra uma garota.

– Sim.

– Ela vem tomar café.

– Sim, e daí?

– Bem, uma coisa leva a outra.

Depois de minha segunda xícara de chá, achei que esgotara todas as desculpas válidas para manter a agência de publicidade me esperando, então peguei a fita no meu quarto e me encaminhei para a estação de metrô de Balham. Trinta minutos mais tarde, estava subindo Berwick Street, onde um casal de estudantes franceses com uma câmera descartável quase foi atropelado tentando recriar a capa do Oasis de *What's the story morning glory?*. Adorava vir ao Soho; era excitante e animado, e por um breve momento eu gostava de fingir que fazia parte disso tudo. Havia gente que ganhava mil libras por dia só para dublar um anúncio, e aí eles gastavam tudo comprando um sanduíche de camarão com abacate na focaccia e café latte para viagem.

Olhei do outro lado da rua e vi Hugo da DD&G admirando uma vitrine. Estranho, pensei. Por que estaria Hugo admirando a vitrine de uma loja de atacado de jóias asiáticas? Aí ele rapidamente olhou a rua para cima e para baixo e desapareceu por uma velha porta aberta sob o brilho de uma luz vermelha presa a um monte de fios. Aproximei-me da porta e olhei dentro. Os dizeres "Nova modelo. Muito cimpática. Primeiro andar" estavam rabiscados em um pedaço de cartão colado na entrada com uma grossa fita adesiva marrom. Olhei os degraus precários e sem tapete que subiam logo depois da porta e me perguntei o que haveria lá em cima. Talvez Hugo quisesse apenas se oferecer para melhorar o anúncio deles, sugerir um redator profissional que produzisse um slogan mais bacana e escrevesse "simpática" corretamente. Improvável. Fiquei meio enojado, meio fascinado e estranhamente decepcionado com Hugo, como se ele tivesse me traído pessoalmente.

Continuei subindo Berwick Street e finalmente entrei na recepção do grandioso edifício de escritórios da DD&G, onde um certificado alardeava que eles foram finalistas do Melhor Comercial de Banco e Investimento do Prêmio da Rádio Publicitária no ano passado. Aparentemente, Hugo acabara de sair para comprar um cartão de aniversário para a mulher, de forma que deixei a fita com uma linda ninfeta que atuava de recepcionista em um guichê emoldurado por extravagante arranjo de flores frescas.

Meu trabalho da semana terminara. Era hora de ir para o norte de Londres. Na hora do rush, apertei-me no metrô com todas as pessoas que haviam passado o dia no trabalho. Centenas de suados trabalhadores de colarinho-branco pressionando seus corpos uns contra os outros e ainda assim conseguindo dar a impressão de que não estavam nem tomando conhecimento de que havia mais gente no vagão. Braços dobrados em ângulos impossíveis para segurar jornais lidos de maneira a deixar torta qualquer coluna vertebral. Pescoços se esticando para uns lerem os jornais dos outros. Evangélicos relendo a bíblia como se a essa altura já não a soubessem de cor.

De repente, um assento ficou disponível e me movi o mais rapidamente possível sem deixar transparecer que fazia algo tão indigno como me apressar. Quando sentei, dei um suspiro satisfeito, mas a sensação de relaxamento logo se transformou em ansiedade. Uma mulher estava em pé bem a minha frente, e na altura da barriga via-se *a saliência da incerteza*. Será que ela estava no sexto mês de gravidez ou só um pouquinho, bem... gorda? Era simplesmente impossível dizer. Olhei-a de cima a baixo. Por que ela não me dá um sinal?, pensei. Ela bem que podia estar carregando uma bolsa da Mothercare, ou usando um daqueles moletons que dizem "Sim, estou!". Olhei de novo. O vestido caía folgado em todas as outras partes do corpo; somente sobre sua barriga arredondada o tecido ficava esticado e justo. O que é pior, indaguei-me, negar assento a uma grávida ou oferecer lugar a uma mulher que não está grávida, mas parece estar? Talvez seja por isso que hoje em dia os homens não dão mais lugar a mulher alguma, única forma de escapar desse dilema embaraçoso. Ninguém mais parecia preocupado, mas achei que devia fazer a coisa certa.

– Desculpe. Você gostaria de sentar? – disse, já me levantando.

– Por que eu haveria de querer sentar? – respondeu ela, agressivamente.

Que merda, pensei.

– É, bem, você está com um ar um pouco cansado... humm, e vou descer na próxima estação de qualquer maneira – menti.

Se era assim, ela pegava meu lugar, e fui forçado a deixar o vagão para manter a história. Abri meu caminho pela multidão na plataforma e corri para pegar o mesmo trem uns dois vagões adiante. A mulher não-grávida me deu um olhar estranho, mas não tão estranho quanto o que me deu quando, juntos, atravessamos as borboletas da estação de Kentish Town quinze minutos mais tarde.

Quando finalmente cheguei à rua, o celular sinalizou que havia uma mensagem para mim. Era Hugo. Dizia que estava aborrecido por não ter se encontrado comigo, mas que teve de sair várias vezes durante a tarde, o que era mais detalhe do que precisava me contar. Estava satisfeito com minha música e disse que eu conseguira criar algo "realmente muito legal". Embora considerasse Hugo muito falso e seus critérios de avaliação em geral bastante baixos, estava preparado a fazer uma exceção nesse caso. Nunca tive a menor segurança de que as musiquinhas que fazia tivessem algum valor. Toda vez que uma melodia decente vinha a minha cabeça, não conseguia acreditar que não a tivesse inconscientemente roubado de algum lugar, de forma que qualquer elogio era avidamente devorado. Infelizmente, a faixa era apenas para uma concorrência, a agência provavelmente não contratasse a produtora de Hugo, e portanto ninguém ouviria minha música. Eu sabia disso quando peguei o trabalho, mas sabia também que poderia fazê-lo rapidamente, que ele pagaria as contas, e isso significava poder passar alguns dias sem estresse no casulo que criara para mim.

Virei em Bartholomeu Close. Altas lixeiras cinzentas, monolíticas, com rodinhas, margeavam a rua, como estátuas na ilha de Páscoa esperando impassivelmente os visitantes. Andei até o número 17 e pus a chave na fechadura. Ao abrir a porta da frente, fui atingido pelo caos e pelo barulho.

– Papá! – exclamou com alegria minha filha Millie, de dois anos, correndo até o hall e abraçando minha perna.

Uma fita de música infantil estava tocando no estéreo, e Alfie, meu filho bebê, agitava prazerosamente as pernas no colo da mãe.

– Chegou mais cedo do que eu esperava – disse Catherine com um sorriso.

Saltei uns tijolinhos de madeira espalhados no tapete, dei um beijo nela e peguei Alfie no colo.

– É, e além disso sabe do que mais? Terminei o trabalho e não terei que fazer nada o fim de semana inteiro.

– Fantástico – respondeu. – Temos uma dupla razão para festejar. Porque adivinhe quem fez cocô no penico hoje?

– Você, Millie?

Millie fez que sim com a cabeça com um orgulho extraordinário, superado somente pelo de sua mãe.

– E não pingou nada no chão, não foi, Millie? Fez melhor do que o papai, e ele tem 32 anos.

Dei um soquinho carinhoso nas costelas de Catherine.

– Não tenho culpa se o assento da privada sempre cai.

– Não, a culpa é do idiota que o colocou – contribuiu ela, referindo-se à noite em que passei três horas para montar o assento da privada incorretamente.

Millie, obviamente, havia apreciado aquele elogio todo, de forma que depressa encontrou outra maneira de chamar atenção.

– Fiz desenho de gato – disse, apresentando-me um rabisco em um pedaço de papel, que tomei de sua mão e estudei cuidadosamente.

Francamente, o desenho de Millie era um lixo. Para representar nosso gato, ela pegou um lápis de cera azul e rabiscou-o para cima e para baixo em um pedaço de papel.

– Oh, Millie, um superdesenho. Você é muito inteligente.

Um dia ela viraria para mim e diria: "Não me paternalize, papai, nós dois sabemos que esse desenho não vale nada", mas por enquanto ela parecia acreditar no elogio. Eu adorava chegar em casa depois de passar uns dias longe deles; ficavam tão felizes de me ver. Era o retorno do pai pródigo.

Catherine não desperdiçou a oportunidade de limpar a cozinha enquanto eu brincava com as crianças. Brinquei de esconde-esconde com Millie, o que era muito fácil, até porque ela se escondeu no mesmo lugar, atrás da cortina, três vezes seguidas. Depois fiz Alfie morrer de dar risada jogando-o para o alto no ar até Catherine entrar de volta na sala para ver por que ele começara de repente a chorar.

– Não sei – disse, tentando não olhar para o lustre de metal no teto que balançava para lá e para cá sobre a cabeça dela.

Catherine pegou de volta o bebê chorão e, naquele momento, pensei que ela estava com um ar um pouco cansado, de forma que disse que assumiria a arrumação da casa. Corri lá em cima, pegando os brinquedos espalhados no caminho. Preparei uma grande banheira de espuma, apaguei as luzes e acendi um par de velas. Então coloquei o toca-CD portátil no banheiro e pus a *Pastoral* de Beethoven para tocar.

– Catherine, você pode vir aqui em cima um minuto? – gritei.

Ela subiu e fez uma revista do santuário improvisado que eu criara.

– Vou assumir as crianças e botar os pratos na máquina de lavar louça e tudo o mais. Você fica aqui e vou lhe trazer um copo de vinho. Você não está autorizada a sair antes do fim do último movimento, "Hino dos pastores; Sentimentos de alegria e agradecimento depois da tempestade".

Ela inclinou-se sobre mim:

– Ah, Michael, não mereço isso.

– Bem, você vem cuidando das crianças, sozinha, já há alguns dias e precisa de um pouco de tempo para você.

– Mas você também tem trabalhado muito. Não está precisando descansar?

– Não trabalho tanto quanto você – disse, sinceramente.

Depois de protestar um pouco, sem muita convicção, ela ligou o aquecedor de toalhas e aumentou o volume para sufocar os gritos indignados de "mamãe!" que já começavam a emanar da cozinha.

– Michael – disse, enquanto me beijava no rosto –, obrigada por ser o melhor marido do mundo.

Dei um meio sorriso. Quando sua mulher diz um negócio desses, não é hora de corrigi-la.

capítulo dois

viver a vida plenamente

Todos já fizemos isso. Todos temos segredos que não contamos a nossas caras-metades. Todos evitamos contar aquele detalhe estranho de nosso comportamento, ou sutilmente desconversamos sobre algo que preferíamos que não soubessem. Todos nós alugamos um quarto secreto do outro lado da cidade a fim de nos esconder durante metade da semana para fugir daquele universo de bebê, chato e exaustivo. Bom, talvez essa última afirmação diga respeito só a mim.

Casamentos diferentes funcionam de maneiras diferentes. Adolf Hitler e Eva Braun se casaram, passaram um dia em um abrigo antiaéreo e juntos cometeram o suicídio. Tudo bem; se isso era o que achavam melhor para eles, quem somos nós para julgar? Cada casal tem sua própria maneira de fazer as coisas – rituais bizarros, pequenas rotinas idiossincráticas que os mantêm juntos. Freqüentemente, elas evoluem e crescem até se descolarem completamente da escala de um comportamento racional. Os pais de Catherine, por exemplo, vão toda noite juntos ao jardim para catar cupim, que esmagam em um pilão, jogando os restos nas rosas. Eles acham isso perfeitamente normal.

– Peguei mais um, Kenneth.

– Segure aí, querida, junto você pegou uma centopéia. Não queremos esmagar você também, não é, carinha – dizia ele, olhando para a centopéia.

Uma vez Catherine e eu saímos de férias com outro casal, e na última noite nós os ouvimos conversar sobre a gente no quarto ao lado. Diziam que jamais se casariam com pessoas tão esquisitas como Catherine ou eu. Achavam que nosso relacionamento era completamente estranho. E aí ouvimos suas vozes abafadas dizerem:

– Você vem ou não vem para a cama? Porque esse filme plástico está fazendo meus peitos suarem.

Depois tivemos a impressão de ele responder:

– Tudo bem, segure as pontas, porque o fecho ecler da minha roupa de mergulho enganchou.

De perto, todo casamento é louco.

É claro que existem muitos relacionamentos que não desenvolvem estratégias de sobrevivência específicas, e são aqueles que não duram. Meus pais se separaram quando eu tinha cinco anos, e recordo que eu pensava: será que vocês não podem fingir que continuam casados? Tendo vivido a tristeza e a diplomacia canhestra do divórcio de meu pai e minha mãe, decidi que os pais de meus filhos permaneceriam juntos. Era por considerar nosso casamento tão importante que insistia em lhe dar um descanso. O estresse que filhos pequenos trouxeram para nossas vidas criou tal tensão e hostilidade mesquinha entre nós que passei a temer um prejuízo irreparável. Reconheço que desenvolvi uma solução pessoal para um problema comum sem jamais conversar sobre isso com Catherine. Mas não conseguia confessar que precisava de tempo para ficar longe de meus filhos. Não é o tipo de coisa que candidatos à presidência alardeiem em suas campanhas eleitorais. "Você sabe, de vez em quando gosto de andar sozinho na praia porque me faz lembrar da maravilha que é a obra de Deus e como nosso tempo é curto para tornar o mundo melhor. Mas, sobretudo, gosto porque me dá a oportunidade de ficar longe dos meus filhos chatos por um tempo." Eu amava Catherine e amava Millie e Alfie, mas às vezes achava que eles iam me levar à loucura. Não era melhor fugir por um tempo do que deixar a pressão aumentar até o casamento explodir e as crianças ficarem sem pai os sete dias da semana, como aconteceu comigo?

Então eu não sentia culpa. Tenho certeza de que botaria uma banheira de espuma para Catherine mesmo se tivesse trabalhado tanto quanto ela imaginava. Levei-lhe a garrafa de vinho e uma *Hello!*, a respeito da qual temia que a leitura dela não fosse mais irônica. Servi vinho para nós dois e Catherine me puxou para um beijo na boca apaixonado, no qual me empenhei um pouco sem jeito.

– O que as crianças estão fazendo?

– Millie está vendo o vídeo do *Carteiro Pat*, aquele em que ele tem um chilique e sai atirando em todo mundo em Greendale. E Alfie está na cadeirinha olhando Millie.

– Acho que tudo bem, se a televisão está ligada. Mas não é bom deixá-los sem ninguém para tomar conta.

– Você não imagina o que vi hoje: Hugo Harrison desaparecer pela porta de um prostíbulo.

– É mesmo? Onde você estava?

– Bem, obviamente eu estava descendo as escadas, ainda puxando o zíper da minha calça.

– Ele é casado, não é? Lembra que a gente conheceu a mulher dele? Você acha que ele vai contar a ela?

– É claro que ele não vai contar a ela! "Teve um bom dia de trabalho no escritório, meu amor?" "Muito bom, obrigado. Dei uma escapadinha para ver uma puta à tarde." "Que legal, querido. O jantar está quase pronto."

– Coitada. Imagine se descobrir.

– Para ser sincero, fiquei um pouco irritado. Queria saber o que acharia da música que levei, e ele desaparece para passar a tarde com uma puta.

– Você descobriu se ele gostou?

– Não é uma coisa que se pergunte.

– Da sua música.

– Ah, sim, ele me telefonou no celular. Disse que estava genial.

– Não sei como você consegue. Foi outro trabalho daqueles de ir até as quatro da manhã?

– Nem tanto.

– Não entendo por que você não pode trabalhar em um horário normal e dizer a eles que esperem um pouco mais.

– Porque eles arrumariam outra pessoa para fazer o serviço e nós não teríamos dinheiro e eu teria de tomar conta das crianças enquanto você trabalhasse de puta com tipos como Hugo Harrison.

– Insuportável pensar nisso, *você* cuidando das crianças.

Rimos e beijei-a de novo. Eu a adorava depois de passar dois dias sem vê-la; eram os nossos mais perfeitos momentos juntos.

Catherine tinha uma pele clara e macia, um narizinho pontudo e grandes olhos castanhos com os quais eu tentava manter contato enquanto ela mudava a posição do corpo no banho fumegante. Sempre me contradizia quando eu falava que era bonita, porque tinha essa ridícula noção de que seus dedos eram muito curtos. De vez em quando eu a apanhava com as mangas do blusão esticadas até as pontas dos dedos e sabia que fazia isso pensando que todo mundo a olhava e dizia: "vejam essa moça, seria linda se não tivesse os dedos tão curtinhos." Seu cabelo era longo e escuro, e, embora não tivesse nenhum corte especial, por alguma razão ela era capaz de andar vinte quilômetros para cortá-lo, porque o cabeleireiro que sempre o cortara mudava de salão e não queria arriscar com nenhum outro. Eu me dava por satisfeito de ele não ter emigrado para o Paraguai, pois teríamos de batalhar muito para levantar uma passagem aérea a cada oito semanas.

Do que eu estava a fim agora era pular no banho com ela e tentar uma trepada espumante e atrapalhada, mas não dei a sugestão porque não queria estragar o momento provocando uma rejeição. Mais importante, sabia que não tinha camisinhas em casa, e por hipótese alguma arriscaria um terceiro filho. Talvez já não fosse um pai perfeito para os dois primeiros.

Da primeira vez que fizemos amor, em seguida dividimos uma banheira de espuma como essa. Na nossa primeira saída, ela disse que conhecia um lindo lugar para um drinque e conduziu-me a um hotel de luxo, onde fizera uma reserva, em Brighton. No caminho de volta, um policial parou-a por excesso de velocidade. Baixou o vidro da janela enquanto ele caminhava vagarosamente até nós para dizer:

— A senhora sabe que estava dirigindo a setenta quilômetros por hora numa zona em que a velocidade máxima é de cinqüenta quilômetros? — e com um sorrisinho superior ficou esperando para ver como ela ia se explicar.

— *Pardonnez-moi; je ne parle pas l'anglais donc je ne comprends pas ce que vous dîtes...*

O homem ficou completamente estatelado. Levando em conta que eu levara bomba nos exames de francês, ela quase me convenceu. O policial decidiu que a língua inglesa seria mais compreensível se falada mais alto e com um bom número de notáveis erros gramaticais.

— Você ultrapassar limite de velocidade. Você rápida muito. Carteira de motorista?

Mas ela respondeu apenas com um dar de ombros, bem gaulês e atrapalhado:

– *Pardonnez-moi, mais je ne comprends rien, monsieur.*

O atônito oficial olhou para mim:

– Você fala inglês?

Fui forçado a responder:

– É, non – com um sotaque deprimente.

Não tinha a cara-de-pau de Catherine para levar o policial na conversa; meu francês era muito mais limitado do que o dela e não achava que ele ficaria particularmente impressionado com minha observação de que "na ponte de Avignon, eles dançavam lá, eles dançavam lá". Ela interveio antes que eu me entregasse, só que dessa vez com algumas palavras inglesas:

– *Mais* Gary Lineker é muito bom!

Claramente, o policial amansou e, com um pouco de seu orgulho patriótico restaurado, pôde nos liberar com uma advertência, claramente enunciada, para "dirigir mais devagar".

– *D'accord* – Catherine respondeu, e ele nem notou nada estranho quando ela acrescentou *Auf Wiedersehen* enquanto arrancava para ir embora.

Tivemos que pegar uma estrada secundária duzentos metros adiante, pois gargalhávamos tanto que corríamos o risco de bater com o carro.

Nós nos conhecemos quando ela apareceu em um comercial para o qual fiz a música. Tinha acabado de se formar em teatro pela Universidade de Manchester e esse comercial foi sua primeira atuação profissional. Integrou o elenco de cinco potes de iogurte dançantes. Seu papel era de iogurte de frutas silvestres, e ela era de longe a melhor. Ainda me causa amargura pensar que os sabores maracujá e laranja viraram estrelas do seriado *EastEnders*. Depois disso, Catherine conseguiu algumas pontas em novelas de segunda e apareceu em um vídeo de saúde e segurança no qual informava aos espectadores que eles não deviam atravessar portas de vidro, mas abri-las primeiro. Fiquei muito animado quando me contou que conseguira o papel de Sarah McIsaac em um caso especial da TV intitulado *O estranho caso de Sarah McIsaac*. Mostrou-me o roteiro. A primeira página era mais ou menos assim: uma mulher está sentada a sua mesa de trabalho, fazendo hora extra, em um escritório londrino. Entra um homem e diz: "Você é Sarah McIsaac?" Ela responde "sim", e então ele pega um revólver e a mata. Pelo menos, era o papel-título, o que definitivamente representava um degrau acima.

Catherine conseguiu um bom papel numa peça do West End (o West End de Essex, é bom dizer), e eu dirigia meu carro toda noite para vê-la no glamuroso cenário do Teatro Kenneth More, em Ilford. Inicialmente, ela disse que era um grande apoio de minha parte, mas depois de um tempo creio que passou a achar que era um elemento dispersivo a minha presença na primeira fila, engolindo todas as palavras que dizia. Ficava sozinha no palco por um bom pedaço da peça, e sua atuação era completamente encantadora, embora eu não gostasse de os outros homens na platéia olharem para ela sem parar.

Mas ela poupava seus melhores desempenhos para quando precisava enrolar alguém. Era capaz de explodir em lágrimas se o trocador não a deixasse ficar no ônibus sem o troco certo e estava sempre pronta a desmaiar em uma cadeira se uma recepcionista tentasse evitar sua entrada no consultório do médico, sem consulta marcada. Uma vez, quando o rapaz da locadora de vídeo não queria deixar que levássemos dois filmes em um só cartão, ela de repente pareceu reconhecê-lo.

— Ah, meu Deus, você é Darren Freeman, não é?

— É, sou — respondeu o rapaz, espantado.

— Você se lembra de mim da escola?

— É, vagamente.

— Puxa, você sempre foi muito interessado em filmes, nesse tipo de coisa; é engraçado que esteja trabalhando aqui. Que incrível, Darren Freeman. Você se lembra daquele professor de geografia completamente estúpido? Como ele se chamava?

Conversaram nostalgicamente por dez minutos, e Catherine ficou sabendo que Darren tinha se casado com Julie Hails, de quem ela sempre gostara muito, e ele acabou nos dando dois filmes em um cartão, e, enquanto nos entregava o pacote, notei que usava um distintivo que dizia "meu nome é Darren Freeman, como posso ajudá-lo?".

Partilhávamos uma atitude tranqüila quanto à trapaça. Quando ela me pediu em casamento, olhei-a de lado para ver se estava gozando com a minha cara. Tinha uma visão de mim mesmo com noventa anos no funeral de minha mulher, e ela de repente se levantando para me dizer: "Te enganei!" Por isso, para alguém de fora, minha vida dupla podia parecer uma traição chocante, mas eu preferia entendê-la como parte de nossa curtição mútua; mais uma partida em nosso jogo permanente para ver quem era melhor. Suas mentiras sempre me faziam rir. O único problema com o esquema que eu estava montando era que não tinha a menor idéia de qual seria o final da história.

Minha vida dupla começou a se desenvolver logo depois do nascimento de Millie. Por anos a fio, nossa relação foi perfeita e feliz, e nunca imaginei que algo poderia me fazer ter vontade de ir embora. Mas aí ela se apaixonou por outra pessoa. Talvez fosse isso que eu sempre temera. Talvez por isso durante tanto tempo tentei convencê-la a não ter filhos.

Nunca disse que não os queria, dizia que *ainda* não os queria. É claro que teria filhos *um dia*, assim como morreria *um dia*, mas não perdia muito tempo planejando nem uma coisa, nem outra. Catherine, no entanto, sempre falava de nossos futuros filhos como se fossem iminentes. Não queria um carro de duas portas porque seria uma luta para botar e tirar a cadeirinha de bebê. Que merda de cadeirinha de bebê é essa?, eu tinha vontade de perguntar. Apontava roupinhas de bebê nas vitrines e insistia em chamar nosso quarto extra de "o quarto do bebê". "Você está se referindo ao meu estúdio de gravação?", eu esclarecia todas as vezes. Algumas de suas insinuações eram menos sutis. "Seria muito legal ter um bebê de verão, não seria?", perguntava exatamente nove meses antes do verão.

Amigos com filhos pequenos eram convidados a passar o domingo lá em casa, e eu tinha de fingir que estava muito interessado enquanto mãe e pai conversavam longamente sobre as cólicas e movimentos intestinais do Bebê.

Não entendo por que os pais acham que esse é um papo legal e normal; não é o tipo de assunto sobre o qual nos estendamos quando, educadamente, perguntamos sobre a saúde de amigos adultos.

– Oi, Michael, como vai?

– Bem, obrigado. Soltei um punzão hoje de manhã, mas logo depois soltei outro, menor, o que não é muito típico de minha parte porque normalmente solto apenas um pum por dia.

As funções orgânicas dos bebês são discutidas longamente porque é só o que se tem a falar sobre eles. Eles comem, arrotam, cagam, dormem, choram, e começa tudo de novo. E, embora não haja mais nada a dizer sobre as atividades de um recém-nascido, os pais insistem em não falar de outra coisa. Se, por um milagre, acontece de nossas visitas do Planeta Bebê largarem o fascinante tópico do sistema digestivo infantil, foi só porque a conversa mudou para o tema igualmente indigesto das funções orgânicas da mãe. Àquela altura, alguns dos pais tiveram a delicadeza de se mostrar embaraçados e pouco à vontade, enquanto Catherine e a jovem mamãe conversavam longamente sobre bombas para tirar leite e períneos. Os papais não eram muito melhores. Os pais que eu realmente não conseguia tolerar eram aqueles que se transformavam em tagarelas idiotizados pelo trauma da coisa toda. Esses iludidos recreadores infantis rolavam histericamente sobre meu tapete, fazendo bolhas de cuspe para seus bebês e gritando palavras inventadas na tentativa desesperada de engendrar alguma vaga resposta de sua prole. "Bla, bla, bla, bubu", gritavam. "Ela adora isso", diria a mãe com um sorriso de aprovação. E era evidente que o bebê adorou aquilo porque piscou – possivelmente – uma única vez.

Depois de um tempo, a mãe me castigava pela minha óbvia indiferença, dizendo:

– Quer segurar o bebê, Michael?

– Isso é lindo – eu respondia conscienciosamente, pegando a criança com a serenidade do ministro da Irlanda do Norte ao receber um pacote misterioso durante uma passeata em Belfast Ocidental.

De repente, estavam lá pai e mãe pairando em cima de mim, com as mãos embaixo da cabeça da criança, ou de suas costas, ou das pernas, só para mostrar a confiança que tinham no meu talento para jogar no chão um bebê de seis quilos nos 12 segundos em que o segurasse.

Esses novos pais lembravam-me cristãos evangélicos. Tinham uma presunção e um ar superior que sugeriam que, de algum modo, minha vida era incompleta porque eu não ouvira ainda a Boa-Nova dos bebês. Eu só seria uma pessoa integral quando me juntasse ao feliz povo dos pais babosos que iam à igreja todas as semanas cantar "Boi da Cara Preta". Todos achavam que eu me converteria mais cedo ou mais tarde. Ao fim, eu traria bebês a minha vida e minha alma seria salva. Este era o plano de Catherine, daí sua ofensiva Charme de Recém-Nascido. Se ela estava tentando me convencer de que eu gostaria de ter um bebê, o lógico seria pensar que me expor o máximo possível a bebês era a pior tática a adotar. Mas no fim ela me dobrou. O que eu podia fazer? A coisa que traria mais felicidade à mulher que eu amava estava dentro das minhas possibilidades, eu não podia ficar negando para sempre. Finalmente concordei que poderíamos começar a tentar ter um filho em um daqueles dias de paixão total. Numa daquelas situações de absoluta intimidade e adoração mútua, quando o que você mais quer é concordar com tudo o que diz sua companheira. Interromper para contradizê-la afirmando que "não, na verdade, *Hotel California* é uma música horrorosa", arruinaria completamente a atmosfera. Então você sorri, faz que sim com a cabeça e diz: "É, talvez seja uma de minhas favoritas também."

Foi num desses momentos em que assenti na idéia de ser pai. Concordei com uma existência de paternidade para não estragar uma tarde legal.

Nunca entendi esses homens reclamando que levaram anos com suas mulheres para engravidar. Mês após mês de sexo ávido e constante!, Catherine engravidou no primeiro mês em que começamos a tentar. "Você é tão esperto!", disse ela me abraçando, e eu supostamente deveria ficar orgulhoso de ter conseguido tão rápido. Por dentro, só pensava "que droga". Acabou então? Não podemos continuar fazendo todas as noites, só para garantir? Ela fez xixi em um tubo e vimos mudar sua cor. As instruções diziam que ficaria rosa-claro se não estivesse grávida, rosa-escuro se estivesse. Ficou rosa. A meio caminho do rosa-claro e do rosa-escuro. Uma espécie de rosa-rosado, com apenas uma insinuação de rosa-rosa. Ela foi ao médico, única forma de a mulher ter certeza de ter engravidado, e sem dúvida não há melhor começo para uma futura mãe do que sentar por hora e meia em uma sala quente e abafada, inalando germes do maior número possível de doenças infecciosas.

Antes de o bebê chegar, na verdade eu estava mais desgastado do que ela. Li todos os manuais de gravidez em que pus as mãos, pesquisei as melhores cadeiras de bebês para carros e monitorei o ganho de peso de Catherine em um gráfico pendurado na parede da cozinha. Fiquei bastante magoado quando o tirou da parede antes de um jantarzinho que oferecemos; achava que mostrava como eu estava interessado e dava força. O parto era meu novo projeto, meu novo empreendimento, um exame em que podia ser aprovado se revisasse bastante a matéria. Aprendi de cor o script dos pais grávidos.

— O que você quer, menino ou menina?

— Tanto faz, desde que tenha saúde.

Resposta correta.

— Que tipo de parto vocês vão tentar?

— O mais natural possível, mas não riscamos a possibilidade de uma intervenção, se for necessária.

Resposta correta.

Talvez eu achasse que a mestria da matéria pudesse me dotar com algum tipo de controle, mas à medida que a gravidez progrediu comecei a ver sinais de alarme. Mulheres têm filhos, não os homens; não há como mudar esse fato. "Não é nosso show, rapaziada", disse um dos futuros pais no curso pré-natal. E por mais que, responsavelmente, eu fosse a todas as reuniões, dando apoio e concordando e ouvindo em silêncio com os outros encabulados pais, não conseguia deixar de pensar: O que exatamente tenho de fazer agora? Quando a mãe está respirando corretamente e andando e se concentrando e contraindo e marcando as contrações de forma a não ir para a maternidade cedo demais, o que o homem tem a fazer?

Aparentemente, a resposta para essa pergunta é "sanduíches". Foi essa a única instrução que escrevi dirigida sem dúvida para mim. Na verdade, fazer sanduíches é a única coisa que se espera dos homens durante nove meses completos. Um esperma no início da gravidez, duas rodadas de queijo e picles no final. Mas meu entusiasmo tinha grande elasticidade – se isso era tudo que eu tinha a fazer, então queria fazer direito. A professora voltou a descrever as primeiras contrações, mal me dando uma pausa para uma pequena orientação sobre como podíamos desempenhar melhor, então levantei o dedo.

— Apenas voltando àqueles sanduíches por um minuto, existe algum recheio em especial que seja melhor para a mulher em trabalho de parto?

— Bem, nada muito pesado para a digestão, mas pode ser qualquer coisa de que sua parceira goste normalmente.

– Pergunto isso porque pensei que seu paladar pudesse mudar em função dos hormônios. Deve haver alguma coisa à qual as mulheres em trabalho de parto desenvolvam uma violenta aversão.

– Talvez o melhor seja fazer uma seleção de recheios, para não ter erro. Agora, quando o colo do útero já tiver dilatado uns bons dez centímetros...

– Pão branco ou integral?

– O quê?

– Pão branco ou integral para os sanduíches? Você sabe, quero ser perfeito para o bebê, então fico me perguntando o que seria melhor. Sei que pão integral é normalmente mais saudável, mas será fácil para digerir? Imagino que deva ser integral, se estamos optando por um parto normal.

Um outro homem pegou a deixa e sugeriu que fizéssemos uma seleção de recheios com possibilidade de pão branco *e* integral, o que me pareceu sensato, mas a essa altura uma mulher de óculos grandes disse que a desculpassem, mas se os homens não estavam acostumados a participar de reuniões sobre assuntos que não dominavam que então calassem a porra da boca sobre a porra de sanduíches porque estávamos enchendo o saco dela. A professora passara uma hora discutindo coito, vaginas e peitos, mas corou ao ouvir seu palavreado.

Devido a pequenos problemas ginecológicos durante a gravidez, Catherine foi alocada para ser atendida por um especialista do Hospital St. Thomas. Obviamente, isso para ela era muito estressante; uma moça do norte de Londres ouvir que terá de cruzar o rio regularmente até o lado sul da cidade. Mas não surgiram outros problemas, a não ser eu ter de atravessar Londres dirigindo na hora do rush com minha mulher em trabalho de parto no banco de trás. Uma vez na sala de parto, Catherine fez tudo que aprendera e respirou e empurrou e esperou e empurrou de novo e produziu uma perfeita bebezinha. Também fiz tudo que era esperado de mim, mas os sanduíches não saíram da bolsa. É claro que fiz um carinho em sua testa e disse "você está se saindo muito bem" e "que beleza" e outras coisas do gênero, mas não é assim que falo normalmente, então não devo ter soado muito convincente. Mas também nada naquele dia foi muito normal. Aquele ser estranho pular da barriga da minha mulher foi sem dúvida a experiência mais surreal de minha vida. A criança foi entregue a Catherine, que, imediatamente, pareceu muito confortável e confiante com ela. Sua glândula de superalegria secretou litros do hormônio supra-alegre e ela explodiu em lágrimas. E, embora estivesse profundamente emocionado por aquele momento, no íntimo me senti culpado por não estar tão emocionado quanto ela. Consegui dar um sorriso amarelo, na dúvida se devia tentar alegrá-la ou fingir chorar também. Acho que provavelmente estava em um profundo estado de choque.

Embora esse tenha sido o momento quando tecnicamente me tornei pai, a ficha ainda demorou uns dois dias para cair. Catherine estava dormindo, e eu derrubado na cadeira de couro ao lado da cama. Um barulho de tosse baixinho começou a vir do berço, e, como não queria perturbar Catherine, nervosamente peguei eu mesmo o bebê. Ela era tão frágil e pequenina, carreguei-a até minha cadeira como se fosse um precioso vaso antigo.

"Oi, menininha. Eu sou o papai", disse eu. E aí, pela hora seguinte, segurei-a em meus braços, só olhando para aquele perfeito minimodelo de gente enquanto um enorme senso de responsabilidade me engolfava. Aquele bebê era completamente dependente de Catherine e de mim. Não nos submetemos a exames nem fizemos entrevistas, mas ali estávamos de repente responsáveis por uma criança. Emocionante, comovente, de arrepiar, mas sobretudo aterrador. Enquanto ficava lá sentado olhando para ela, pensei em todos os pais orgulhosos que levaram bebês lá em casa e sorri ao me lembrar de como eram bobos. Realmente achavam que os filhos deles eram os mais bonitos de todos, quando era óbvio para qualquer um que aquela menininha em meus braços era de longe a criatura mais bela que o mundo já vira. Eu tinha certeza de que todo mundo reconheceria este fato quando a visse. Queria protegê-la de tudo no mundo e mostrar-lhe todas as coisas maravilhosas da Terra ao mesmo tempo. Quando finalmente ela começou a ficar inquieta, andei até a janela e, enquanto o dia raiava sobre Londres, olhei a cidade lá de cima do Hospital St. Thomas.

– Aquele é o rio Tâmisa lá embaixo, menininha – mostrei-lhe. – E ali é a sede do Parlamento. Aquele relógio adiante é o Big Ben e aquela coisa vermelha grande passando na ponte se chama ônibus. Diga: '*ô-ni-bus.*'

— Buss — disse, para minha surpresa, uma pequena voz de bebê.

Ou eu era pai de um gênio, ou Catherine estava acordada me olhando. O bebê ficara progressivamente pouco à vontade e Catherine pegou-a e a pôs no peito, onde ela mamou como se ambas fizessem isso há anos.

Catherine e eu concordáramos quanto ao nome de Millie, se fosse menina, semanas antes do parto. Mas, agora que a bebezinha existia mesmo, senti o súbito impulso de a chamar pelo nome de minha falecida mãe. Partilhei minha idéia com Catherine, que admirou a delicadeza de meu pensamento.

— Sua mãe deve ter sido uma pessoa maravilhosa, e queria ter encontrado você antes para que eu pudesse conhecê-la também. Seria lindo dar a esta menina o nome da avó que ela nunca conheceu; uma idéia poética e tocante. O único problema, meu querido marido, é que o nome de sua mãe era Prunella.

— Eu sei.

— Você não acha que o mundo já é um lugar bastante cruel para que um novo ser humano ainda tenha de carregar o peso de se chamar Prunella?

Concordamos em adiar o assunto e levamos Millie para casa dois dias depois.

Uma vez em casa, pusemos o bebê no meio da sala e pensei: agora o que devemos fazer? Foi então que percebi que fizera a revisão da matéria só até determinado ponto. O nosso foco estava tão concentrado no próprio parto que só vagamente eu pensara no que aconteceria depois. Nada me preparara para a maneira como ela arrebentou a minha vida em todos os sentidos. Nem mesmo todos os pais que eu conhecia me dizendo que o bebê arrebentaria totalmente minha vida me prepararam para o tanto que o bebê arrebentou totalmente minha vida. Foi como se algum parente muito difícil e cobrador chegasse para viver com a gente *para sempre*. Na verdade, teria sido mais fácil agüentar minha tia-avó de noventa anos passando para nossa cama às 3:00 da manhã; ao menos ela teria voltado a dormir por uma hora ou duas.

Quando, pela primeira vez, eu comecei a me sentir como um pai naquela noite no hospital, eu já estava com o sono atrasado de umas duas horas em relação a Catherine, e agora o abismo entre nós não parava de crescer. Eu me senti redundante praticamente desde o primeiro dia. Em geral, quando havia alguma coisa que Catherine queria muito, eu era o primeiro a desencavá-la e anunciava meu feito pelo alto-falante. Mas, quando trouxemos o bebê para casa, passei a ser o inútil que não tinha idéia do que fazer. Não havia lógica ou sistema a seguir. Às vezes, Millie dormia, às vezes, chorava a noite inteira. Às vezes, comia, às vezes, não comia. Ela não tinha regras ou rotina, ritmo ou narrativa – pela primeira vez em minha vida, eu me vi confrontado com um problema que não tinha solução. A vida ficou fora de controle; não tinha idéia do que fazia o bebê berrar e qual o procedimento a adotar, enquanto Catherine parecia simplesmente saber. Ela sabia quando Millie estava com febre, com frio, com fome, com sede, com mau humor, com cansaço, com qualquer coisa. Embora o bebê não parecesse chorar menos quando ela aplicava o remédio apropriado, nunca ousei questionar a confiança com a qual me explicava o que estava perturbando a criança. Millie deveria me encher de alegria e sentido de realização, mas minha sensação mais forte era uma ansiedade esmagadora. Ansiedade à primeira vista. Não amava minha filha, eu "me preocupava" com ela.

Mas, com Catherine, foi como um novo primeiro amor. Um obsessivo amor total, devorador, esmagador. Seu único pensamento era Millie.

– Olhe o carro vermelho – eu diria em pânico enquanto ela dirigia olhando para a filha amarrada no banco de trás.

– Ah, Millie tem um chapeuzinho dessa cor – responderia, sonhadoramente.

– Ai, cortei minha mão com a faca de pão.

– Mostre a Millie, ela nunca viu sangue.

– Você leu aquele artigo sobre os Estados Unidos querendo forçar a Europa a importar suas bananas das multinacionais americanas?

– Millie adora bananas.

Ela pôs o nome de Millie na secretária eletrônica. "Oi, se você quiser deixar uma mensagem para Catherine, Michael ou Millie, fale após o sinal." Tratando-se de um bebê ainda incapaz de usar o telefone ou dizer uma palavra, não era de surpreender que Millie não recebesse muitas mensagens.

Tudo girava em torno do bebê. Eu estava numa loja comprando um novo som, e Catherine dizia:

– Acho que você devia comprar estas caixas, porque têm um som de baixo muito legal, e dizem que isso é bom para relaxar o bebê.

Obviamente, o critério mais importante a se ter em mente quando se compra um novo som é saber qual aparelho será o melhor para relaxar o bebê. Eu já sabia qual par de alto-falantes eu queria, mas Deus me acuda se eu parecesse indiferente às necessidades do Bebê.

– Estas são melhores – dizia eu. – As bordas são arredondadas, Millie não vai se machucar se cair sobre elas.

E Catherine ficava encantada com a minha escolha.

De repente, parecia que eu nunca estava fazendo algo que quisesse realmente fazer. Isso ficou claro quando viajamos juntos pela primeira vez. Percebi que não se tratava de férias. Millie engatinhando em um chalé alugado, com escadas íngremes sem segurança e tomadas elétricas sem protetores e uma lareira de verdade com fogo à lenha cuspindo chamas, conseguia ser menos relaxante do que ficar em casa vendo-a enfiar biscoitos meio mastigados dentro do vídeo. Minhas primeiras férias como pai foram o momento em que percebi que voltara à adolescência, sendo arrastado de mau humor de um lugar para outro, do playground para a fazendinha de animais, e tudo era completamente estúpido, sem sentido e patético. "Olhe, Millie, veja a lhama comendo o feno." Puxa, ela sem dúvida olhou para a lhama, então valeu a pena. Por que não podíamos simplesmente ter ficado em casa em Londres? Não me incomodava levá-la até a porta da frente de vez em quando e dizer: "Olhe, Millie, veja o cachorro cagando na calçada." Ela teria ficado igualmente impressionada. Mas, não, tínhamos de dirigir até Devon para ficar em um chalé gelado de forma que a pobre bebezinha desorientada acordasse a cada duas horas para ser amarrada de novo no banco de trás do carro, porque a 15 quilômetros dali havia uma fazendinha de animais que tinha uma lhama, mas poucas cadeiras altas na lanchonete e um balanço muito parecido com o brinquedo do fim de nossa rua. Todo aquele esforço não era para ela; era para nós. Tínhamos que fazer demais para nos convencermos de que estávamos fazendo bastante.

E, é claro, havia as horas noturnas. Lembro-me de como Catherine e eu costumávamos ficar agarradinhos e adormecer abraçados. Mas Millie veio para nossa cama, para ficar, literalmente, entre nós. Tentamos mantê-la em um berço ao pé da cama, mas Catherine achou que conseguia dormir melhor com Millie a seu lado, porque não precisaria mais levantar em pânico a cada gemido, engasgo, ou, a rigor, a cada silêncio. O bebê pegava e largava o peito de Catherine enquanto dormia, os mesmos peitos que eu não podia mais tocar. Eu ficava lá, acordado, pensando ressentido: Honestamente, será que este bebê não tem idéia de para que servem esses peitos?

Eu achava difícil dormir com os chutes e a coriza permanente do bebê enquanto me pendurava precariamente na beira do colchão. Em duas ocasiões, caí de verdade, com a cara no chão de madeira. Descobri que também com isso era difícil dormir.

"Psiu, você vai acordar Millie", sussurrou Catherine, enquanto eu conferia se meu nariz estava sangrando. Depois de eu passar umas tantas noites em claro, Catherine sugeriu que dormisse no sofá lá embaixo. Então ela não dormia mais com o marido, mas com seu novo amor, o Bebê. Parecia ter se tornado completamente imune aos sentimentos de quem quer que fosse, exceto do Bebê. Estava estupefata, enfeitiçada, obcecada. Como quando se apaixonou por mim. Só que dessa vez não era por mim.

Millie me botou para fora. Roubou meu lugar na cama, minha vida social e o tempo que eu tinha com Catherine. Roubou até o meu aniversário. "Que presente maravilhoso", todo mundo disse quando ela nasceu no dia em que fiz trinta anos. Foi o último aniversário da minha vida. Um ano mais tarde, em nosso aniversário "comum", Millie ganhou um quebra-cabeça de madeira, uma bola que pulava de um jeito gozado, um caminhão com tijolos coloridos, uma piscininha de plástico, um conjunto de aparelhos de ginástica para bebê, um livro de apitar e uns trinta bichos de pelúcia. Eu ganhei um álbum de fotografia para botar as fotos de Millie. Feliz aniversário, Michael! "Desculpe, não é um grande presente, mas não tive tempo de ir às lojas", disse Catherine enquanto enchia uma lata de lixo com todos os papéis de embrulho dos brinquedos que comprara nas lojas para Millie.

Gostaria de ter saído naquela noite, mas Catherine achou que não era legal deixar Millie no dia de seu primeiro aniversário. Chamei-lhe atenção para o fato não só de Millie estar dormindo, mas também inteiramente inconsciente de ser seu aniversário e, se acordasse, ficaria muito feliz de ser cuidada pela mãe de Catherine. Mas Catherine disse que não se divertiria e portanto eu também não, de forma que ficamos em casa assistindo a um programa de jardinagem na televisão.

Como fecho de ouro para uma noite memorável, Catherine pediu-me para dar um pulo no supermercado e comprar fraldas e, uma vez que era meu aniversário, presenteei-me com duas latas de cerveja e um pacote de salgadinhos Cheesey Wotsits. Mas, ao retornar para casa, notei que todas as luzes estavam apagadas. Percebi logo o que Catherine tinha feito. Minha mulher maravilhosa, Deus a abençoe, tinha organizado escondido uma festa-surpresa para mim. A missão Fraldas fora apenas uma forma de me fazer sair de casa por uns minutos. Conferi meu cabelo no espelho do carro, entrei e andei pé ante pé até a sala para acender a luz, pronto para parecer surpreso e embevecido enquanto todos cantavam "Parabéns pra você". Contraído, apertei o interruptor. Provavelmente, fiz uma cara de surpresa. A sala estava completamente vazia. Assim como a cozinha. Subi as escadas e Catherine estava profundamente adormecida. Desci de volta, caí no sofá, bebi uma lata de cerveja e zapeei pelos canais da televisão. Felizmente, meu pacote de Cheesey Wotsits tinha dentro um cartão *Star Wars* de graça, de forma que havia algum consolo. "Viva a vida plenamente", dizia o comercial na televisão, então bebi minha segunda lata de cerveja antes de ir para a cama.

Eu achava que minha juventude e minha liberdade iriam durar para sempre. Quando tinha 18 anos, saí de casa e aluguei um apartamento com amigos, achando que finalmente estava livre, podia fazer o que quisesse – para sempre. Ninguém me disse que essa emancipação era apenas temporária, que eu curtiria total liberdade apenas por um período muito curto de minha vida. Passara a infância fazendo o que meus pais queriam, e agora minha idade adulta parecia condenada a ser vivida fazendo o que meus filhos quisessem. Estava preso na garrafa de novo; minha casa virara uma prisão. Não podia mais entrar e sair à vontade; havia grades nas janelas de cima, cercas de segurança nas escadas e monitores e trancas e alarmes, logo haveria um pinico fedorento a ser despejado. Esse bebê que chegara era meio polícia, meio chefão entre os companheiros do presídio. Não me deixava dormir depois das seis da manhã; a partir dessa hora eu me tornava seu palhaço particular, seu lacaio, apanhando e carregando objetos para sua diversão. Ela me humilhava jogando um talher no chão e exigindo que eu o apanhasse, e, quando eu obedecia, jogava o talher de novo.

Todo prisioneiro sonha com a fuga. De início, meu sonho era inconsciente. Deitava na banheira e botava os ouvidos embaixo d'água, para que a trilha sonora de choro de bebê e gritos zangados virasse um barulho distante e indistinto. Uma vez, quando Millie estava dormindo no carrinho, ofereci-me para levá-la para passear em Hampstead Heath, de forma que Catherine pudesse se deitar e relaxar na casa vazia. Enquanto empurrava o carrinho para cima e para baixo nas únicas ladeiras íngremes de Londres, percebi que a única razão para eu ter feito esse gesto aparentemente generoso era a vontade de ficar um tempo sozinho, porque agora precisava fugir de Catherine também. Ela fazia com que eu tivesse a impressão de estar fazendo tudo errado sempre. Fui até o Bull and Last e tomei duas cervejas, sentado no jardim do pub, sentindo-me livre e relaxado como fazia muito não me sentia. Millie dormiu o tempo todo em que estivemos fora, e logo meu estresse e minhas preocupações foram levados pela corrente de espuma da cerveja. Quando cheguei em casa, estava completamente sereno e em paz com o mundo, até a cara furiosa de Catherine na janela me trazer de volta à realidade com um solavanco de frustração. Ah, não, o que eu tinha feito de errado agora?, pensei comigo mesmo. Decidi que iria ignorar seu óbvio aborrecimento, mas, enquanto caminhava alegremente de mãos nos bolsos em frente a minha casa, ela veio me receber na porta.

— Onde está Millie?

— Millie?

— Sua filha, que você levou para um passeio na colina...

Hoje sei que é possível correr de minha casa até o pub Bull and Last em quatro minutos e 47 segundos.

Suponho que, naquela situação, eu devesse reconhecer um pouco de culpa. Muita culpa. Mas Catherine parecia ver defeito em tudo o que eu fazia com as crianças. Secava-as com a toalha de adultos, misturava o leite delas com a água errada e botava loção demais em seus bumbuns. Fiquei com a impressão de que Catherine achava mais rápido e fácil fazer tudo sozinha. Conscienciosamente, eu estava lá na hora de dar comida, dar banho e vestir, esperando ter alguma utilidade, mas em geral só atrapalhava. Dava uma mão, mas na verdade minhas mãos ficavam penduradas ao longo do corpo, sem eu saber direito o que fazer com elas. Na Cidade dos Bebês, ela era a rainha; eu era o príncipe Philip, pairando canhestramente ao fundo e fazendo comentários imbecis.

Era assim com todos os pais? É por isso que, há milhares de anos, os homens se fazem pouco presentes: para se preservar da humilhação de ser os segundos em alguma coisa? Logo, minha ausência virou rotina. Começou uma tendência de eu ficar preso em reuniões; já não tinha mais pressa de chegar em casa, para ouvir comandos de botar as colheres de plástico no lava-louças. Se ia trabalhar fora de Londres, parecia que só conseguia o último trem de volta à cidade e chegava em casa quando Catherine já estava no sétimo sono.

Um dia, cheguei em casa e me esgueirei para o quarto que insistira em ver como meu estúdio de gravação. E aí eu vi. Uma parede inteira fora coberta com papel do Ursinho Puff. Onde havia um pôster do Clash com Joe Strummer destroçando uma guitarra, agora dominavam desenhos de ratinhos engravatados. Foi minha Kristallnacht como pai e marido, o momento quando percebi que me mandaram embora.

Sempre concordáramos que, quando fosse a hora de o bebê ir para seu quarto, eu teria de alugar um escritório fora de casa, mas a mudança era um desses problemas remotos que preferia tirar de minha cabeça. Só porque concordei em tirar minhas coisas não queria dizer que estivesse planejando algo concreto quanto a isso. Chamei a atenção para o fato de que encontrar algum lugar conveniente seria um processo longo e complicado.

— Se não me engano, há um quarto livre na casa do irmão de Heather em Balham; você pode alugá-lo no curto prazo — Catherine estava bem à minha frente.

Na semana seguinte, embalamos tudo de que eu precisaria em meu novo estúdio de gravação, e um pouquinho mais. Ao fim da manhã, a entrada da casa estava bloqueada por uma imensa pilha de caixas contendo minha juventude inteira. CDs, fitas, revistas de música, meu boné de beisebol autografado pelo Elvis Costello e todas as canecas com dizeres irônicos que eu comprara antes de viver com Catherine. Dois aniversários antes, eu lhe dera um porta-CD cromado com a forma de uma guitarra elétrica, que também compareceu à pilha da porta da frente. Tive um sentimento de que havia um lado meu que Catherine queria expurgar do lar da família.

— Ah, você tem que ter seu espelho dos Beatles em seu estúdio. Vai ficar ótimo, e no nosso quarto realmente não combina bem – disse ela, tirando o espelho da parede com um pouco de satisfação demais.

E foi assim que comecei a tomar uma condução diária para um quartinho no sul de Londres. Era apenas meia hora pela linha Northern do metrô, mas parecia a distância de um mundo inteiro. Se Catherine precisava falar comigo, podia me ligar no celular, a não ser que realmente eu não estivesse a fim e o desligasse. Nada fez mais bem ao nosso casamento do que ficarmos longe. Quanto mais tempo eu passava no estúdio, mais a gente se gostava. Eu sempre trabalhara em horários pouco convencionais, e, com um sofá-cama que se dobrava entre os amplificadores e o teclado, tudo continuou como antes. No que dizia respeito a Catherine, quanto mais eu ficava no estúdio, mais eu devia estar trabalhando, e ela tinha orgulho de ter um marido tão trabalhador, que, ao chegar em casa, ainda a ajudava tanto com a família.

– Onde você arruma tanta energia? – perguntou ao se deitar na cama depois de seu banho, enquanto me olhava passando Millie para seus braços.

– Bem, uma mudança vale por um repouso – respondi modestamente, pensando que uma mudança *e* um repouso eram ainda melhores.

Dei um banho rápido nas crianças na água perfumada da mamãe enquanto ela se deitava na cama e terminava a garrafa de vinho. Ela garantiu-me que não estava bêbada demais para contar a Millie sua história de ninar e foi adiante lendo perfeitamente, pulando apenas uma fala ou duas de um exemplar animado de *Pocahontas*. Logo, Millie e Alfie estavam dormindo, e a casa, em paz. Catherine deitou-se em nossa cama, embrulhada numa toalha gigante, macia e cheirando a talco e ainda ardentemente quente de seu banho de uma hora de banheira. Olhou-me.

— Se tivéssemos que ter mais filhos, o ideal seria tê-los todos próximos uns dos outros, você não acha?

Esse tipo de chamariz para ir para a cama não estava listado no *Guia erótico da sedução sexual*. Ela estava irresistível, mas, para mim, dois filhos bastavam.

— Bem, Alfie está apenas com nove meses; não temos por que nos apressar — disse, evitando uma confrontação.

Mas Catherine sempre soubera que teria quatro filhos e tinha um argumento muito convincente a favor de tentar mais um exatamente agora, isto é, o fato de estar deitada nua numa cama quente e macia. Fazia três semanas e quatro dias que não trepávamos e aqui estava ela pressionando seu corpo contra o meu e beijando meus lábios com doces beijos úmidos. Não vou fingir que não fiquei muito tentado, mas sabia que tinha de ser forte. Sem um contraceptivo, era arriscar demais. Por uns poucos minutos de prazer, eu não estava preparado para mais anos de noites maldormidas e toda a tensão e, de minha parte, toda a farsa que mais um filho traria. Não importa por que ângulo se olhasse, simplesmente não valia a pena. Eu recusava-me a ter cinco minutos de êxtase sexual com minha bela mulher.

Como ficou claro, esta última parte era verdade — foram apenas um minuto e meio. Praguejei contra minha fraqueza enquanto a abraçava e gozava. Aparentemente, muitos homens gritam obscenidades nesse momento. Eu apenas gemi "que foda!". Não um "que foda, que maravilha", mas um "que foda, que foi que eu fiz!". Sexo era o crime, e eu acabara de comprometer minha liberdade condicional. Deixara essa vida dupla se desenvolver, pensando que seria apenas uma medida temporária e que logo as crianças chegariam a uma idade em que poderíamos emergir da zona de guerra dos bebês e eu voltar a ser um pai e marido normal. Felizmente, a probabilidade de Catherine engravidar era baixa. Ela ainda estava dando de mamar uma vez por dia, e avaliei que estávamos safos.

Duas semanas mais tarde, Catherine me contou que estava grávida.

capítulo três

dar um tempo

Quando Catherine estava esperando nossa primeira filha, um dos livros que li sugeria que, para ter idéia do processo pelo qual minha mulher estava passando, eu devia encher uma bola d'água e usá-la amarrada à minha barriga por um dia inteiro. Para demonstrar todo o meu apoio, tentei fazer essa experiência. Segui os diagramas e amarrei uma bola viscosa em volta da minha cintura e andei até a cozinha com uma mão nas costas, tentando projetar um ar radiante. Mais tarde, achei que poderia olhar minha mulher nos olhos e dizer que agora, finalmente, eu entendia como era ter uma bola cheia d'água embaixo do macacão. Mas a experiência durou apenas uma hora. Minha bolsa estourou de repente, quando eu estava podando uma roseira.

Um bom futuro pai tem que saber se solidarizar. De fato, li que, eventualmente, os homens mais sensíveis vivenciam de verdade alguns dos sintomas *físicos* das gestações das companheiras, embora um bebê de quatro quilos e meio pular de suas vaginas não seja uma experiência pela qual passem normalmente. A "síndrome da *couvade*", como é chamada, aconteceu comigo na primeira gravidez de Catherine. Nas primeiras seis semanas, à medida que Catherine ganhava peso, por meio de alguma profunda sensibilidade espiritual, comecei a engordar também. Surpreendentemente, desde que paramos de jogar squash juntos e passamos a encomendar quilos de pizza e sorvete Ben & Jerry para comer em casa, minha cintura começou a se expandir no mesmo ritmo que a dela. Realmente, a natureza é uma coisa maravilhosa.

Todos esses conceitos e sugestões me deixaram com a impressão de que eu deveria tentar me tornar mais maternal. Era o que esperavam de mim: que fosse uma mãe substituta. Deveria sentir o que Catherine sentia; deveria ter os mesmos instintos que ela. Quase senti culpa por não chorar quando meu leite demorou a descer. Não surpreende que eu não fosse bom nesse negócio, uma vez que se tratava de uma aspiração difícil de alcançar. Minha esposa sempre seria melhor mulher do que eu.

Suponho que fôssemos um casal bastante convencional na forma como nos encaixávamos em nossos estereótipos de gênero. Catherine decidira que iria dar um tempo em sua carreira de atriz enquanto as crianças fossem pequenas. Não achava que estivesse indo a lugar algum, embora não fosse mais chamada, depois do nascimento de Millie, para figurar como "transeunte", tendo progredido para "transeunte segurando bebê".

Então decidiu virar mãe de tempo integral. "Bem, de todos esses papéis, esse é o mais duro", disse seu pai 112 vezes, muito aborrecido. O que Catherine considerou desnorteante foi como a fizeram se sentir culpada por não ser uma carreirista ambiciosa. Toda vez que contava que decidira parar de trabalhar, fazia-se um silêncio constrangedor. Ela disse que não queria mais ir a festas a não ser que pudesse carregar uma campainha e um cartaz em volta do pescoço anunciando: "Desinteressante." Tudo o que ela queria era estar com o bebê, e fiquei satisfeito de poder apoiá-la nessa decisão, embora sempre tivesse apreciado suas ocasionais aparições na televisão, sem falar da ocasional aparição de cheques embaixo de nossa porta.

Sempre gostáramos de nos ver como artistas e boêmios, eu, o músico, ela, a atriz, mas na verdade não diferíamos muito dos contadores e securitários que viviam em nossa rua. Morávamos numa pequena casa de dois quartos em Kentish Town, cujos corretores haviam descrito como um "chalé". Isso queria dizer que mal e mal dava para passar a poltrona pela porta da frente; depois disso, ficava tão difícil de a gente entrar que o melhor era dormir no jardim. Posso jurar que não havia espaço para girar um gato pelo rabo em nossa casa porque uma vez peguei Millie tentando fazer justamente isso.

Porque aspirávamos a morar em um bairro bastante perto do código postal próximo a uma zona que ficava junto a uma cobiçada redondeza de Londres, não tínhamos escolha senão morar em uma casa minúscula. Lembro-me de entrar em uma casa de bonecas na Toys"Я"Us e pensar como era espaçosa.

Como enfiaríamos mais uma criança em nossa casa era algo que estava além da minha capacidade mental, mas se a velhinha que morava no sapato conseguiu, então tínhamos apenas que nos esforçar, pois tudo era possível. Nunca tinha entendido aquela cantiga de ninar até me mudar para Londres. Se aquilo fosse hoje, alguma imobiliária teria comprado o sapato da velhinha para convertê-lo em apartamentos.

O terceiro filho ainda ia demorar oito meses para chegar e não tinha mais que três centímetros de comprimento, mas já era capaz de fazer com que sua mãe se sentisse enjoada, cansada e chorosa. Imagino que isso seja uma advertência precoce de que não há relação entre o tamanho do bebê e o grau de perturbação que ele pode causar. É claro que um embrião perturba sua vida de uma maneira diferente de um bebezinho, e um bebê perturba sua vida de maneira diferente de uma criança que já anda. Mas agora tínhamos os três juntos causando uma devastação na vida da gente. Poucos de nós têm lembranças de nossas vidas de um período anterior aos três anos de idade. Trata-se de uma necessidade evolutiva – se pudéssemos recordar os canalhas que fomos com os nossos pais, jamais teríamos filhos. Millie estava com dois anos e meio, Alfie, com dez meses, o embrião tinha quatro semanas, e eu me sentia com mais ou menos 105 anos. Nada poderia ter me preparado para o cansaço que estava sentindo, Catherine, então, nem se fala. Privação de sono é um método de tortura muito popular na polícia secreta da Indonésia e entre os bebês. Tinha que me dar por feliz porque pelo menos Alfie não conseguia me chutar nos testículos toda vez que o punha no chão. Deixava isso para sua irmã maior, que em geral galgava nossa cama às 3:00 da manhã. Mesmo quando dormia sozinho, eu me pegava deitado com minhas mãos no saco na posição de jogador de futebol formando barreira.

Catherine sempre se cansava mais no início de suas gestações, quando elas ainda eram segredo para todo mundo. Eu tinha que fingir para os amigos que ela ficava desmaiando e explodindo em lágrimas porque ficáramos acordados até tarde assistindo a velhos filmes de James Stewart, mas Catherine insistia em dizer que estava tirando tudo de letra. "Cansada? Eu? De jeito nenhum", dizia enquanto tirava os pratos, embora minhas suspeitas tivessem aumentado quando um dia voltei com o pudim da sobremesa e encontrei-a dormindo profundamente com a cabeça na mesa da cozinha.

Embora estivéssemos juntos havia cinco anos, eu ainda não aprendera a traduzir as coisas que me dizia. Antes de seu último aniversário, ela pediu: "Não me dê nada especial este ano." E, bobamente, acreditei que isso quisesse dizer que não lhe desse "nada especial este ano". Não decifrei a sutil entonação de sua voz, ouvi a letra em vez da melodia. Da mesma forma, Catherine tinha uma dúzia de maneiras de dizer "não estou cansada". Algumas significavam exatamente isso, outras queriam dizer "estou muito cansada, por favor insista em que eu vá para cama imediatamente".

Sabia que ela não estava normal naquela noite quando uma Testemunha de Jeová bateu em nossa porta. Estranho comportamento, pensei, ela não querer conversar com eles. Normalmente, Catherine os convidava a entrar, oferecia chá e então lhes perguntava se já haviam considerado a idéia de pôr Satã em suas vidas. Quase recrutou um deles uma vez, quando, seriamente, descreveu a edificante catarse espiritual de uma noite de orgias.

Mas esta noite o cansaço reduziu-a a uma abelha robotizada; desempenhou as tarefas necessárias de botar as crianças na cama, sem que sobrasse energia ou entusiasmo para nada mais. Alfie nos fizera passar três terríveis noites seguidas, e estávamos ambos completamente exaustos e desmoralizados. Não dá para dizer que vínhamos dormindo mal, porque na verdade acho que simplesmente não vínhamos dormindo. As noites em claro eram totalmente desorientadoras, e perdêramos todo sentido de tempo; para mim, estava além de minha compreensão como o relógio fisiológico de Catherine se lembrava de fazê-la vomitar de manhã.

Quando, finalmente, ela levantou seu rosto amassado da mesa, tentei convencê-la a dormir no sofá lá embaixo, com a porta fechada, onde não ouviria o bebê. Queria que me delegasse um pouco de sua privação de sono antes que eu fosse trabalhar na manhã seguinte. Mas ela não conseguia concordar com isso. Era gananciosa; queria todo o sofrimento para si. Mas insisti, e ao fim ela não tinha energias para resistir a meus argumentos. Então eu a pus no sofá com um edredom e travesseiros antes de lhe dar um beijo e subir sozinho para enfrentar a noite.

Foi como uma tempestade que se aproxima, diante da qual a gente entra em desespero. Fechem as escotilhas; vamos seguir noite adentro. Nos longínquos dias antes de existirem filhos, muitas vezes, deliberadamente, eu ficava acordado até de manhã. Era uma coisa maluca e divertida de fazer. Pulávamos a cerca do Hyde Park e brincávamos nos balanços. Fui a um festival de cinema de ficção científica, que durava a noite toda, em um cinema independente. Ia a festas onde tomava anfetamina ou cheirava cocaína e sentava no alto de Hampstead Heath olhando o sol nascer sobre Londres. Muitas vezes, quando tinha um trabalho grande para fazer, gostava de passar a noite com Catherine e então, quando ela ia para a cama, desaparecia no estúdio, botava os fones nos ouvidos e trabalhava nos teclados até de madrugada. Tomava café-da-manhã com Catherine antes de ela seguir para seus testes ou o que fosse, e aí dormia até a sua volta. Adorava trabalhar à noite quando tudo estava parado e silencioso e você podia realmente se perder em seus pensamentos. Uma melodia entrava em minha cabeça e eu me perguntava de onde vinha. Uma outra pessoa assumiu meu corpo e está me dando essa canção de graça. Algumas vezes, se me dava um branco criativo, ia caminhar na calada da noite só para sentir a paz da cidade adormecida. As noites eram um tempo para mim. Catherine me apelidou de Amante Noturno. Era sua forma carinhosa de chamar o namorado que gostava de ficar acordado a noite toda. Em momentos de intimidade e carinho, ainda me chamava de Amante Noturno, embora agora, quando eu tinha uma segunda casa em segredo, não se tratasse mais de um apelido com o qual me sentisse particularmente confortável.

Entrei na ponta dos pés no quarto de Millie e confirmei que estava adormecida. Tinha um ar tão doce e confiante e seguro. Evitando cuidadosamente as tábuas que rangiam, apanhei do chão dois bichos de pelúcia e, em silêncio, coloquei-os atrás de seu travesseiro. Com todo o cuidado e gentileza, puxei devagar o cobertor sobre ela. Preciso e meticuloso como um cirurgião, tirei a boneca de plástico que estava pressionando seu rosto e coloquei-a no lado da cama. Então, quando me levantei, minha cabeça se chocou com o móbile pendurado, que começou a bater e tilintar, e ela abriu os olhos e, surpresa, olhou-me sem acreditar.

— Por que você está aqui? — perguntou-me com voz sonolenta.

Não era uma pergunta fácil de responder em nenhum nível. Disse-lhe para voltar a dormir, e incrivelmente ela obedeceu.

Alfie estava adormecido no carrinho que, por razões que já me haviam parecido razoáveis mas que agora me escapavam, levávamos para nosso quarto todas as noites. Ele dormia profundamente, acumulando agora o máximo de repouso para ter toda a energia possível durante a noite. Silenciosamente e sozinho, preparei-me para dormir, perguntando-me como as próximas horas iriam se desenrolar, como um soldado às vésperas de uma batalha. A consciência de que logo seria perturbado fazia com que ficasse desesperado para adormecer rapidamente, de forma que me deitei em pânica concentração, pensando, durma, durma, o que me fazia ficar acordado por mais tempo do que o normal. Até que finalmente fui.

Durante mais ou menos a primeira hora, minha mente despencava ladeira abaixo em seu mais profundo sono, mas era sempre durante essa sonolenta descida que eu era puxado para a realidade, sacudido do sonho pelo súbito berro zangado do bebê. Essa noite, Alfie foi pontual e certeiro, e embora logo tenha me conscientizado de estar acordado, por dois longos segundos permaneci congelado, paralisado, enquanto meu corpo lutava para se atualizar e entrar em operação. Como um autômato cego, puxei o edredom, arrastei-me até o carrinho e enfiei meu dedo mindinho em sua boca. O choro parou enquanto ele chupava meu dedo, e sentei-me no fim da cama, ainda apenas meio consciente. Esfregando minha cabeça dolorida, olhei no espelho e vi a figura curva e grisalha de um homem exausto, um fantasma de meu antigo eu, meu cabelo ralo espetado para cima, meu rosto amassado e enrugado. Quando ele nasceu, um dos cartões que nos mandaram mostrava uma foto em preto-e-branco de um homem musculoso segurando um bebê nu contra o peito peludo. Não era assim que a paternidade se afigurava para mim. O relógio me disse que eu dormira apenas uma hora e quarenta minutos, sendo ainda muito cedo para dar mamadeira a Alfie. Depois de um tempo, ele começou a sugar com menos avidez; acalmou-se aos poucos enquanto eu balançava delicadamente o carrinho para lá e para cá, só para garantir. Quando habilmente removi meu dedo, ele mal reagiu.

Meu dedo era uma chupeta portátil que funcionou para ambos os filhos. Não era de estranhar que eles achassem as unhas longas e pontudas de Catherine menos reconfortantes, e assim meu dedo mindinho era o único consolo oral a que estavam autorizados. Antes, eu timidamente sugerira que comprássemos chupetas, mas Catherine argumentava que não eram higiênicas e que atrapalhavam o desenvolvimento da fala e que estávamos interessados apenas em nossa conveniência e que seria impossível fazê-los largar o hábito e uma porção de outras objeções pouco convincentes. Nunca mencionou a verdadeira, que era o fato de achar que chupetas davam um ar comum à criança, e nenhum filho dela deveria ter um ar comum. Eu não podia apresentar um argumento contra uma convicção da qual não ousava acusá-la, de maneira que a única chupeta que nossos filhos tiveram na vida foi meu mindinho. A chupeta era eu.

Para manter o pequenino Alfie adormecido, sabia que tinha de continuar balançando o carrinho gentilmente, para, centímetro por centímetro, manobrá-lo até uma posição ao lado da cama. Pelo menos, podia me deitar. Provavelmente, estava apenas piorando as coisas para o meu lado. Como um alcoólatra que vai ao pub tomar um copo d'água, eu ficava me tentando ao me aproximar da coisa pela qual mais ansiava. Mas simplesmente estava cansado demais para permanecer sentado, de forma que me deitei na beira da cama e, com o braço esticado dormente, empurrei lentamente o carrinho para a frente e para trás. Enquanto esse movimento fosse mantido em um ritmo razoável, Alfie ficaria quieto e eu poderia fingir que estava adormecendo. Mas ele era feito de matéria melhor do que a minha. O balanço perderia progressivamente a firmeza; pouco a pouco ficaria mais lento e mais fraco, até o momento em que meu braço exausto cairia no lado da cama. Este era o sinal para ele retomar o choro e aí, a despeito do resto de meu corpo comatoso, meu braço segurava o braço do carrinho e começava de novo a empurrá-lo para a frente e para trás. Este padrão repetia-se infinitas vezes; pela hora seguinte revezamo-nos para ver quem arrastava o outro. Até que finalmente parei. Silêncio. Seria possível que ele por fim me autorizasse a cochilar e deixasse que meu corpo fatigado e desmoralizado tivesse algum repouso? Eu só pensava em dormir.

Sono, só preciso de sono, daria qualquer coisa por oito horas de sono sólido e ininterrupto. Não este violento vaivém de semiconsciência, mas um sono real e verdadeiro, profundo, profundo. Ligar, desligar e apagar. Se encontrasse um fornecedor de sono, pagaria todo o dinheiro do mundo por isso, sem nem querer saber se o que eu fazia era ilegal. Roubaria a carteira de minha mãe para pagar por um pouco de sono. Tenho só que me aplicar com um pouquinho de sono. Cheiraria, fumaria, ingeriria um tablete de sono, injetaria sono, partilharia uma agulha, se fosse essa a única maneira pela qual pudesse dormir um pouco, ou então faria uma carreira de uma dose maciça de puro sono não-refinado e ficaria deitado esperando o efeito me bater inteiro, sentindo meu cérebro se anestesiar e meu corpo relaxar, e aí iria embora, chapado, para fora desse mundo; não há droga igual e eu simplesmente preciso de um pouco de sono ou vou morrer; talvez se eu me matar pareça que estou dormindo; por favor, por favor, por favor, tenho que dormir um pouco; vou roubar sono de Catherine, ela não precisa tanto; é isso, vou pegar o sono dela; de manhã, cruzo o rio de novo e digo a ela que tenho que trabalhar e me enfio em meu quarto, desligo o celular, tiro todas as minhas roupas, amacio os travesseiros de plumas, puxo o edredom por cima da cabeça e sinto o peso de meus membros sobre o colchão macio e me deixo ir embora, ir, deslizando, e pegarei tão pesado que, quando me aplicar desse jeito, o efeito será espetacular, vou me sentir um atleta, como um campeão mundial peso pesado, poderei correr uma maratona, mas estou adormecendo agora e está tão bom; é tudo que eu quero; por favor, bebê, me deixe dormir; preciso dormir agora, não posso esperar; preciso dormir e agora eu vou, vou, vou...

Estava sonhando ou ouvi um pequeno gemido vindo do carrinho? Segurei minha respiração por medo de minha respiração perturbá-lo. Decerto, logo em seguida veio outro meio gemido mal perceptível, e meu coração afundou. O padrão era sempre esse. Inicialmente, era difícil ouvir os gemidos – intermitentes, fracas tentativas de movimento, como alguém que não consegue ligar um carro com a bateria arriada. Mas, quando eu fechava os olhos e tentava ignorá-los, os gemidos viravam berros, e os berros viravam choros tossidos, e os choros tornavam-se ritmados e insistentes, até que o motor pegava de vez e o bebê começava a urrar com uma força incompatível com seu tamanho.

Fiquei lá deitado, ouvindo aquele choro zangado, incapaz de reunir o entusiasmo necessário para de novo pôr em pé meu esqueleto pesado. Catherine normalmente pulava muito antes de chegar a esse ponto, porque não queria que Millie fosse acordada pelo bebê, mas nunca me convenci totalmente dessa probabilidade. Era uma dessas preocupações de mãe superprotetora, típicas de Catherine. Houve o rangido de uma tábua no corredor.

— Alfie me acordou — disse Millie chorosa, em pé na meia-luz, agarrada a um cobertor babado.

— Oh, não — suspirei.

Peguei o bebê para fazer parar o choro, estimulando Millie a estender seus braços para que eu a segurasse também, o que fiz. E fiquei ali em pé no solitário nadir da noite, ninando duas criancinhas chorosas em meus braços, meu corpo cansado quase dobrando com o peso, me perguntando que diabos fazer em seguida.

Pensei que só havia uma coisa pior do que crianças que se recusam a dormir: os condescendentes pais de bebês que dormem. Acham que tudo se deve a eles. Sempre que Catherine e eu estávamos chegando ao máximo do desespero, éramos forçados a ouvir sua estúpida irmã hippie, Judith, nos explicar presunçosamente o que estávamos fazendo de errado. Tinha vontade de pegá-la e gritar:

— É porque você tem sorte, só isso. Porque aconteceu de ter um filho que dorme. Não por causa de seu parto na água, ou porque você dá a ele comida natural, ou porque seguiu o feng shui para decorar o quarto do bebê. É porque acertou no milhar.

Catherine e eu tentamos de tudo com Millie e Alfie, e agora estou reduzido a ameaças vazias.

— Esperem até chegar à adolescência – disse a eles. – Aí vou me vingar. Vou apanhá-los nas festinhas de camisa florida, vou dançar twist na discoteca da escola e, quando trouxerem os primeiros namorados para casa, vou mostrar fotos de vocês bebezinhos, pelados, rolando no tapete.

Mas minhas ameaças não significavam nada, e os dados estavam lançados. Não queria que Catherine se levantasse porque ela estava precisando desesperadamente de sono. Com as duas crianças despertas, era possível que acordasse também e, quando o fizesse e visse que eu deixara Alfie perturbar Millie, haveria uma briga, que só acabaria quando Catherine enfiasse a cabeça no vaso, de manhã, para vomitar. Millie acordada era um desastre em todas as frentes. Fora tudo o mais, o processo de alimentar e trocar um bebê na pequena hora da madrugada era uma operação precisa e precária. Em geral, um irritável bebê de dois anos e meio a seu lado é muito mais um estorvo do que uma ajuda.

— Quero ver o vídeo do *Barney* – disse Millie.

Não éramos pais particularmente severos, mas uma regra com á qual concordávamos era que Millie não podia nos acordar no meio da noite para assistir a vídeos infantis. Muito bom como regra abstrata, mas não levava em consideração o fato de Millie ter a personalidade da Margaret Thatcher. Não era alguém com quem se pudesse negociar, chegar a um meio-termo, que se pudesse subornar ou persuadir. Tomava uma posição e era visível em seu olhar diabólico que estava completamente convencida da total e absoluta correção de sua causa, e naquele momento nada poderia movê-la de seu inabalável credo de que ela iria assistir ao vídeo do *Barney*.

Um de nossos livros de puericultura dizia que a coisa inteligente a fazer é não confrontar a criança de um a dois anos, mas dobrá-la mudando de assunto ou surpreendendo-a com o inesperado. Técnicas criativas para distrair bebês são boas quando não se está cansado ou irritável. Imagino que esse sentimento retorne quando os bebês cresceram e foram para a escola.

— Não! Você não vai ver o vídeo do *Barney*, Millie — cortei-a.

Ao ouvir minha firme recusa, Millie jogou-se ao chão em agonia. Repetiu sua reivindicação 147 vezes enquanto eu iniciava meus procedimentos de troca de fraldas de Alfie, mas optei por ignorá-la. Tudo bem, eu estava no controle, iria simplesmente ignorá-la e não deixá-la me vencer.

— PELO AMOR DE DEUS, CALE A BOCA, MILLIE! — gritei.

Lá no fundo, eu sabia que de uma forma ou de outra ela conseguiria assistir ao vídeo do *Barney* antes de o sol raiar. Eu ainda estava lutando para botar uma fralda limpa no Alfie, mas ele não ficava quieto. A loção que tentei espalhar em seu bumbum vermelho espirrara na frente da fralda, onde fica a fita adesiva, de forma que a fralda já não ia mais ficar presa. Joguei-a fora e decidi começar tudo de novo, olhando em volta para ver onde pusera o pacote. Foi então que Alfie decidiu urinar. Um grande arco de mijo espirrou sobre sua cabeça, como se alguém tivesse de repente ligado o irrigador de jardim. Tentei pegar os últimos pingos com a fralda velha, mas era um exercício inútil porque ele já espalhara mijo em todas as direções, e agora seu macacão e camiseta estavam empapados.

Millie agora estava enfatizando sua reiterada proposta de assistir ao vídeo do *Barney*, batendo no meu braço toda vez que falava isso. Eu não me dera conta de que em sua outra mão ela estava segurando um bloco de madeira vermelho, e naquele momento seu braço girou e me atingiu no rosto com o brinquedo. A borda pontuda pegou bem em cima do meu olho. Fui atravessado pela dor, e numa explosão levantei-a e joguei-a de maneira excessivamente brusca em cima da cama, ela batendo a parte de trás da cabeça na cabeceira de madeira. Agora Millie estava berrando de verdade. Assustado pelo volume dos gritos da irmã, ou talvez apenas por um sentido de solidariedade fraterna, Alfie começou a berrar com igual intensidade. Quase em pânico, tentei cobrir sua boca com a mão para calá-lo, mas, nada surpreendentemente, essa medida não o relaxou, e ele bufou e se debateu, e eu insisti. E senti vergonha e medo pelo fato de a raiva e a frustração ferventes dentro de mim me terem feito capaz de cobrir a boca do bebê completamente e segurar firme até ele ficar quieto e calmo.

Deixei os dois berrando e me virei e soquei o travesseiro com toda a força que tinha, e soquei de novo e mais uma vez, gritando: "POR QUE VOCÊS NÃO CALAM A PORRA DESSAS BOCAS? POR QUE NÃO ME DEIXAM DORMIR?" E olhei para cima e vi Catherine em pé na porta observando a cena.

A expressão em seu rosto indicava que eu não estava lidando bem com a situação. Pegou Millie no colo e disse que estava levando-a imediatamente para a cama, e devido a algum código especial que certamente usou, Millie aceitou esse estado de coisas.

— Eu ia fazer justamente isso — disse sem muita convicção. — Por que você não me deixa fazer as coisas *à minha maneira*?

Ela não respondeu.

— Você deveria estar dormindo — gritei como se fizesse uma desafiadora reflexão posterior, como se ela tivesse se levantado e encontrado uma situação perfeitamente normal.

— Foi o choro de Alfie que acordou Millie? — perguntoume ao voltar do quarto.

— Foi. Quer dizer, eu me levantei e tudo, mas ele estava simplesmente inconsolável.

— Genial, ela vai passar o dia de amanhã exausta — deu um suspiro irritado, e aí notei que entrara com uma mamadeira quente para o bebê. — Por que Alfie ainda não tomou a mamadeira?

— Não era hora.

— São três horas agora.

– Sim, *agora* é hora, mas não era hora quando ele começou a chorar. Você disse para não alimentá-lo antes da hora. Só estava fazendo o que você mandou.

Catherine levantou Alfie do lugar onde eu o tinha trocado e botou o bico da mamadeira em sua boca.

– Eu vou dar a mamadeira – protestei. – Disse que faria isso esta noite e vou fazer. Você volta para a cama e vai dormir.

Ela me entregou o bebê e a mamadeira e, em vez de voltar para o sofá-cama lá embaixo, sentou em nossa cama de casal, onde poderia passar o tempo em que não dava a mamadeira a Alfie no meio da noite vendo-me dar a mamadeira a Alfie no meio da noite.

– Não segure assim tão inclinada, senão ele não mama – assoprou do banco de reservas.

Devido ao tom com o qual passou a informação, senti-me compelido a ignorá-la, e com toda a certeza o bebê começou a se debater e a chorar.

– O que você está fazendo? Por que faz tudo errado de propósito?

– Não estava fazendo nada de propósito.

– Passe-o para mim – e levantou-se da cama e pegou o bebê, e eu fui emburrado para debaixo das cobertas e fiquei lá, zangado e indignado, enquanto ela dava a mamadeira a Alfie.

O bebê sugou ritmado e feliz, confortável e relaxado nos braços da mãe, e, quando o ritmo começou a diminuir e Alfie a querer cair num sono pesado, Catherine batia gentilmente na sola de seus pezinhos, para acordá-lo. Era como se aqueles pequenos pés gordinhos tivessem um botão secreto que somente Catherine conhecia e que faziam a cabeça do bebê se alimentar direito. E, apesar de estar deitado ali me sentindo humilhado e ofendido, ainda havia uma parte de mim que achava maravilhoso como ela sabia fazer aquilo tudo.

Finalmente, voltou a seu lugar na cama a meu lado e achei que eu não devia insistir em que poderia ter dado conta de tudo sozinho.

– Só dormi uma hora e meia – resmunguei, na esperança de alguma solidariedade.

– Mais do que minha média nos últimos dias – ela rebateu.

Agora, o bebê estava alimentado, limpo e quentinho. Agora, seguramente, ele ia dormir. Deitamos juntos, rígidos e silenciosos, os dois sabendo que o outro estava atento ao primeiro gemido ranheta que viesse do carrinho. Como pacientes reclinados numa cadeira de dentista, era impossível relaxar, porque estávamos esperando pelo momento em que o motor atingisse nosso dente – o primeiro choro impaciente que nos dissesse que a lamentável precipitação do bebê estava começando de novo. Quando veio, não disse nada, mas senti Catherine se encolher a meu lado. Não era a vez de ninguém se levantar, de forma que, à medida que os gemidos ficaram mais regulares e insistentes, ninguém se mexeu de sua irremediavelmente otimista posição de dormir, como um casal tentando tomar banho de sol na tempestade.

– Vamos tentar deixar que ele pare sozinho – disse eu quando o choro virou um pranto desesperado.

– Não consigo fazer isso quando você está trabalhando, e eu aqui sozinha.

– Bem, hoje estou aqui, de forma que esta pode ser a noite quando ele vai aprender que nem sempre vamos nos desabalar para atendê-lo.

– Não consigo.

– Pelo menos até o relógio dar 3:50.

Disse isso quando eram 3:42. Levantei-me para fechar a porta de forma que Millie não fosse acordada de novo. Catherine não falou nada, mas ficou deitada lá olhando o mostrador luminoso do relógio digital do rádio-despertador enquanto o bebê invectivava seu choro magoado e sem ar.

Depois do que pareceu uma eternidade – 3:43 –, Catherine botou o travesseiro sobre a cabeça, com raiva. Acho que a intenção era demonstrar algo para mim, porque a vi levantá-lo levemente sobre a orelha para continuar ouvindo o choro de Alfie. Eu pensara que a agulha do volume do bebê já tinha atingido a linha vermelha, que seus pequenos pulmões e minúscula caixa vocal não conseguissem ir mais longe, mas às 3:44 os berros subitamente transformaram-se em um megassom quadrifônico, dobrando em força, raiva e volume. Se estivesse acontecendo um *son et lumière*, seria este o momento dos fogos de artifício e de o coro se levantar. Como ele podia de repente reunir tanta energia? De onde tirava resistência e determinação de propósitos àquela hora da noite quando nós, seus pais, com vinte vezes seu tamanho e força, estávamos prontos a jogar a toalha horas atrás. Agora eu compreendia por que as mães costumam se preocupar se o alfinete de metal se abriu e passou a espertar a carne da coxa do bebê, pois aquele era o nível extremo de dor que Alfie estava expressando. Até eu estava achando que a pele estava sendo atravessada por um alfinete de segurança, e nós usávamos fraldas descartáveis.

A gritaria furiosa continuou até as 3:45, ainda no volume máximo, mas houve uma mudança de marcha que passou a produzir barulhos mais curtos e erráticos. Eram choros tensos, dolorosos e desnorteados que berravam: "Mãe, mãe, por que tu me abandonaste?" E, embora ela estivesse de costas para mim, imaginei que Catherine a essa altura também estivesse chorando. Nos primeiros meses, quando ela ainda estava amamentando, eu tentara convencê-la a deixar o bebê chorar. Enquanto o bebê urrava, Catherine sentava-se na cama com lágrimas correndo pelas faces e leite pavloviano espirrando dos seios. A essa altura, eu já estava sugerindo que ela fosse e pegasse o bebê. Ficava preocupado que de uma forma ou de outra ela acabasse completamente desidratada.

Se ela estivesse chorando agora, eu acharia que provoquei isso. Eu era o torturador; trouxera essa pobre mãe para um quarto escuro no meio da noite e forçara-a a ouvir seu próprio filho urrando e se contorcendo em aparente agonia. Embora o choro me atormentasse e enfurecesse, ele não partia meu coração como eu sentia que fazia com o dela. Era evidente o quanto a magoava ouvir aquilo, mas eu não conseguia sentir o que ela sentia. Eu era capaz de me distanciar daquilo, fechar o lado do meu cérebro consciente da infelicidade de nosso filho, e estava forçando Catherine a tentar fazer o mesmo. Estava tentando fazê-la agir mais como um homem. Talvez isso fosse minha vingança inconsciente. Durante o dia, ela me fazia sentir que eu devia ser mais feminino, que eu deveria instintivamente compreender todos os humores e necessidades do bebê da maneira como ela compreendia. As horas do dia eram definitivamente suas. Mas agora, à noite, era a minha vez. Eu a fizera ler os trechos dos livros que concordavam comigo; mostrei-lhe prova documental do que vivia dizendo a ela: que não deveria sair correndo para atender ao bebê toda vez que chorasse; que deveria tentar ser mais fria, prender-se ao mastro e suportar seus soluços enquanto ele aprendia a adormecer sozinho. Mas, embora estivesse preparada a considerar a teoria abstrata dessa idéia, isso era algo que ela jamais poderia implementar na prática.

Pelo menos tínhamos aqui um aspecto da paternidade em que eu era melhor do que ela. Tínhamos aqui algo que eu podia fazer e ela, não. Suponho que haja uma certa ironia no fato de o meu campo de especialidade particular ser a capacidade de deixar o bebê chorar no carrinho, mas eu precisava me sentir bom em alguma coisa, e era isso. Eu era melhor do que ela quando se tratava de ficar deitado e não fazer nada. Essa reversão de poderes era sutil e poderia passar despercebida se eu não lhe chamasse a atenção, mas às 3:46, gentil e solidariamente, perguntei-lhe se estava conseguindo se controlar bem.

— Sim — retrucou, com raiva de ser paternalizada.

– Sei que é difícil – continuei, com minha voz mais compreensiva e consoladora –, mas logo você ficará feliz por ter conseguido.

Ela não disse nada, então concluí:

– Tente ser forte: é para o bem do bebê também, a longo prazo.

Então algo grosseiramente injusto aconteceu. Ela concordou comigo.

– Eu sei – disse. – Você tem razão: temos que vencer essa batalha.

– O quê? – respondi, consternado.

– Não podemos continuar assim todas as noites; o bebê me exaurindo até o fim de minhas forças. Temos que recuperar o controle.

Não era isso que eu estava esperando. Pensei que ela estivesse a ponto de saltar da cama e correr para o bebê e dizer: "Desculpe, Michael, simplesmente não sou tão forte quanto você. Não consigo me controlar; desculpe."

Tentei me agarrar a minha posição superior de supervisor paternal durão.

– Não vou me aborrecer, se você achar que realmente deve ir niná-lo.

– Não! – ela insistiu. – Temos que ser fortes.

– Você é muito corajosa, Catherine, mas sei que está morrendo de vontade de ir lá pegá-lo.

– Não, não vou. Vamos vencer esta.

– Você quer que eu vá lá pegá-lo para você?

– Não ouse! Deixe-o chorar.

Então fiquei deitado ouvindo os urros do bebê e, com meu último resto de orgulho e status arrancado de mim, tive vontade de fazer coro com ele.

Alfie acabou aprendendo a dormir sozinho, e nós tivemos um sentimento de triunfo e realização, como se um marco tivesse sido alcançado. Uma hora mais tarde, parecia que ele tinha esquecido a lição completamente e precisasse reaprendê-la toda de novo. Revezamo-nos empurrando o carrinho para lá e para cá no quarto, diagnosticamos cólica e gases e vários outros males sobre os quais lêramos no desmazelado quadro de avisos do centro médico. Então entramos em pânico ao pensar que talvez ele estivesse chorando tanto porque tivesse entrado em um quadro de meningite, e com certeza, para nosso profundo desalento, esse bebê que estivera chorando em um quarto escuro a noite toda recuava bruscamente ao ver uma lanterna de duzentos watts brilhar em seu rostinho. A meningite é assassina; é infecciosa. E se Millie também tivesse contraído a doença? Corremos para seu quarto e a sacudimos até acordar para acender a lanterna superpoderosa em seus olhos. Ela também recuou. E tontura, este é outro sintoma. Nossos dois filhos haviam contraído meningite! Uma Millie desorientada foi posta em frente à TV enquanto rapidamente verificávamos os outros sintomas no livro – dor de cabeça, febre, rigidez do pescoço. Nenhum dos dois parecia estar sofrendo desses sintomas. E então nos demos conta de que, se

Millie estava feliz de olhar a luz que saía da tela da televisão, não podia estar com meningite.

– Chega, Millie. De volta para a cama.

– Mas eu estou vendo o Barney.

– Você sabe que não pode ver televisão à noite.

O lábio inferior franziu e ela começou a chorar, e nós não podíamos ignorar que devia haver algo de levemente errado no fato de se sacudir uma criança até acordá-la às 5:00 da manhã, pondo-a em frente à TV, somente para lhe dizer que não tem autorização de ver televisão. Então passei a última hora antes de o sol nascer sentado com Millie, vendo um gigantesco e fofinho dinossauro verde e lilás ser abraçado por montes de criancinhas americanas doentias.

O café-da-manhã foi tenso. Não seria necessário o enjôo matinal de Catherine para fazê-lo tenso, mas o som de seus vômitos não contribuiu particularmente para melhorar o clima. A este ponto, estávamos tão irritadamente irracionais que me convenci de que ela estava fingindo os vômitos para demonstrar que se sentia pior do que eu. Era nesses momentos que precisávamos de um espaço separado para cada um, quando eu precisava sair e me esconder em minha caverna. O pai de Catherine convertera o galpão no fundo do jardim em um pequeno escritório, que era seu refúgio particular, onde ele podia ficar sentado em pacífica, quieta meditação, planejando seu próximo massacre de cupins. Mas eu tinha todo o sul de Londres para mim. Tendo nascido e crescido no norte de

Londres, Catherine teria tanta inclinação de viajar às profundezas de Balham quanto cogitaria caminhar no Cazaquistão. Ela podia ter no máximo uma vaga idéia de onde ficavam essas duas regiões do mundo, mas não conseguiria começar a contemplar que tipo de vistos, mapas e guias seriam necessários para chegar lá.

Teria sido melhor se eu houvesse atravessado o rio naquele exato momento; Catherine ficaria muito mais feliz vendo-me pelas costas. Mas havia algumas questões práticas a serem resolvidas antes: queria pelo menos misturar o leite do bebê, depois teria que encontrar o carregador do meu celular, pôr umas roupas e objetos na minha mochila e, em seguida, não escaparia de uma poderosa briga de casal. Ela se aproximava com toda inevitabilidade deprimente de uma música de Natal de Cliff Richard.

— Nivele com uma faca — disse ela enquanto eu media o leite em pó.

— Como?

— Espera-se que a colher de leite seja nivelada com uma faca para que você obtenha a quantidade exata.

— Catherine, o que de pior pode acontecer se o leite do bebê ficar minimamente mais fraco ou mais forte? Será que Alfie vai se envenenar? Ou vai morrer de fome?

— Você tem que seguir as instruções — respondeu ela, implicante.

— Você quer dizer que eu tenho que seguir *suas* instruções. Por que você não pode confiar uma vez na vida em que eu vá medir miseráveis colheres de leite em pó sem ficar me vigiando como um gavião sanguinário?

Daí para a frente não houve parada. A briga não era culpa de ninguém, era apenas a colisão inevitável de um casal exausto, apertado numa casa desconfortável, como duas galinhas poedeiras confinadas por um período longo demais na mesma gaiola. Mas logo estávamos jogando toda nossa raiva e frustração um contra o outro. Gritei-lhe obscenidades, e ela quis me atingir com um livro de capa mole, mas grande. Um livro intitulado *Os pais dedicados*, que voou por cima de mim até bater na perna de Millie, que não fez mais do que olhar, ligeiramente divertida, e continuar brincando. Mas eu fiz tanta onda de minha peninha de Millie, que ela decidiu que talvez, afinal de contas, o correto fosse começar a chorar, quando então pude lançar um olhar de ódio para Catherine e dizer: "Olhe o que você fez". Em seguida, para enfatizar quem era o pai dedicado naquele casamento, consolei nossa agitada menininha sentando-a para ler para ela um livro de Beatrix Potter.

– "Vocês, gatinhos levados, vocês perderam suas luvinhas", disse a sra. Tabitha Twitchet. Então o gatinho fofinho aparentemente acrescentou: "Você também é tão de lua, não é? Você é a única mulher que consegue ter TPM durante 28 dias da merda do mês." Millie olhou como se não se lembrasse daquele trecho do livro, mas logo se tranqüilizou quando continuei: "Foi então que três patos da lagoa passaram..."

A discussão continuou sua narrativa sinfônica de praxe, cada movimento construindo-se a partir do anterior. Catherine disse que eu nunca lhe contei nada, nunca conversei com ela sobre meu trabalho ou meus planos. Eu lhe disse que tudo que eu fizesse com as crianças estava sempre errado, que ela nunca me permitiria a dignidade de simplesmente fazer as coisas a minha maneira. Tremia de raiva. Não agüentava nem olhar para ela, por isso ocupei-me raivosamente lavando uns pratos de plástico, concentrando minha fúria acumulada no trabalho doméstico. De repente percebi que Catherine já os tinha lavado, mas continuei de qualquer maneira, esperando que ela não notasse.

– Já lavei esses pratos – disse.

Finalmente, mandou-me para a merda do meu trabalho, e respondi sem convicção que havia planejado ficar um pouco mais para ajudá-la.

– Para quê? – perguntou, enquanto eu vestia meu paletó. – Tenho que sair de qualquer maneira, ir ao supermercado, comprar leite em pó, levar Millie à creche, blablablá. É tudo tão terrivelmente chato.

– Mas não tem de ser chato. Eu lhe arrumei aquele walkman da Sony para que ouvisse a Rádio 4 enquanto empurra as crianças nos balanços, mas você quase nunca usa.

– Não é assim que funciona, Michael. Você não pode fornecer respostas instantâneas a meus problemas, como se eles fossem um questionário de revista. Não quero que pare tudo para resolver o meu tédio. Acho que algumas vezes gostaria que você ficasse entediado *comigo*.

Esse era um conceito tão estranho para mim que fiquei sem palavras. Catherine queria que eu ficasse entediado com ela, junto a ela. A mulher que tinha o maior senso de humor que eu já vi. A mulher que disse a um mochileiro holandês que eu era completamente surdo e passou a hora seguinte tentando me fazer rir contando a ele como eu era ruim de cama. Eu queria aquela Catherine de volta; queria resgatá-la da funerária e ressuscitar os dias em que tudo que queríamos era passar cada segundo juntos. Agora éramos como um casal de ímãs, um lado nos atraía, mas outro nos separava. Alternadamente, atraindo e repelindo, adorando e ressentindo.

Foi quando eu já estava para sair que ela me atingiu com mais um golpe.

— Michael, não me importo com o fato de que você nunca está aqui, mas me importo com o fato de você não *querer* estar aqui.

Como ela pôde ficar acordada pensando falas como essa?

O ataque era minha única forma possível de defesa.

— Isso é *tão* injusto — retruquei, levantando minha voz para dar a impressão de que agora ela realmente tinha ultrapassado os limites. — Você acha que eu gosto de ficar tanto tempo longe das crianças? Você acha que não vou dormir me sentindo um merda às 3:00 da manhã porque sei que não vou vê-los acordar? Não posso ficar com eles tanto quanto você porque tenho que trabalhar. Tenho que trabalhar dia e noite porque tenho que bancar uma mulher e dois filhos e uma hipoteca praticamente além das nossas possibilidades. E, quando você quer uma lavadora de pratos, o dinheiro magicamente aparece, ou roupas novas ou férias ou um estúpido bidê que só serve como recipiente para brinquedos de plástico para a banheira. O dinheiro está sempre lá, e está lá porque eu trabalho duro.

Agora eu estava genuinamente inflamado, e Catherine parecia não ter o que dizer.

– Não é fácil, sabe, ir para o meu estúdio exausto, trabalhar 36 horas de estirão a fim de cumprir os deadlines de entrega das músicas, escrevendo uma canção enquanto busco a inspiração para outra, trabalhando sem parar, sozinho, em um estúdio apinhado no outro lado da cidade, me jogando em uma cama vazia de maneira que, ao acordar, possa imediatamente continuar. Mas devo fazer isso para que possamos ter um padrão de vida decente, para que eu possa alimentar e vestir as crianças, para que possamos continuar vivendo nesta casa. Tenho que trabalhar muito duro porque é a única maneira de não afundar.

Peguei minha mochila e andei com raiva em direção à porta da frente para uma saída triunfante. No capacho, havia um envelope de tamanho e formato que eu já aprendera a reconhecer. Surrupiei-o e enfiei-o na minha sacola. Não precisava abri-lo para saber o que dizia. Mais uma carta de advertência do banco. Eles queriam saber por que a hipoteca não vinha sendo paga há quatro meses.

capítulo quatro

porque eu mereço

De uma maneira ou outra, eu seria sempre acordado por crianças. Meu rádio-despertador marcava 3:31, e por um momento não soube bem se era da manhã ou da tarde, mas o barulho das crianças sendo apanhadas na escola me convenceu de que devia ser depois do meio-dia. Os meninos teriam que ser hiperativos demais para que os pais os deixassem na escola até as 3:30 da manhã. Embora mais uma vez eu tivesse quebrado meu próprio recorde de sono, ainda estava sentindo que precisava de mais umas 12 horas. Quando você passa pela privação de fechar os olhos por dias a fio, uma dose maciça de sono só o faz desejar dormir ainda mais. Todo aquele descanso me exaurira, agora estava cansado e zonzo, como se estivesse saindo de uma anestesia geral. Como a Bela Adormecida conseguiu se levantar com um sorriso radiante depois de cem anos era um mistério para mim. Puxei o edredom sobre a cabeça e tentei cochilar novamente.

Ouriços, eles é que sabem das coisas, pensei. Quando sentem que está na hora do sono hibernal, simplesmente descolam uma imensa pilha de gravetos e folhas e se enfiam dentro. Obviamente, é uma pena que isso em geral aconteça em torno de 5 de novembro, mas o princípio básico é razoável. Por que não podemos nós, humanos, hibernar?, ponderei. Poderíamos nos enfiar numa cama no final de outubro, dormir pelo Natal e o Ano-Novo e deixar para levantar quando tocasse o despertador em meados de março. Se ainda estivesse chovendo, apertaríamos a função soneca para tocar de novo dentro de mais ou menos duas semanas, nos levantando somente para pegar o final da temporada de futebol. Certo, pensei, vou tentar fazer isso agora. Mas melou, nada feito, estava completamente desperto. Sentei-me e liguei a chaleira.

Lembrei-me de toda aquela sobra de sono da época em que tinha 16, 17, 18 anos. Desperdicei-a tão irresponsavelmente. Se ao menos eu tivesse investido em um banco de sono, poupado para uma pensão soporífera que me rendesse mais adiante na vida. "Michael! Saia da cama!", minha mãe costumava berrar do pé da escada para mim. Passamos os primeiros anos tentando fazer nossos filhos ficarem na cama e, antes que possamos nos dar conta, queremos que eles saiam dela. É difícil pensar em um período da vida em que estejamos quites com nosso sono. Crianças pequenas acordam cedo demais, adolescentes não acordam, jovens pais não dormem por causa do barulho que fazem os filhos e então, pouco mais tarde, não conseguem dormir porque não ouvem o barulho de seus filhos voltando para casa tarde da noite. Quando envelhecemos, começamos a acordar tão cedo quanto o fazíamos quando éramos crianças pequenas, até que finalmente vamos dormir para sempre. O que soa bastante interessante algumas vezes, exceto pelo fato de que me enterrarão perto de algum jardim-de-infância e serei acordado do Reino dos Mortos pelos gritos e choros e pulos de crianças em cima de mim a qualquer hora do dia e da noite.

Preparei uma xícara de chá e liguei a televisão, zapeando, tentando encontrar alguns comerciais para assistir. Como sempre, havia programas demais entre os comerciais. O primeiro foi uma inspirada interpretação de *Summertime*, de George Gershwin – um tipo Paul Robeson cantando: *Somerfield... and the shopping is easy. Lots of parking and the prices ain't high.** O anúncio seguinte foi de um xampu, no qual um jogador de futebol francês explicava por que usava L'Oréal. "Porque eu mereço", dizia. É por isso que estou na cama às 3:30 da tarde, pensei, porque eu mereço. Porque posso, e porque não tem mal nenhum nisso. E então apareceu um comercial de uma sociedade imobiliária que dizia: "Lembre-se: sua casa está em risco se você não paga suas prestações em dia." Mudei rapidamente de canal. Pagaria minhas prestações atrasadas logo, logo. Precisaria de uns meses trabalhando tão duro quanto Catherine pensava que eu trabalhava o tempo todo, mas avaliava que conseguiria liquidar minhas dívidas antes que o bebê nascesse.

---

* "Somerfield... onde comprar é uma moleza. Muitas vagas para estacionar e o preço é baixo." (*N. da T.*)

Meus pensamentos voaram para o bebê por nascer enquanto eu assistia a um programa da Universidade Aberta na BBC2. Era sobre algum instituto de pirados na Califórnia aonde iam mulheres grávidas para que fórmulas de álgebra e frases de Shakespeare fossem gritadas num tubo pressionado contra suas barrigas. Aparentemente, o feto dorme a maior parte do tempo que passa no útero, mas até isso estão querendo acabar. "Nunca é cedo demais para começar a aprender alguma coisa", dizia o professor. Aprender, por exemplo, que seus pais são completamente malucos.

Mas aquele deve ser o melhor sono de todos, pensei, aconchegado apertadinho dentro de um colchão d'água escuro e quente, com as batidas do coração soando abafadas, hipnoticamente, antes que todas as preocupações do mundo lá fora comecem a se acumular no seu subconsciente. Tudo certo: nenhuma necessidade de deixar o conforto e a segurança de seu ninho macio. Era disso que se tratava? Seria meu refúgio secreto nos cafundós do sul de Londres uma tentativa de retornar à simplicidade reconfortante que eu usufruíra nos nove meses antes de nascer? Deitei-me de novo e enrosquei meu corpo nu na posição fetal e percebi como, naturalmente, eu sempre preferia cair no sono. Meu pequeno esconderijo escuro e aconchegante tinha tudo que tivera o meu primeiro lugar de dormir. Não literalmente, é óbvio; o útero da minha mãe não tinha um pôster dos Ramones grudado com fita durex, mas, em termos práticos e espirituais, essa pequena toca era um útero artificial particular. Um cordão umbilical de fios elétricos embaralhados caía ao lado da cama – o cobertor elétrico que me trazia calor, a chaleira que fornecia meus fluidos, o fio da pequena geladeira para a nutrição. As batidas que saíam do estéreo de Jim pulsavam ritmicamente através da parede e a luz do dia que filtrava das cortinas estampadas de vermelho criava um efeito rosa venoso na minha janela para o mundo exterior. Minha única maneira de escapar da tirania dos bebês fora regressar eu mesmo a um estado pré-natal.

Disse a mim mesmo que não devia sentir culpa por às vezes achar minha família tão opressiva. Repeti a mim mesmo que o que eu estava fazendo não era pior do que o comportamento do restante dos homens da minha geração. Alguns pais ficavam trabalhando até muito mais tarde do que era necessário. Alguns pais trabalhavam a semana toda e depois jogavam golfe o fim de semana inteiro. Alguns pais chegavam em casa e iam direto para seus computadores pelo resto da noite. Para suas mulheres e suas famílias, esses homens não eram em nada melhores do que eu, mas eu pelo menos não ficava me enganando a esse respeito. O simples fato era que, por enquanto, todo mundo estava melhor se eu não ficasse em casa o tempo todo. O problema é que, quanto menos tempo eu passava lá, pior eu ficava e menos queria ficar.

Nos comerciais que eu musicara, as famílias sempre se divertiam a valer; seus membros pareciam todos sempre muito à vontade uns com os outros. Embora trabalhasse nessa indústria, eu ainda não tinha percebido suas mentiras. Obviamente, sabia que a margarina Deleve não era de fato uma deliciosa alternativa à manteiga, mas nunca me ocorrera que estivessem mentindo também a respeito das felizes crianças sorridentes e de pais gargalhando junto em volta da mesa de café-da-manhã. Se fosse a minha infância em questão, a mãe já teria pegado a faca da manteiga e ameaçado furar o pai.

Os comerciais dizem que nós podemos ter tudo, ser grandes pais e ainda esquiar e ganhar montes de dinheiro e pular no meio da reunião de negócios para contar a nossos filhos uma história de dormir pelo telefone celular. Mas não é assim. Trabalho, família e indivíduo; é a quadratura do círculo. Não dá para ser um pai presente e sensível e um homem de negócios provedor e durão e um pilar de sua comunidade e um jeitoso faz-tudo dentro de casa e um marido atencioso e romântico – algo tem que falhar. No meu caso, tudo.

Mas, ainda por cima, eu tinha outra razão para não querer passar horas e horas com meus filhos. Era algo que nenhum pai ou mãe tinha coragem bastante para admitir, um segredo culpado que eu suspeitava partilhar com muita gente, mas que não ousava mencionar por medo de ser considerado um mau pai.

Crianças pequenas são chatas.

Todos nós fingimos achar cada pequena nuance de nossa prole maravilhosa e fascinante, mas estamos todos mentindo para nós mesmos. Crianças pequenas são chatas; é o tédio que não ousa dizer o nome. Quero sair do armário e subir ao topo do mais alto escorrega para proclamar ao mundo: "Crianças pequenas são chatas." Todos os outros pais farão cara de chocados e ofendidos enquanto empurram seus filhinhos na gangorra para lá e para cá pela enésima vez, mas secretamente sentirão uma imensa sensação de alívio por não estarem sós. E toda a culpa que sentiram por odiar em segredo passar a tarde inteira estupidamente com seus bebês de dois anos iria de repente se dissipar quando percebessem que não eram pais maus e sem amor; que não há nada de errado com eles, mas sim com seus filhos. Seus filhos são chatos.

Tolerar o tédio não é algo que eu tivesse tido que fazer antes em minha vida. Se eu não estivesse curtindo umas férias, voltava para casa no ato. Se estivesse me aborrecendo com um vídeo, rapidamente ia para o fim da fita. Tudo que eu queria era poder apontar um controle remoto para as crianças e fazê-las avançar uns dois anos. Eu sei que elas seriam mais interessantes se estivessem na faixa de quatro, cinco anos. Catherine tinha mais paciência do que eu; não se incomodava de esperar alguns anos para ter um retorno de todo o tempo e amor que investiu.

Fui vagando até o banheiro e, tontamente, tentei levantar a tábua da privada, até que me lembrei de que, nesta casa, ela está sempre levantada. Tentei não pensar em Catherine. Era minha hora do recreio. Minha urina estava com aquele cheiro ácido e rançoso de quem comeu aspargos na noite anterior. Catherine havia preparado meu jantar e ela sabe que eu amo aspargos. Até meu mijo me fazia lembrar dela.

Imaginei que hoje, como na maioria dos dias, ela estaria se encontrando com uma das mães que conheceu na creche de

Millie. Catherine me descrevera todas as espécies de mãe que existem. Há aquela mãe-mulher-de-carreira culpada, que uma vez estava tão entusiasmada por ter conseguido passar a tarde na creche que anulou completamente as outras cantando aos berros "a carrocinha pegou três cachorros de uma vez". Há a mãe-tempo-integral fundamentalista, que em outros tempos foi uma bem-sucedida mulher de negócios mas que depois se jogou na maternidade com igual ambição competitiva. Em vez de conquistar promoções uma após a outra, passou a parir anualmente um novo bebê, o que ela acha que a autoriza a se sentir superior às outras mães a sua volta. Há a mãe de Satã, totalmente alheia ao fato de ter dado à luz o ser mais maligno do universo, jogando conversa fora com a gente na maior displicência enquanto seu filho de dois anos dá sistemáticas porradas no rosto de nossa filha, até ela dizer: "Aaaah. Eles parecem que estão se dando tão bem." E há a ecomãe, que explica baixinho e com delicadeza a seu filho por que ele não deve falar com a boca cheia enquanto o garotão de quatro anos suga furiosamente o peito dela.

Catherine ficou amiga delas todas. Sempre me impressionei com a facilidade como as mulheres ficam amigas. Quando estava eu no parquinho, sempre me via numa elaborada dança paternal pela qual tentava sutilmente afastar meus filhos das outras crianças cuidadas por seus pais com medo de ser levado ao constrangimento de ter de entrar num papo furado. Mesmo que a comunicação fosse inevitável, não falaríamos diretamente um com o outro, mas empregaríamos nossos filhos como interlocutores. Assim, se Millie estivesse deliberadamente bloqueando o escorrega, minha maneira de pedir desculpas ao outro pai seria dizer bem alto: "Desça do escorrega, Millie, e dê a vez à menininha."

O outro pai diria que estava tudo bem respondendo: "Não empurre a menina, Ellie. Ela vai descer quando estiver pronta." E não seria necessária a menor troca de olhares entre aqueles dois machos adultos. Enquanto isso, em outro canto qualquer do parquinho, a mulher dele e a minha já estariam revelando mutuamente quanto tempo tiveram que esperar para trepar outra vez depois de dar à luz.

Agora eu já me via fazendo social com todos os novos casais que conhecemos por meio de nossos filhos. Catherine e as mães papeavam sem parar, nossos filhos da mesma idade brincavam juntos alegremente, e os outros pais e eu continuávamos sem ter rigorosamente nada a ver. No domingo anterior, eu me vi forçado a conversar com um homem chamado Piers que relaxava nos fins de semana vestindo um blazer.

— E aí, Michael, gostou da arrancada do Astra?

Ele observara que Catherine e eu chegáramos a sua casa em um Astra Vauxhall e, evidentemente, achou que aquele era um tema legal para começar uma conversa.

— A arrancada? Bem, não sei, nunca entendi bem o que isso quer dizer. O que é exatamente a arrancada? Por muito tempo, pensei que arrancada tivesse a ver com peças que devêssemos arrancar, mas não é isso, né?

Piers me olhou como se eu fosse retardado e tomou mais um gole de sua cerveja personalizada antes de se dar ao trabalho de me esclarecer sobre o tema.

– Como o carro dá a partida?

Era isso o que ele queria dizer. Que conceito bizarro. Piers estava me perguntando como o carro da família dava a partida. Andando: era assim que ele dava a partida. Mas a resposta certa não podia ser essa, pensei comigo mesmo. Então qual era o lance que eu não percebera a respeito do meu carro? Ele fazia tudo o que eu pedia. Quando eu girava o volante para a esquerda, ia para a esquerda, quando girava para a direita, ia para a direita.

– Boa – disse eu. – Muito boa, aliás. É, a arrancada do velho Astra é excelente.

– Qual é o seu, o SXi ou o 1.4 LS, ou qual?

– Hein?

– O Astra? Qual é o modelo?

Eu queria dizer a ele que não dava a mínima para a porra do modelo do meu carro, certo? É um carro. Duas cadeirinhas de bebê no banco de trás, várias manchas de suco no estofamento, e no som está permanentemente enfiada uma fita de musiquinhas de filmes da Disney.

– É, bem, na verdade, não sei muito a respeito dos aspectos técnicos dos carros – disse pateticamente, e Piers me olhou como se, chegando de uma remota tribo da Papua Nova Guiné, eu estivesse acabando de ser apresentado à sociedade ocidental.

– É muito fácil, a gasolina é injetada ou não é? O "i" quer dizer isso: "injeção".

Houve uma pausa. Todo dia eu abria a mala do meu carro, mas não conseguia me lembrar das letras que tinha visto ali. SXi era uma possibilidade, mas não se podia descartar LS. Quais eram as letras, que diabo? Eu tinha que responder alguma coisa.

– Millie, não pegue o brinquedinho – gritei e corri para tirar de Millie uma boneca que a filha do Piers tinha dado a ela com toda a boa vontade.

– Mas ela deu para mim – disse Millie, mostrando que não estava entendendo.

– De verdade, Millie? Seja boazinha, viu? Vamos então pedir à pequena Hermione para nos mostrar todos os brinquedos do quarto dela.

E lá fui eu para o segundo andar da casa com um par de menininhas de dois anos, olhando para o outro pai com um olhar fingido de sofrimento e uma expressão de "crianças, o que se pode fazer?". No quarto de bebê fiquei escondido por quarenta minutos para não ser obrigado a continuar qualquer conversa com os adultos lá embaixo.

– Ela é muito legal, não é? – Catherine perguntou enquanto voltávamos para casa três horas mais tarde. – Convidei-os para almoçar lá em casa no próximo fim de semana.

Ela ouviu o meu suspiro de desencanto e disse:

– É por isso que eu gosto de você, Michael. Para você, não há gente desconhecida, apenas amigos com quem ainda não começou a implicar.

Para ela, estava tudo bem. As mulheres eram sempre legais, os maridos é que se revelavam muito esquisitos. Ela costurou o carro pelo trânsito infernal da Camden Road.

— O que você acha da arrancada do Astra? — perguntei a ela.

— O quê?

— Este carro, o Astra? O que você acha da arrancada dele?

— Do que você está falando, seu babaca?

Confirmei que definitivamente eu casara com a mulher certa.

Nunca pude me ver fazendo amizade com as famílias que Catherine conheceu na creche de Millie, embora tenha me sentido um pouco rejeitado quando soube que Piers e vários dos outros pais tinham saído juntos para beber numa noite de domingo, enquanto a mim não foi dada sequer a chance de não me tornar amigo. Escolhia meus companheiros da mesma maneira como escolhia as roupas que ia vestir. De manhã, meus jeans e blusão estavam na cadeira perto da cama, e eu me resolvia com eles. Depois, nas cadeiras do quarto pegado em meu apartamento, estavam Simon, Paul e Jim, e eu passava o resto do meu dia com eles. Não era uma questão de gostar ou cair bem. Tinha a ver apenas com o que era mais conveniente. Amigos pareciam entrar em minha vida e depois sair, quando acabava o motivo para vê-los. Sempre trabalhara com camaradas de quem gostava e com quem ia ao pub ou fazia qualquer outra coisa. A intenção sempre era permanecer em contato, mas não dá para, passados dois meses, simplesmente ligar para um cara e perguntar se está a fim de sair para tomar uma cerveja. Eles podem responder que aquela noite não é possível, e a gente fica com cara de idiota.

Naquele momento, meus melhores amigos eram aqueles três outros homens neste apartamento.

– Tudo bem? – resmunguei ao entrar na sala.

– Tudo bem – resmungaram todos de volta.

Era legal me atualizar com eles a respeito do noticiário. Por alguns minutos, li um tablóide velho. Tinha uma matéria sobre um casal na França em que cada parceiro tinha mais de cem anos, mas estavam querendo se divorciar. Perguntaram a eles por que estavam se separando depois de tanto tempo. Aparentemente, quiseram esperar até que todos os filhos morressem.

Porque era Páscoa, nem Paul nem Simon tinham que trabalhar, então ficamos os quatro em casa sem ter o que fazer. Era fascinante ficar olhando os três perdendo tempo como se fossem ter esse luxo pelo resto dos dias. Eles eram tão mais competentes do que eu em fazer nada; não precisavam se esforçar para ser preguiçosos. Jim ficava jogado no sofá e, aparentemente, tinha passado as últimas três horas tentando descobrir como o palm top dele podia lhe poupar tempo. Paul lia com toda concentração um jornal de gente grande, enquanto Simon sentava à mesa da cozinha fazendo rigorosamente nada. Ele sempre fazia isso. Era como se estivesse esperando por alguma coisa. Esperando perder a virgindade, disse Jim.

Simon aprendera o segredo da eterna adolescência. Havia momentos em que ficava tão estranho e inibido que era incapaz de conversar com frases e afirmações normais. Desenvolvera um modo de comunicação inteiramente paralelo que se expressava em questões de cultura inútil. Hoje, em vez de dizer "oi, Michael, não o vejo há alguns dias", ele deu uma risada esquisita e veio de "qual é a capital do estado de Nova York?".

– Albany – respondi obedientemente, e ele deu um resmungo satisfeito como se sugerisse que então estava tudo bem no mundo.

– Lado B de *Bohemian rhapsody*? – continuou.

– *I'm in love with my car*. Você não vai me derrubar com uma pegadinha musical. Sou especialista nessa área.

– Legal, então qual verso de *Bohemian rhapsody* era o título de uma canção que chegou ao primeiro lugar das paradas naquele mesmo ano?

Entrei em um certo pânico ao ouvir uma pergunta de música que não sabia responder.

– Sai fora. Você acabou de inventar essa.

– Não, é um fato muito sabido – lascou Jim.

Tentei afetar indiferença.

– É, não sei, é, *Scaramouche, Scaramouche*, com Will Doo e os Fandangos.

– Não.

– Essa pegou somente o segundo lugar.

Por dentro, minha mente disparava pela letra de *Bohemian rhapsody*, tentando encontrar o título de outra canção número 1 da parada de 1975. Não existia, eu tinha certeza.

— Desiste?

— Não, é claro que não desisto.

Mas decidi que, em vez de perder mais tempo, iria para meu quarto trabalhar um pouco. Uma hora mais tarde, saí e disse: "Eu desisto."

— A resposta é: *Mamma mia!* – informou Simon, triunfante.

Fiquei atordoado. Não era justo. Eu teria acertado se tivesse me dado um pouquinho mais de tempo.

— Você disse um verso. Isso não é um verso, apenas uma frase. Não conta.

— Uma salva de palmas para o rei da cultura inútil – disse Simon com os braços para cima.

Alguém de fora ficaria impressionado com a quantidade de coisas que Simon sabia. Ele sabia que a Batalha de Malplaquet aconteceu em 1709 e que o dodô vivia nas ilhas Maurício. Em compensação, no lado do passivo, ele não conseguia responder a questões como "o que você vai fazer para ganhar a vida?". Não sabia que seus pais estavam bastante preocupados com ele, ou como conseguiria arrumar uma namorada. Não sabia nem que fedia um pouco. Felizmente, a questão "Simon fede?" jamais apareceu na categoria ciência e natureza da Busca da Cultura Inútil, embora, se tivesse de fato aparecido, ele ficaria mais perturbado por não saber uma resposta do que por descobrir que todo mundo achava que ele fedia como tênis de adolescente.

Paul permanecera alheio durante todo o tempo do questionário, mas, quando foi revelada a resposta final, afirmou "está certo, é isso mesmo", com ares de grande conhecedor. Talvez ele fosse incapaz de participar porque toda sua energia era canalizada para a tarefa quase impossível de ler o jornal de maneira irritante. Quando levantava o jornal, não era para ler os artigos, mas para declarar "olhem para mim, estou lendo o noticiário". O silêncio era pontuado com resmungos de concordância, quando queria que soubéssemos que ele estava de acordo com o editorial, ou com "um horror" um pouco alto demais, se lia notícias tristes do Terceiro Mundo. As palavras-cruzadas crípticas eram completadas com comentários quase permanentes que se traduziam por satisfeitos tiques verbais e suspiros de sabedoria.

– Está fazendo palavras-cruzadas, Paul?

– O quê? Ah, claro. Já quase acabei, na verdade – respondia, grato, sem perceber que Jim estava gentilmente gozando com a cara dele.

– É das fáceis ou difíceis?

– Palavras-cruzadas crípticas. Nem considero as outras.

– Uau! – dizia Jim.

O fim da tarde virava o início da noite, e Paul começava a ficar inquieto e nervoso, como sempre em torno dessa hora.

– Alguém já pensou no jantar? – dizia a pessoa que sempre acaba cozinhando.

Fazia-se uma leve surpresa pelo fato de se ter de pensar em comida antes que fosse de fato a hora de comer. Jim olhava o relógio.

– Na verdade, ainda não estou com muita fome.

– Bem, claro, mas a gente tem que comprar comida e cozinhá-la *antes* de bater a fome, de forma que jantar e fome coincidam.

Silêncio indiferente enchia a sala.

– E então? – diz Paul, finalmente, diante de uma geladeira vazia.

– Então, o quê? – dizia Jim.

– O que vamos jantar?

– É, bem, é um pouco cedo para mim, obrigado.

– Não estou me oferecendo para cozinhar de novo. Estou perguntando se alguém mais pensou em cozinhar uma vez na vida.

O silêncio era demais para mim, e eu era o primeiro a quebrá-lo.

– Está legal, Paul, não se preocupe, vou fazer o jantar. Saio e compro fish and chips* ou algo do gênero.

– Isso não é fazer o jantar, é comprar fish and chips. Não quero fish and chips.

– Indiano? – sugeri magnanimamente, levando em conta que a casa de curry ficava uns cem metros adiante.

– Por que não podemos comer uma boa comida feita em casa adequadamente saída de nossa geladeira?

Fazia-se novo silêncio enquanto ninguém se apresentava como voluntário para tão grande empreendimento. Jim contemplou o fogão por vinte minutos até dizer com ar exausto:

---

* "Peixe com fritas", prato típico e barato da Grã-Bretanha. (*N. da T.*)

– Não vejo nada de mau em fish and chips, Michael.

– Nem eu – repetiu Simon.

– Legal, fish and chips para três, então – confirmei.

– Bem, se vocês vão todos encomendar comida, então vou fazer uma massa ou algo assim só para mim.

Havia uma pausa de um minuto na qual eu podia sentir a água na boca de Jim à menção de um dos incríveis pratos de massa de Paul.

– Ah, se você vai fazer uma massa, Paul, não poderia cozinhar um pouco mais para mim também?

Paul estava procurando as palavras para exprimir por que aquilo não era justo, mas não lhe davam tempo.

– É, para mim também – dizia Simon.

– Maravilha, Paul – dizia eu.

De alguma maneira, quatro homens vivendo juntos em um apartamento acabaram se constituindo em uma tradicional família nuclear. Não sei como isso aconteceu, ou se essa metamorfose ocorre com todo agrupamento humano que vive junto por um período, mas nós nos transformamos inadvertidamente em papai, mamãe e os dois filhinhos.

Suponho que eu fosse o filho mais velho, vago, quieto e cheio de segredos, que não conseguia se levantar nas manhãs seguintes a noites que não tinham sido passadas na farra. Simon era o caçula, *gauche* e inseguro, constantemente fazendo perguntas para chamar a atenção. Paul era a mamãe martirizada e sofredora, se metendo e se preocupando com todo mundo. E Jim era o papai autoconfiante, preguiçoso, misterioso e engraçado. A confiança que fora comprada na escola pública* dava-lhe um benevolente ar paternal que todos nós admirávamos, embora algumas vezes eu me sentisse desconfortável com uma figura paterna seis anos mais jovem do que eu.

Quando eu era menino, não entendia de onde vinha o dinheiro de meu pai, era simplesmente algo que ele parecia sempre ter, e o mesmo acontecia com Jim. O único problema de dinheiro que Jim tinha era como gastá-lo. Ele comprava minidiscs para substituir todos os CDs que tinham substituído todos os discos de vinil. Comprava engenhocas eletrônicas, canivetes de marca e novas capas de celular. Supúnhamos que o dinheiro viesse da família, mas éramos demasiadamente ingleses e educados para fuçar mais além quando ele resmungava respostas evasivas aos comentários sobre sua conspícua riqueza.

Ele tinha um bom diploma em italiano e geografia, embora parecesse lembrar apenas que a Itália tinha a forma de uma bota. Um dia decidiu que um Ph.D. podia ser útil, e estava correto: salvava-lhe de qualquer embaraço quando as pessoas lhe perguntavam o que fazia. Jim estava fazendo um Ph.D. e continuaria a fazê-lo até o dia de sua morte. Procrastinação seria seu nome de batismo, se ele chegasse lá. E ele constantemente levava Paul à loucura com sua incapacidade de se comprometer com qualquer plano ou programação. Numa manhã de sábado, Paul poderia sugerir: "o que vocês acham de ir ao cinema no National Film Theatre hoje à tarde, ou fazer qualquer outra coisa?"

---

* Na Grã-Bretanha, *public school* é o ensino pago e caro dos filhos das classes altas. (*N. da T.*)

E, com seu jeito esnobe, descansado, Jim daria de ombros, indiferente, e diria: "bem, vamos ver o que acontece."

Paul ficaria quieto por um tempo, ansioso por não revelar seu nervosismo e tensão, mas, quando tentava vender a idéia mais uma vez, não conseguia esconder o aborrecimento em sua voz.

– Nada vai acontecer se não nos levantarmos para fazer alguma coisa. Chegar ao NFT não pode simplesmente acontecer, temos que descer até South Bank, comprar os ingressos, entrar, sentar. Então, vocês estão a fim de ir ao NFT? – Paul perguntaria de novo, acrescentando "ou fazer qualquer outra coisa", numa consideração fingida de mais possibilidades.

– Bem, vamos ver como o dia se desenrola.

– O dia não pode se desenrolar! O dia é passivo! O dia não vai aparecer com um táxi e quatro ingressos para ver a merda do *Falcão maltês* – Paul finalmente gritaria. E Jim diria que então tudo bem, que ficasse frio, e nós diríamos para que ele se acalmasse, a gente está apenas por aqui, legal, e ele explodiria para voltar uma hora depois com todas as compras da casa, inclusive pretzel, azeitonas e uma fantástica cerveja tcheca que sabia que todos gostávamos.

Realmente, não era justo que todo mundo gostasse de Jim e ninguém gostasse de Paul. Paul era professor numa escola puxada de Londres; trabalhava demais, era pago de menos, e ninguém lhe dava valor. Jim era um rentista privilegiado e ocioso, que vivia de herança e não fazia nada com as imensas vantagens de berço que o destino lhe dera. Mas, apesar disso, eu ainda preferia Jim a Paul, porque o vagabundo rico tinha senso de humor, e o funcionário público empobrecido, não. Jim fazia-me rir, e, vergonhosamente, isso era o bastante para que eu lhe perdoasse tudo. Se eu tivesse nascido na Valáquia do século XV, provavelmente defenderia Vlad, o Empalador, com base no fato de ele ser bem divertido vez por outra. "Está bem, eu concedo, ele realmente empala um monte de camponeses, mas não dá para não gostar do cara. Pegar o carpinteiro que fabrica suas estacas de ponta para fazer uma extra a fim de 'surpreender alguém' e empalá-lo com ela, tudo bem, foi mesquinho, mas vamos tirar o chapéu, uma grande piada."

Dentro da complexa dinâmica daquele lar, somava-se a aliança musical entre Jim e mim. Tínhamos gostos muito similares em música, embora ele exibisse essa afetação ligeiramente irritante de gostar de jazz. Eu não tinha tempo para jazz. Música é uma viagem; jazz é se perder. A preguiça de Jim não conseguira evitar que ele se tornasse um competente guitarrista, e nós dois combináramos formar nossa própria superbanda, recrutada da enorme riqueza de talento musical disponível dentro das quatro paredes do último andar do endereço 140, Balham High Road, Londres, SW12.

Um dia, disse Jim, uma nova peregrinação do rock seria acrescentada às terras santas de Graceland e do Cavern. Fãs de rock vão se congregar em nosso lendário endereço, parando diante do prédio em quieta contemplação, pois foi aqui que, nos primórdios, aqueles dois músicos lutaram contra todos os obstáculos para criar o que se tornou conhecido no mundo inteiro como "o som de Balham".

É claro que já fazia muitos anos desde quando acreditei realmente que eu viria a acontecer como uma estrela do pop. Duas coisas são absolutamente certas no mundo do rock. Uma é que imagem é mais importante do que talento, a outra é que no ano 2525 será relançado o single *In the year 2525*.*Eu estava chegando perto dos meus 35, e minha cintura expandia-se tão rapidamente quanto minhas entradas se alastravam. Era difícil imaginar alguém que se parecesse menos com Kylie Minogue. Eu sabia que a indústria pop não iria se interessar por um papaizão velho e gordo, de maneira que Jim e eu gravávamos juntos nossas músicas por pura curtição. Não havia sentido esperar que nossas faixas fossem, um dia, lançadas como singles; elas eram criadas por diversão, por prazer. Muito embora, uma vez que eu tinha um equipamento de gravação bastante razoável, achei que poderíamos enviá-las para uma ou outra gravadora só para ver no que dava. Quer dizer, eu sabia que jamais iriam nos oferecer um contrato, mas não havia nada a perder em mandá-las por pura piada. Na verdade, naquela manhã mesmo, uma fita havia sido devolvida com uma cartinha dizendo que esse não era o tipo de material que aquele selo específico estava procurando no momento, e tudo bem, era o que esperávamos. Filhos-da-puta.

Embora minha ambição houvesse se dissipado, eu ainda tinha um devaneio recorrente de estar sentado aos meus teclados um dia e receber de repente um telefonema de algum manda-chuva de gravadora.

---

* Em 1969, o duo norte-americano Zager and Evans emplacou a música no 1º lugar da parada da revista *Billboard*. (*N. do R. T.*)

– Quem fala é Michael Adams, *o* Michael Adams, compositor do jingle Cheesey Dunkers?

– Sim?

– Bem, eu trabalho para a EMI e acho que aquela batida tem tudo de um primeiro lugar das paradas. Se fosse possível mudar apenas a letra do chinês dizendo "bem meloso e bem gostoso" para uma jovenzinha cantando "quero seu sexo no meu sexo; agorinha, me dê sexo", acredito que teremos um estouro instantâneo, sem erro.

Eu sabia que era altamente improvável, mas não conseguia desistir completamente, de maneira que fazia as melodias e Jim escrevia as letras e nós as gravávamos no meu quarto, e a história do rock and roll permanecia a mesma. Especialmente porque a tarefa de entrar numa real de gravar a nossa fita demo definitiva significava abrir mão de coisas mais importantes, como assistir à sessão da tarde ou mudar a tela de proteção do laptop do Jim, eu conseguira me associar a alguém ainda menos motivado do que eu. Não é que Jim fosse meio paradão, ele estacionara.

Mas, na noite anterior, decidíramos que hoje gravaríamos duas músicas novas de maneira que ao fim do dia tivéssemos a sensação de dever cumprido. Enquanto Jim afinava a guitarra, eu me esforçava para transformar meu quarto de dormir em estúdio de gravação, catando as meias, ligando os amplificadores, dobrando o sofá-cama, ajustando os pedestais dos microfones.

– Qual é o nome de vocês? – perguntou Simon, passando pela porta na esperança de ser chamado a se juntar a nós.

– Ainda não decidimos – disse Jim. – Tem alguma idéia?

Um alarme tocou em minha cabeça. Ah, não, pensei, vamos começar aquele velho debate de novo: qual-vai-ser-o-nome-da-banda. É o tipo da discussão-armadilha na qual nunca se deve entrar. Porque, uma vez lá dentro, não há como sair: as palavras fatais "qual vai ser o nome da banda", quando ditas nessa ordem, compõem um incrível feitiço que faz uma tarde inteira desaparecer.

– Ah, deixa disso – protestei –, vamos gravar a fita. Se a gente começar a falar de nomes de banda, não vamos fazer mais nada.

Houve uma concordância geral e uma aquiescência responsável da minha sugestão, mas Jim, que estava justamente escrevendo a etiqueta da fita DAT, atravessou:

– Legal, mas o que devo pôr na etiqueta nesse meio-tempo?

– Bem, ainda gosto de Extractors.

– The Extractors? Não, punk demais. Como The Vibrators ou The Stranglers.*

– Ha, ha, ha – gargalhei. – De maneira alguma. Não vamos entrar nessa de novo. Ponha simplesmente nossos sobrenomes, por enquanto. Adams e Oates.

– Soa como Hall & Oates – disse Paul, que dava sopa por ali tentando fingir não estar fascinado pelo processo de gravação de nosso primeiro single.

– As pessoas vão achar que, oh, meu Deus!, Oates rompeu com Hall e arrumou um novo parceiro, e aí vão perceber que se trata de um outro Oates e jogarão o disco no lixo.

---

* Em português, "Os Extratores", "Os Vibradores" e "Os Estranguladores". The Vibrators e The Stranglers são bandas do cenário punk britânico dos anos 1970. (*N. do R. T.*)

– Tudo bem, então nossos primeiros nomes: Michael e Jim.

– Soa como dois dos Osmonds.

– Parem, parem. Estamos entrando nessa conversa de novo.

Todo mundo concordou, e liguei o equipamento. Em seguida, pluguei-o na guitarra de Jim. Houve um breve silêncio enquanto o equipamento esquentava e, quase como uma última reflexão, acrescentei que, por enquanto, ele pusesse apenas "banda sem nome". No momento em que disse isso, sabia que tinha cometido um erro. Fechei os olhos em exausta expectativa.

– Banda Sem Nome. Gosto disso – disse Jim.

Houve um murmúrio de concordância em toda a sala e tentei não dizer nada, mas era impossível.

– Não, eu disse para pôr "banda sem nome" porque a banda não tem um nome ainda, não que a gente tenha aqui uma fita-demo de um grupo novo chamado Banda Sem Nome.

– Banda Sem Nome. Tem uma sonoridade legal, não tem?

– É. É chamativo.

Eu tinha que dar um corte radical.

– Sinto muito, mas não há a menor possibilidade de a gente se chamar Banda Sem Nome. É o pior nome que já vi.

Simon tinha um pior ainda.

– O que vocês acham de Participações Especiais?

Houve um resmungo meu e do Jim, que, como músicos experientes, sabíamos que toda banda uma vez na vida considerou extremamente original e doidão intitular-se Participações Especiais.

O entusiasmo de Simon não arrefeceu.

– Porque, pensem bem, toda vez que virem um cartaz anunciando um show, vai ter o nome de vocês ali. Vocês podem se apresentar ao produtor e dizer "nós somos Participações Especiais, nosso nome está no cartaz".

– Legal, e, quando vocês ficarem famosos, o cartaz vai dizer: "Participações Especiais com Participações Especiais" – acrescentou Paul – e vocês vão ter que se apresentar duas vezes – disse rindo.

Durante essa conversa toda, Jim e eu balançávamos a cabeça como dois velhos sábios.

– É, e se a gente desenvolve algum fã-clube? – intrometeu-se Jim. – Os fãs vêem "Participações Especiais" no cartaz e vão nos assistir apenas para descobrir que não só, aparentemente, mudamos todas as músicas, como cada membro do grupo se mandou. Ou isso, ou vêem nosso nome no pôster e supõem que não se trata da gente, mas de outro grupo com participações especiais. Esse é o pior nome possível para uma banda na história da música rock em todos os tempos.

– Fora Chicory Tip – ofereci.

– Ah, sim, fora Chicory Tip.*

Foi então que percebi que entráramos fundo no caminho do não-retorno. Não consegui evitar. Como uma das fadas boas em *Bela adormecida*, gritei e alertei em vão enquanto eles caminhavam em transe para a roca enfeitiçada.

---

* Em português, "Talo da Chicória", banda inglesa que freqüentou o topo das paradas britânicas em 1972. (*N. da T.*)

122

– Nomes para bandas não são difíceis – disse Jim, contra todas as evidências. – Basta tirar alguma coisa dos jornais.

– Comissários europeus renovam apelos por uma investigação do GATT.

– Hum, chamativo!

– Pegue uma frase isolada.

– Conflito nórdico de ciclistas.

– Gosto disso.

– Parece um conceito heavy metal dos infernos. Como Viking Blitzkrieg ou a Bigorna do Titã.

– Os Beatles – anunciou Simon, alegremente.

– O quê? – perguntaram os outros na sala, em estado de total incredulidade.

– Vocês disseram para eu ler alguma coisa no jornal. Tem um artigo aqui sobre os Beatles.

– Por que vocês não se intitulam Aardvark? Serão a primeira entrada no *Livro do Rock NME* – sugeriu o professor de inglês.

– Ou A1 – disse Simon –, só para garantir.

– A1? As pessoas vão ficar telefonando para a gente para pedir um táxi.

– Que tal Prova dos Nove?

– Por Deus, não – disse eu. – Esse nome lembra aquela banda nojenta, a Prova da Verdade, que costumava se apresentar antes da gente em Godalmin. Eles ainda estão com a porcaria do meu pedestal.

Então a conversa passou para o estágio seguinte, como sempre – o rápido pinga-fogo quando centenas de nomes eram apresentados e rejeitados em tempo recorde.

– O Cheiro do Vermelho.

– Não.

– Guarda Republicana de Elite.

– Não.

– Maior que Jesus.

– Não.

– Charlie Não Surfa.

– Não.

– Vem Dançar.

– Não.

– Hímen Complacente e Penetrações.

– Não, Simon.

– Morto ao Chegar.

– Não.

– Quem É Billy Shears?

– Não.

– Tudo se Desmorona.

– Não.

– Cuidado: Pode Conter Malucos.

– Não.

– Deixem os Peixes Nadar.

– Não.

– Detritos Gêmeos.

– Não.

– O Pássaro Gigante.

– Não.

– O Homem do Coração Grande.

– Não.

– Belgas Bastardos Bolinhas.

– Não.

– A Noviça Rebelde.

– Não.

– Semidistante.

– Não.

– Cuidado com o Buraco.

– Não.

– O Resto.

– Não.

– Os Ácaros do Tapete.

– Não.

– Gangue da Cadeia.

– Não.

– Aiatolá e os Xiitas.

– Não.

– Os Vadios do Ninho das Cobras.

– Não.

– Vinte-e-Quatro Minutos de Tulse Hill.

– Não.

– Ui!

– Não.

– Não, disse ui só porque esta cadeira me lascou.

Depois de um tempo seu cérebro fica anestesiado de tanto procurar uma combinação original de duas ou três sílabas, e de exaustão mental você acaba resmungando barulhos incompreensíveis. Blablablás.

– Que tal algo com conotação de realeza?

– Todos já foram usados. Já teve *Queen, King, Prince, Princess*. Só sobrou a Duquesa de Kent. Você não pode dar a uma banda de rock vanguardista o nome de uma perua metida cujo único direito à fama vem de conseguir ingressos de graça para Wimbledon.

– Eu sei – disse Simon excitado, aumentando nossas esperanças sem justificação –, que tal Ei!?

– Hein?

– Não, Ei. Nada de interrogação. Ei! com ponto de exclamação. Sabe, que nem Uau!, uma expressão para chamar a atenção das pessoas.

Ninguém se deu sequer ao trabalho de rejeitar a idéia; era uma sugestão medíocre demais para merecer uma resposta. Em vez disso, foi absolutamente ignorada, e Simon pareceu magoado ao perceber que todo mundo continuara sugerindo outros nomes sem se dignar a reconhecer o dele. Por mais uma hora, mais ou menos, sugestões sem fim foram lançadas e reduzidas a pó por um de nós. Rejeitamos Os Navegadores, Já para a Cadeia, Rocktubro e, nada surpreendentemente, Santa Joana e a Conspiração da Caspa Pesada. Até que, com uma certa gravidade de quem sabe que tem finalmente a resposta certa, Jim pronunciou Sede de Viver, *Lust for Life*.

– Sede de Viver – contemplei, muito impressionado.

– É uma faixa do Iggy Pop – disse Paul.

– Eu sei.

– E um filme sobre Van Gogh.

– Eu sei.

Paul pusera pomposamente essas objeções somente para se desapontar percebendo que não eram objeções. Repetimos o nome algumas vezes mais e concordamos que era isso, Sede de Viver. Tomou-nos duas horas e meia, mas finalmente conseguimos realizar algum trabalho. Liguei o microfone e adotei a persona do apresentador do Hollywood Bowl.

— Senhoras e senhores, esta noite fazendo a primeira apresentação de uma turnê de ingressos esgotados em todos os Estados Unidos aqueles que são primeiro lugar no mundo inteiro, vindos lá de Balham, Inglaterra, o Sede de Viver.

Jim e Simon aplaudiram e assobiaram, e Simon levantou seu isqueiro. Paul afetou uma pose de alheia indiferença sentando-se para ler o *Time Out*.

— Alguém está a fim de ver um show amanhã à noite? — perguntou um tanto enigmaticamente.

— Por que, quem está tocando?

— Estava pensando em ir ao Half Moon em Putney — e balançou o anúncio sob nossos narizes. — Tem uma banda nova tocando que se chama Sede de Viver.

Houve uma pausa.

— Plagiadores filhos-da-puta! — cuspiu Jim. — Afanaram o nosso nome.

Nenhuma música foi gravada aquela noite. Em determinado momento, ainda convoquei "vamos lá, rapaziada, ao trabalho", mas meu apelo foi rejeitado como se fosse um apito de fábrica. A pior hora foi no meio do debate, quando meu celular tocou, e era Catherine do outro lado.

— O que você acha do nome Índia? — perguntou.

– Já tem uma banda chamada Índia – respondi, confuso.

Em seguida, tentei repetir a frase dando ênfase à palavra "banda" como se quisesse dizer, bem, que existe uma *banda* chamada Índia, mas isso não significa que não possa haver um *bebê* chamado Índia. Não tinha muita importância porque eu sabia que a sugestão do nome era só uma desculpa para me ligar e fazer o primeiro contato depois de nossa briga.

Ela me fez sentir saudade de casa. Meus companheiros de apartamento tinham sido tão irritantes o dia inteiro que agora eu só queria voltar para Catherine de novo. Com os estúpidos ataques de cólera de Paul acerca do modo como Jim fazia o chá, ou por causa de meu jeito de não cozinhar o jantar, as tediosas perguntas de Simon e a impossível procrastinação de Jim e uma noite inteira gasta discutindo a merda de uns nomes de banda, eles estavam me levando à loucura. E então uma percepção terrível abateu-se sobre mim. Era algo que eu não previra quando fugi de minha família para conquistar um pouco de sanidade: que a família postiça que adotei era tão insuportável quanto a outra. Que toda vez que chegava bastante longe do lado de cá, eu olhava para o lugar de onde tinha acabado de sair e, de repente, o lado de lá ficava muito mais verde do que quando eu o deixara. Que, não importa onde eu estivesse na vida, sempre ia querer estar em outro lugar. Que eu tinha me dado todo esse trabalho, enganado a mulher que eu amava, me endividado, só para descobrir que as coisas que me aborreciam e oprimiam me perseguiam aonde quer que eu fosse. Não era Catherine, ou as crianças, o problema. Nem mesmo Jim, Paul e Simon. O problema era eu.

capítulo cinco

é bom conversar

Tenho 15 anos e estou em pé do lado de fora de um teatro perto de Piccadilly Circus. Sessenta outros estudantes acabaram de escapulir de dois ônibus para ver *Hamlet*, de William Shakespeare. Eles têm uma aparência desajeitada e sem graça em seus paletós e gravatas. Todos deram ao meu professor de inglês um cheque de seus pais, mas eles não tiveram que pagar o preço cheio porque minha mãe trabalha no teatro e pode conseguir ingressos com desconto para a gente. Bem, isso foi o que eu imaginei e descuidadamente disse a meu professor de inglês. Na verdade, minha mãe trabalha no teatro em regime de meio expediente e não seria capaz de nos conseguir nem um pequeno desconto. Por isso, não foi feita nenhuma reserva de ingresso.

Eu só queria ajudar. Quando ele disse o nome do teatro, eu o reconheci, levantei meu braço e contei-lhe sobre minha mãe, e ele retrucou, meio de gozação, que "talvez, Michael, ela nos conseguisse ingressos com desconto". E eu disse que ela certamente conseguiria, e a bola de neve começou a crescer a partir daí. Não sei por que não disse nada nas semanas anteriores. Não queria desapontá-lo, suponho. Eu realmente gostava do professor Stannard, e ele parecia gostar de mim. Não lhe disse nada quando ele perguntou se mamãe "tinha de fato reservado os ingressos". Ali, teria sido provavelmente um bom momento para dizer a verdade. Não lhe disse nada quando ele distribuiu as cartas sobre a excursão escolar para todo mundo entregar aos pais. E tampouco quando ele estava fazendo a lista de quem ia e quem não ia ver *Hamlet*, não lhe disse que, na verdade, nenhum de nós veria a peça. Não lhe disse nada quando todos subimos nos ônibus.

Os dois motoristas de ônibus ficavam um ultrapassando o outro na pista dupla, e a garotada festejava. Todos os garotos menos eu. Somente eu sabia que estávamos todos perdendo tempo, e que era tudo minha culpa, e que meu terrível segredo logo seria revelado. Mas ainda assim não disse nada. Quando estávamos os 64 alunos e professores na entrada do teatro e o professor Stannard discutia com a moça da bilheteria e virou-se para mim e perguntou "Michael, você tem certeza de que sua mãe fez a reserva de 64 ingressos?", então eu disse a verdade. Tomei os ares de alguém que tinha querido dar um recado mas deixara-o escapar da mente por completo.

– Ah, é, quer dizer, eu queria lhe dizer... hum... mamãe não tem direito ao desconto, então não consegui que ela fizesse as reservas.

Minha indiferença fingida não conseguiu convencê-lo de que aquilo não era uma tragédia. Os ingressos estavam esgotados para aquela noite, explicou o gerente do teatro, e o professor Stannard virou-se para mim e perdeu o controle completamente. Dizem que o medo de um momento é sempre pior do que o próprio momento. Não nesse caso: meu medo era justificado. Acho que até os outros professores ficaram constrangidos pela maneira como seu rosto enrubesceu e seu corpo tremeu e ele cuspiu ao gritar comigo. Eu apenas fiquei lá, incapaz de pensar em algo para dizer em minha defesa, encolhendo os ombros silenciosamente em resposta às perguntas que ele jogava em minha cara. As veias saltavam de sua testa, e, enquanto ele berrava a dois centímetros do meu rosto, senti o cheiro podre de seus cigarros. Ele estava tão furioso comigo que misturava todas as palavras.

— E agora a quinta série inteira não vai perder *Hamlet*.

— Vai perder, sim.

— O quê?

— O senhor disse que eles não vão *perder* a peça.

— Eu disse que eles não vão *ver* a peça.

— Não, o senhor disse que eles não vão *perdê-la*, professor.

Eu podia ter arruinado a noite de 64 pessoas, mas daquilo que estava dizendo eu tinha certeza.

— Não me diga a merda que eu disse ou deixei de dizer. Eu falei *ver* a peça.

Suas bochechas trêmulas e vermelhas continuavam a apenas dois centímetros das minhas, e um pouquinho de cuspe aterrissou em meu nariz, mas achei melhor deixá-lo lá.

Um dos outros professores tentou acalmá-lo:

– Realmente, você disse *perder* a peça, Dave.

E aí o professor Stannard virou-se para o professor Morgan e passou a gritar com ele, o que todos os garotos acharam incrivelmente legal porque nunca tínhamos visto professores gritando um com o outro.

O mais estúpido é que o único motivo por que eu não lhe dissera a verdade era evitar um aborrecimento. Como estratégia de longo prazo, é claro que nunca ia dar certo. Finalmente, saímos todos e nos sentamos sob a estátua de Eros por horas a fio, esperando que os ônibus viessem nos apanhar no horário combinado, e percebi que o professor Stannard não gostava mais de mim e que começava a chover.

– Bem, se morrermos todos de pneumonia, podemos agradecer a Michael Adams – ele disse amargamente, o que achei um pouco injusto porque não era culpa minha que estivesse chovendo.

– Você é um fanfarrão estúpido, Adams – disseram meus colegas de turma.

– Oh! Se esta sólida, completamente sólida carne se dissolvesse, condensasse e evaporasse num orvalho! – disse Hamlet.

Eu sabia o que ele estava sentindo.

– Michael, você tem a tendência a adiar os problemas até eles não serem mais problemas, tendo se desenvolvido e transformado em desastres em grande escala – anunciou meu coordenador de turma na manhã seguinte, quando eu me apresentei em sua sala.

E essa era mais ou menos a essência do que viria a me dizer meu gerente de banco 16 anos mais tarde, quando conversamos pelo telefone a respeito das prestações da minha hipoteca. Ele estipulou uma data para eu ir vê-lo e resolver tudo, e para provar que sua análise de minha personalidade estava inteiramente correta, não compareci ao compromisso.

Sentei no meu apartamento de solteiro e destrinchei quanto eu precisava pagar para ficar em dia com as prestações de nossa casa. Anotei quanto eu devia em todos os meus cartões de crédito e em várias compras a prazo. Numa coluna ao lado desta, escrevi quanto eu teria de entrada ao longo dos próximos meses. Tentei melhorar a segunda coluna um pouquinho incluindo alguns vouchers de compras que eu tinha recebido desde o Natal, mas não deu para diminuir a depressão. Fiquei olhando longa e friamente para as duas somas de valores, tentando descobrir o curso de ação mais sensível e realista aberto para mim. E aí saí e comprei um bilhete de loteria.

O dia em que eu teria que começar a trabalhar feito um escravo estava se aproximando rapidamente. No meio-tempo, resolvi fazer algumas economias. Tentaria pôr menos pasta de dente em minha escova e começaria a comprar amendoins em vez de castanhas de caju. Havia uma outra despesa doméstica em meu apartamento no sul de Londres que me incomodava fazia algum tempo, mas eu ainda não tinha contemplado uma maneira delicada de levantar a questão. O custo de nossa conta de telefone era dividido por quatro, mas um exame cuidadoso revelava que mais da metade das chamadas eram feitas por Sórdido Simon para seus sites pornográficos favoritos na internet. Eu estava subsidiando sua masturbação ritual. Já é desconfortável quando achamos que alguém tem que pagar um pouquinho mais pela conta do restaurante, imagine dizer a um colega que racha o aluguel com você que ele lhe deve dinheiro porque passa metade de seu tempo livre trepando com a mão direita, bem, não é o tipo de problema abordado pelo guia *Debrett* de etiqueta social. Mas a prova estava ali preto no branco, a conta detalhada por chamada mostrava o mesmo número infinitas vezes, e por quanto tempo Simon tinha ficado conectado a ele. No dia 9 de fevereiro, por exemplo, ele telefonara às 10:52 da manhã e, aparentemente, tinha se masturbado por sete minutos e 24 segundos. Aquilo nos custara a todos 35 centavos, sem incluir o imposto. Mais tarde, no mesmo dia, ele fez uma chamada de 12 minutos e 23 segundos, mas até dá para entender que, na segunda vez, ele precisasse de um pouco mais de tempo. Havia páginas e páginas de chamadas, listando datas, horários e duração de seu surfe pela internet. Aliás, surfe é uma palavra glamurosa para o que Simon fazia na internet. Ele se *escondia, espreitava* e *ficava na moita* na internet.

Levantei o problema com os outros, e concordamos que teríamos de confrontá-lo a respeito. Queríamos liquidar a conversa o mais rapidamente possível, esperando discutir o princípio financeiro sem entrar no detalhamento de suas atividades.

Deveríamos ser menos ingênuos. Apesar do que imagináramos ser circunstâncias embaraçosas, Simon parecia encantado por estar no centro das atenções e, positivamente, acolhia muito bem o tema no qual era um verdadeiro expert.

– Vale mesmo a pena – explicou brilhantemente. – Pelo preço de uma chamada telefônica local, você pode ver gente trepando com gorilas.

– Ah, as maravilhas da tecnologia moderna – disse Jim.

– Ou com qualquer primata, se você quer saber, à exceção dos orangotangos. Eles são bastante raros, não é?

Simon estava completamente alheio ao nosso desconforto e, com entusiasmo, não parava de falar sobre o fascinante mundo da pornografia pesada.

– Você é um nanico nojento, Simon – disse-lhe eu, e ele pareceu ficar muito satisfeito, como se presumisse que minha opinião a seu respeito fosse muito pior.

Não era que eu estivesse aborrecido pelo fato de Simon ser obcecado por pornografia, mas sim porque ele não se sentia minimamente constrangido ou envergonhado por causa disso. Todos os homens são fixados em sexo, mas pelo menos o resto de nós faz alguma tentativa para esconder isso. Ele falava de sua fixação como de algum pequeno hobby charmoso, teatro amador ou pintura em aquarela. "É bom conversar", dizia o anúncio da British Telecom. Ou qualquer coisa que você fizesse para aumentar a conta telefônica.

Na esperança de que pudéssemos partilhar seu entusiasmo se, pelo menos, víssemos o que estávamos perdendo, ele nos mostrou alguns dos *sites* pornográficos que visitava. Eles mostravam três ou quatro pessoas estranhamente contorcidas que mais pareciam estar jogando twister peladas. "Mão esquerda no ponto vermelho; pé direito no ponto amarelo; peito esquerdo no pênis preto." Com a única diferença de a minha memória de jogar twister ser sempre a maior diversão, enquanto os rostos dessas pessoas sugeriam uma dor insuportável. Achei essas fotos ao mesmo tempo repugnantes e irresistíveis. Como batidas de carro e enchovas, que você sabe serem horríveis mas não consegue não dar aquela última olhadinha só para ter certeza de que são verdadeiramente tão repulsivas quanto lhes pareceram da primeira vez. Mas minhas primeiras impressões em geral eram corretas. A maioria das imagens era tão erótica quanto fotos coloridas de uma cirurgia cardíaca de peito aberto. Havia uma seqüência de fotografias que contava a história de um jantar que virava uma orgia. A transição parecia bastante fácil.

– Aqui de novo, a gente vê – disse Simon.

– O quê?

– Uma coisa levando a outra. Olhe, imagem 1: eles estão sendo apresentados. Imagem 2: estão conversando um pouquinho. Imagem 3: ela está com o pau dele na boca. Quer dizer, o que aconteceu entre as imagens 2 e 3? – é isso que eu preciso saber. Como uma coisa leva a outra? Se fosse comigo, a imagem 1 teria "oi, oi". Imagem 2: "conversinha, conversinha". Imagem 3: ela estaria dando um tapa em minha cara e indo embora.

Ele abriu outro site da internet arquivado nos "favoritos" e deu uma leve risadinha enquanto baixava, lentamente, a foto seguinte. Gradualmente, o computador revelou a imagem de cima para baixo, como se estivesse de molecagem conosco, brincando com a idéia de mostrar tudo, mas depois segurando e provocando de novo ao escancarar um pouco mais. A mulher revelada era inegavelmente atraente. Seu rosto era bonito, seios perfeitos, quadris redondos e pernas longas e macias. A única coisa que a estragava para mim – mas talvez seja excesso de perfeccionismo de minha parte – era que ela exibia um grande pau duro. Sei que, como homens, freqüentemente temos expectativas pouco razoáveis de que os corpos das mulheres se encaixem em estereótipos preconcebidos, mas acho que a ausência de um pênis e de testículos é um pré-requisito no qual eu insistiria.

Em meio a grunhidos exagerados, disse a Simon que sua relação com o computador não era sadia, que se tratava de um caminho só de ida, sem amor ou carícias, e que todos nós concordávamos que, no futuro, ele deveria pelo menos levar o computador para jantar ou fazer outro programa antes de chegar às vias de fato.

Finalmente, uma nova lei doméstica foi proposta: Simon teria autorização para se masturbar diante do computador somente nos fins de semana e nos horários mais baratos. Ele protestou, indicando que suas chamadas já tinham desconto. Pelo jeito, quando ele se registrou no programa Amigos e Família da British Telecom, ficou evidente que seu melhor amigo era o servidor da internet, o que deu uma impressão tragicamente adequada. Não que seu melhor amigo de vez em quando lhe telefonasse. Mas a lei passou, e podíamos deixar Simon em paz novamente.

– Tudo certo – disse Jim –, mas bem que eu veria de novo a foto daquelas gêmeas louras lutando na lama...

A razão pela qual tínhamos Simon em tão baixa conta era que, ingenuamente, ele nos revelava seus aspectos mais desagradáveis. Não guardava para si seu lado escuro. Contava tudo para a gente. Era ao mesmo tempo um defeito e uma virtude; ele podia ser um verme, mas era um verme honesto e despretensioso. Eu tinha certeza de que não era um assassino serial, canibal e secreto, porque, se fosse, alegremente ele nos teria comunicado todos os detalhes práticos acerca do preparo da carne humana. Ele era esse objeto raro, uma pessoa sem segredos.

Eu tinha vivido minha vida até então com uma reserva instintiva que me fazia dar uma pausa até para responder "aqui", quando o professor chamava meu nome na lista de presença. Jim, Paul e Simon não tinham a menor idéia de que, quando não estava com eles, eu era pai e marido. Preferia assim. Logo depois que comecei a alugar meu quarto, entraram os outros inquilinos, e não vi nenhuma necessidade de esclarecer meus novos companheiros acerca de meus arranjos domésticos nada convencionais. Em geral, eu não mentia. Enganava apenas por omissão. Uma vez, Catherine brincou dizendo que o motivo pelo qual eu não falava sobre o que andara fazendo era para evitar ter que mentir. Como eu ri. Obviamente, eu me vi obrigado a desenvolver uma ampla defesa de meus silêncios masculinos. Resmunguei: "não é."

Minhas reservas eram tão a favor dela quanto de mim mesmo. Aprendi cedo na vida que, se a mãe de seus filhos teve um dia chato, não é exatamente diplomático contar a ela cada detalhe dos momentos divertidos e interessantes que você tem vivido. Elas preferem muito mais que você também esteja entediado. Então, nos dias em que voltava para casa para uma cena de exausto enfado, eu me esforçava ao máximo para pôr para baixo o prazer que tivera quando estava na rua. Naquela sexta-feira, voltei para encontrar Millie assistindo a um vídeo enquanto Catherine ajoelhava-se para limpar o forno, tentando, ao mesmo tempo, balançar Alfie na cadeirinha com o pé.

— Como foi seu dia? – ela perguntou.

— Ah, você sabe, chato, como sempre.

— Você almoçou?

— Comi qualquer coisa.

— Onde?

— Onde? É, bem, dei um pulo numa solenidade de premiação onde ofereciam um almoço.

— Almoço de premiação? Deve ter sido legal.

— Nada demais. Você sabe como é o marketing, agora oferecem almoços de premiação quase todos os dias. Bastante cansativo, na verdade.

— E você voltou ao estúdio para fazer algum trabalho?

– Bem, não. Eu não teria conseguido fazer muita coisa: tomei champanhe demais. Quer dizer, não sei se era champanhe de verdade, tinha um gosto meio ordinário, mas eu mais ou menos fiquei por lá a tarde inteira.

– Ah, legal.

– Na verdade, fui obrigado. Você sabe, contatos, capital social, aquela chatice.

Ela pôs a cabeça no forno de novo, e eu verifiquei duas vezes que ela só estava limpando-o, não cometendo suicídio.

– Você ganhou algum prêmio? – perguntou a voz de eco de dentro do forno.

– É, tipo.

– Tipo o quê?

– É, ganhei. Melhor fundo musical original, para aquele comercial de banco que eu fiz no outono passado.

– Não tenho idéia. Você ficou na sua sobre esse trabalho.

– Bem, você já tem bastante com que se preocupar sem que eu fique aborrecendo-a com meu trabalho – disse, sem convicção.

Ela fez uma pausa enquanto raspava a última crosta de gordura, e tive esperança de que o interrogatório acabaria por ali.

– Então você não ganhou?

– É, bem, ganhei, sim.

Ouvi sua cabeça bater contra a parede do forno. E aí ela saiu e me olhou, incrédula.

– Você foi a um almoço de premiação e ganhou um prêmio?

– É, uma grande estátua de prata. Subi no palco para receber, e todo mundo aplaudiu, e quem me entregou a estátua foi John Peel, que apertou minha mão, e, depois, ficamos conversando um montão de tempo.

— John Peel? Espero que você não tenha perguntado se ele se lembrava de seu flexi-disc.

— Catherine, John Peel está acostumado a receber milhares e milhares de fitas e gravações todos os anos. Não vou ter a expectativa de que se lembre do meu flexi-disc que ele não tocou no fim da década de 80, não é mesmo?

— Então ele não se lembrava?

— Não, não lembrava. Não. Mas ele é ainda mais simpático do que parece no rádio e todo mundo vinha falar comigo e me dar parabéns, olhando minha estatueta e tirando fotos.

Percebi então que estilhaçara minha cobertura de mártir e, tardiamente, tentei reconstituí-la.

— Mas, você sabe, fora isso, foi realmente cansativo. Tudo tão falso. E o prêmio pesava uma tonelada. Foi horrível andar Park Lane inteira carregando um prêmio de três toneladas, tentando pegar um táxi.

— Soa como o inferno — virando-se do lugar onde estava encolhida no chão.

Seu rosto estava todo sujo de gordura queimada de dentro do forno, tendo também coberto suas roupas e melado seu cabelo. Ao fundo, Alfie começava devagarinho a retomar seu choro, porque o pé de Catherine tinha parado de balançar a cadeira.

— É, eu estava pensando que talvez gostaria de tomar um banho — arrisquei. — Mas, é... suponho que também poderia cuidar das crianças um pouquinho se você quisesse usar o banheiro antes de mim.

– Não quero tomar o seu lugar. Já que você teve esse dia tão horrível – ela disse, incisivamente.

No que me dizia respeito, contar coisas à parceira só causava dor de cabeça. Presume-se que a honestidade completa e total é a única maneira de ter uma relação feliz, mas nada está mais longe da verdade. Quando um casal acaba de transar, a última coisa que eles devem fazer é ser abertos e honestos um com o outro. A mulher diz: "hum, foi uma delícia." Não: "ah, foi mais rápido do que eu queria." E ele diz: "hum, foi muito gostoso." Não: "curioso, descobri que aumento a intensidade do meu prazer se fingir que estou comendo sua melhor amiga."

Todos os casais enganam um ao outro até certo grau, então o que eu estava fazendo não era tão diferente. Todo pai já ouviu o choro do bebê à noite e fingiu que estava dormindo até sua mulher se levantar da cama para lidar com o problema. Eu era mais reservado do que alguns homens, mas muito mais leal a minha mulher do que a maioria deles. De qualquer maneira, pensava comigo mesmo, Catherine conta mentiras. Quando os conservadores vieram cabalar meu voto nas eleições gerais, Catherine disse a eles que *ela* era Michael Adams. Fez uma voz grossa e profunda e perguntou se quem se submete a uma mudança de sexo também pode se filiar ao Partido Conservador. A piada saiu pela culatra quando o candidato de repente ficou muito interessado nela, e tivemos que passar a nos esconder no andar de cima toda vez que ele voltava e tocava a campainha.

E, é claro, ela enganava todo mundo a respeito de sua gravidez. Como não queria contar às pessoas durante os três primeiros meses, coagiu-me a manter uma fachada de normalidade infértil. O mais desconcertante a esse respeito era que, embora eu fosse um mentiroso militante, na hora de juntos ludibriarmos os outros, eu percebia que ela era muito melhor do que eu. Passamos uma rara noite na casa da irmã Nova Era de Catherine ouvindo as teorias de Judith de que o mundo ia acabar porque as pessoas estavam usando demais calculadoras movidas a energia solar, e o sol estava se gastando. Judith era uma hippie moderna de plantão. A única vez em que nos ofereceu carne em sua casa tinha sido anos antes, quando fomos participar de uma refeição cerimonial para celebrar o nascimento de seu filho, e ela pronunciou as inesquecíveis palavras:

— Tinto ou branco com placenta?

— Para mim, só um pouco de cuscuz, obrigada — retrucou Catherine. — Já comi placenta no almoço.

Agora grávida, Catherine não estava tomando vinho, e nessa ocasião esperei que recusasse, mas ela ia sempre a minha frente. Dizer "não" atrairia atenção sobre ela e levantaria suspeitas, por isso aceitou o vinho junto com todo mundo e ninguém notou que, na verdade, não bebeu. Uma vez que identifiquei seu plano, pensei que poderia ajudar se, galantemente, avançasse e, de maneira sub-reptícia, tomasse seu vinho. Quatro copos. É o tipo de abnegação que todos os futuros pais deveriam estar preparados para fazer. Nosso anfitrião não parava de encher nossos copos, e eu não parava de esvaziá-los. Dei a Catherine uma piscada matreira e um sorrisinho conspirador para indicar que eu sabia qual era a dela e que discretamente a ajudava a manter as aparências. E aí caí da cadeira.

Quando chegou a hora de ir embora e eu estava tentando enfiar o braço na manga errada do casaco, nosso anfitrião foi categórico em dizer que nós dois havíamos bebido demais para dirigir de volta para casa.

— Realmente, eu estou bem para dirigir. Quase não bebi nada – manteve Catherine, ainda ansiosa para não revelar seu segredo.

— Não, eu insisto. Michael pode pegar o carro amanhã de manhã. Já pedi um táxi.

— É. Eu pego o carro de manhã – enrolei a língua. – Você não pode fazer isso, Catherine, grávida desse jeito.

Ela estava no maior mau humor quando chegamos em casa, mas sabe-se que a gravidez pode afetar das mais variadas maneiras o temperamento de uma mulher. Suponho que a diferença entre Catherine e mim é que ela só mentia até certo ponto; ela sabia a hora de limpar a barra. Se fosse comigo, eu ainda estaria negando estar grávido ao entrar na sala de parto com as pernas para o ar. Fora sua irmã e seu cunhado, que puderam adivinhar depois que deixei escapar aquela pequena pista, Catherine contou às pessoas que estava grávida exatamente quando planejou – ao final do terceiro mês. Todo mundo deu parabéns com um pouquinho menos de excitação e surpresa do que o fizeram quando anunciamos nosso segundo filho, o que já foi menos do que por ocasião da primeira.

144

– Queríamos ter todos eles bem pertinho um do outro – disse, usando o plural majestático, e eu olhei em volta procurando para ver a quem ela estava se referindo.

– Aaaahhh – disseram todos os nossos amigos e parentes, que batiam em sua barriga como se ela houvesse se tornado, de repente, propriedade pública.

De agora em diante, o pequeno embrião teria que se acostumar às pessoas constantemente batendo na parede. Eu me sentia bastante protetor da miniatura de bebê que havia ali. Com 12 semanas, o feto já tem a forma aproximada de uma pessoa. Todos os órgãos principais estão constituídos. Há batimentos cardíacos, pulmões para respirar, estômago para digerir, um baço para, bem, para fazer o que faz o baço... ser perfurado em acidentes.

O embrião também já formou uma coluna vertebral. Estou contente porque um de nós tem coluna vertebral. Catherine ainda estava muito cansada e chorosa, e a última coisa que queria era que lhe dissesse que estávamos passando por problemas financeiros temporários. Enquanto ela contava a todo mundo as boas notícias, eu guardava as más para mim mesmo. Para evitar que minha mulher grávida se preocupasse com cartas ameaçadoras chegando ao capacho de nossa casa, decidi que era hora de agir e finalmente enviei um envelope ao banco. Não continha um cheque por todo o dinheiro que eu lhes devia, mas solicitava que, de agora em diante, a correspondência fosse enviada para meu endereço no sul de Londres, e assim aquele problema foi resolvido.

A única pessoa a quem eu ainda não dera a notícia do novo bebê era meu pai. Papai se aposentara e fora viver sozinho em Bournemouth, e eu não conseguia me deslocar para vê-lo com a freqüência devida. Ele tinha uma bem-pensada gravação na secretária eletrônica, formulada para revelar o mínimo possível de sua vida. Quando eu a ouvia, podia quase vê-lo lendo-a em um pedaço de papel. Dizia: "a pessoa que você está chamando não pode atender agora, embora talvez esteja em casa." E ele pensava que assim potenciais assaltantes diriam: "droga, droga, se tivéssemos certeza de que ele não está, iríamos lá e levaríamos tudo." Ele ainda não conhecia nossa casinha em Kentish Town, o que me dava um sentimento de culpa toda vez que pensava nisso, mas papai tinha medo de vir a Londres e enfrentar a confusão de novas manifestações populares. Depois que entrou no e-mail, passamos a nos comunicar mais regularmente, porque ele ficava me ligando para perguntar por que seu e-mail não estava funcionando.

— E a rede, Michael? Você faz a rede?

— Você não "faz a rede", papai. Não é algo que se faça, como um curso ou um cigarro de palha.

— Bem, eu também não consigo fazer a rede. Deve haver algum engarrafamento no meu computador.

Eu poderia partilhar a notícia de seu novo neto pelo telefone, mas tive o sentimento de que gostaria de lhe contar olhando nos olhos dele. Catherine disse que, quando afinal eu conseguisse isso, o bebê provavelmente já teria nascido, crescido e ido para a universidade. Então liguei de volta e sugeri que fôssemos visitá-lo para lhe fazer o almoço e, depois, eu daria uma aula de computação. Ele ficou encantado com a idéia.

– Seria muito legal, Michael. Mas, antes que você venha, a Microsoft é algo que eu deveria comprar?

Papai viveu e ganhou a vida, respeitavelmente, como traficante de drogas. Não do tipo que tem dois Rottweilers, montes de anéis de ouro, e vende crack atrás das boates de Manchester; papai jamais ganhou tanta grana quanto esses caras porque sempre negociou com o tipo errado de drogas. Ele vendia o efervescente da Beechams e um calmante para o estômago. Eu já tinha tentado imaginá-lo dirigindo pelo país afora e abrindo sua maleta para um de seus melhores clientes. O farmacêutico rasgaria um sachê de Alka-Seltzer e provaria um tico na língua.

– Essa porra é legal, cara. Mas não me vá tentar malhar o sal de frutas Eno, cara, porque vou ter que mandar pescar seu corpo sem cabeça no East River, sacou?

Papai era um traficante de drogas que tinha carro da firma e plano de pensão. Seu trabalho envolvia muitas noites fora de casa, especialmente depois que conheceu uma farmacêutica morena chamada Janet, que trabalhava no Spa Royal Leamington. Ele era capaz de tudo para convencê-la a comprar sua linha de produtos, inclusive abandonar a mulher e o filho único. Assim, ficamos somente mamãe e eu com cinco aninhos. Cresci em Home Counties numa casa semi-isolada com um pai semi-isolado. Depois que meus pais se divorciaram legalmente, eu tinha que passar solitários fins de semana em seu bangalô de cheiro muito esquisito. Da mesma maneira como ele fora um evacuado na guerra, eu era despachado para uma cidade estranha, agarrando-me à minha mala e a uns poucos brinquedos rapidamente amealhados, um refugiado da guerra de secessão de meus pais.

Não havia nada para fazer em sua casa de adulto a quilômetros de todos os meus amigos, de modo que comecei a tocar piano. Sábados inteiros e domingos inteiros, por anos e anos, eu pratiquei o piano. Havia somente uma coleção de partituras sob o tamborete poeirento, *Hinos tradicionais para pianoforte*, e eu os tocava um após o outro. Inicialmente, tentei apenas pegar as melodias, mas com o tempo fui ficando fluente e seguro, a ponto de imaginar que eu era Elton John, calçando aquelas botas cintilantes de plataforma de sete centímetros, adentrando o Hollywood Bowl e me lançando em meu primeiro número, o espetacular sucesso *Deixe eu me aproximar do Senhor*.

— Obrigado, senhoras e senhores. E agora uma música que tem sido muito boa para mim; todo mundo cantando *Quando eu busco a cruz maravilhosa*.

E eu faria um boogie-woogie pelos quatro versos da música, improvisando ocasionais "Uau!" e "Oh, baby!" depois do pedaço que diz "Alguma vez tal amor e tal tristeza se encontraram, ou espinhos compuseram tão rica coroa?". E aí eu baixava a intensidade um pouco com *Eu aro os campos e difundo a luz*. A essa altura, eu imaginava o público acendendo seus isqueiros e, suavemente, balançando para lá e para cá até onde meus olhos podiam ver. De repente, fogos de artifício explodiam em todo o palco, e eu me lançava numa seqüência de sucessos do início de minha carreira – favoritos entre os clássicos do rock, como *Avante, soldados de Cristo, Jesus – Amor de minha alma* e a faixa-título do meu último álbum, *Eu sei que meu Salvador vive.* Este era meu bis e eu girava várias vezes enquanto tocava as últimas notas.

Portanto, eu poderia dizer que, sem o divórcio dos meus pais, provavelmente eu jamais teria aprendido a tocar piano, estudado música na faculdade e atingido as alturas inebriantes de ter meu flexi-disc tocado três vezes na FM Thames Valley. Agora que eu era o que meu pai chamava de um "compositor de música pop", ele tinha muito orgulho de mim e, muitas vezes, ligava para me dizer que tinha acabado de ver um comercial para o qual eu escrevera a música sendo exibido na televisão.

– É verdade, a agência pagou por uns cem espaços, papai, vinte deles no horário nobre.

– Então, eles devem gostar de sua música, se ficam passando sem parar.

Enquanto eu levava as crianças do carro até sua casa para o almoço de domingo, ele desceu a trilha de entrada para nos saudar. Eram apenas 12 metros, mas ele punha o chapéu para sair. Havia uma razão forte para que usasse o chapéu, embora meu pai não fosse capaz de ficar com ele nem por um minuto dentro de casa. No breve par de anos antes que papai se separasse de Janet, a farmacêutica, ela conseguira convencê-lo a se submeter a um transplante de cabelo. Embora suas entradas não fossem muito pronunciadas, ele se sujeitou a uma operação cara e dolorosa na qual pequenos chumaços de cabelo eram arrancados das regiões mais férteis e replantados no topo de sua testa nua. Por um período, pareceu que o cirurgião provocara uma incrível solução óptica, e a franja do meu pai retornara. Mas depois, por trás dos reforços, o cabelo original continuou a cair no mesmo ritmo inexorável. Embora pequenos tufos de cabelo de boneca mantivessem heroicamente o terreno, em toda sua volta os folículos nativos desertaram, deixando o posto avançado completamente isolado.

Talvez tenha sido isso o que levou Janet a abandoná-lo. Sua cabeça era então um exemplo clássico do padrão masculino de calvície, uma cachola lisa e brilhante que se estendia da testa até a coroa, com uma linha reta de cabelo transplantado pendurado, como um feixe de feno-das-areias no topo de uma duna. Esse assunto não podia jamais ser mencionado.

Ele pendurou o chapéu e tentei não deixar meus olhos passearem por sobre sua cabeça. No momento em que eu passava pela porta da frente, papai me trancava e convocava. Quanto menos o via, mais histórias ele armazenava para recontar, e nada o demovia de despejar imediatamente os principais itens das notícias do mês.

As manchetes do dia: Brian, o amigo de papai, tinha comprado um carro novo na Bélgica e fez uma economia considerável. O sistema de fila no banco mudou, e agora você tem que pegar uma senha com um número. E, finalmente, basta de papel com cabeçalho impresso, decide meu pai, até que se decifrem os códigos telefônicos de uma vez por todas. Mas antes vamos voltar à principal notícia do dia sobre o carro novo do Brian.

Informação era jogada sobre mim sem parar, meu pai alheio a qualquer preocupação que eu pudesse ter com as crianças ou com o almoço. Eu deixara Catherine no supermercado para comprar pão e legumes, de maneira que estava sozinho tomando conta das crianças, enquanto procurava ingredientes nos armários até achar algum caldo concentrado. Na verdade, "caldo concentrado" é uma descrição generosa do que encontrei quando abri o pacote. O que havia ali era um tijolo marrom escuro que fossilizara em algum momento do período cretáceo. Sendo uma criança da guerra, meu pai não desperdiçava nada. O óleo de uma lata de atum era poupado em uma pequena xícara de ovo quente a fim de ser usado para fritar algo que se quisesse com sabor de atum. Alguns anos antes, ele trocara uma articulação do quadril por uma outra, de plástico, e comentara que não queria perguntar sobre o que tinham feito com o osso velho. Logo vi que ele achava um desperdício que o tivessem simplesmente jogado fora. Bem que dava um caldo, andou pensando.

Tentei pôr a carne no forno, dar atenção a papai e cuidar das crianças, mas a combinação era demais para qualquer mortal.

– Brian queria o Mondeo 2.0, mas optou pelo 1.6, com todos esses impostos encarecendo a gasolina.

Millie derrubou a mamadeira e, porque eu não a tampara direito, o leite começou a se espalhar no chão da cozinha. O que disse papai? "Não se preocupe, vou pegar um pano?" Ou "deixe-me segurar Alfie no colo enquanto você limpa isso?" Não. Disse ele:

– O 1.6 tem várias vantagens e um arranque considerável, mas, comprando-o de uma concessionária na Bélgica, ele poupou 3 mil libras. Não é incrível?

Eu não conhecia Brian nem sabia quanto custava um Mondeo, mas tentei ao máximo dar impressão de grande admiração, enquanto procurava em vão os panos de chão da cozinha.

– Bem, disse a ele que ando pensando em um Ford Focus, mas não tenho certeza de que estou disposto a me mandar para a Bélgica, especialmente depois da maneira como eles se comportaram durante a guerra.

Sua gata começou a beber o leite à medida que se formava uma pequena poça no ladrilho, e Millie tentava afastá-la puxando seu rabo, o que poderia levá-la a dar um bote e arranhar o rosto de Millie.

– Millie, não puxe o rabo da gata.

– Ela bebendo meu leite.

– ...mas Brian disse que não é impossível que eles arrumem alguém para trazer o carro da Bélgica até você, ou pelo menos até Harwich, mas eu disse que não poria dinheiro na frente sem antes ver o automóvel; eles podem me mandar um carro com a mão esquerda, e aí como é que eu fico...

– Espere um pouquinho, pai. Vou só limpar isso aqui. Pare, Millie.

A gata afinal deu o bote em Millie e arranhou seu braço, fazendo-a berrar, o que, diga-se a favor de papai, ele conseguiu ouvir.

– Ah, meu Deus, a gata arranhou o braço dela. Vai precisar de um band-aid. Mas Brian diz que eles são todos mão direita, com air bag, injeção eletrônica, tranca e tudo padrão. E você precisa ver o dele, muito legal, com placa britânica e tudo o mais.

Millie poderia estar serrando a perna de seu irmãozinho com a faca de pão que meu pai não consideraria isso um motivo válido para calar a boca por um segundo que fosse.

– Ali, ali, Millie. Sim, mamãe vai chegar em um minuto. Não chore, Alfie, é só leite. Não, eu tenho que limpar isso, Millie, e aí a gente pode pôr um band-aid da *Pequena sereia*. Financiamento com zero por cento por três anos. Jura, papai?

Meu velho pai de 66 anos era uma outra criança precisando de atenção. Ele tinha até um ar de bebê, com sua carecona e manchas de comida na frente da camisa. Quando você está na faixa dos trinta, ambos querem sua atenção igualmente – seus filhos pequenos e seus pais. São como irmãos egoístas competindo por seu amor. "Papá! Papá! Papá!", continuou Millie, mas eu não podia cuidar dela porque tinha de dar ouvidos ao *meu* papá. Minha única esperança de paz seria se eu conseguisse organizar o almoço de todo mundo com tanta habilidade que meu pai fizesse sua sesta da tarde na mesma hora que as crianças. Talvez eu devesse armar um móbile musical em cima do sofá para garantir que ele adormecesse logo.

Finalmente, Catherine e eu lhe contamos que ele seria avô mais uma vez, e ele pareceu genuinamente maravilhado e telefonou para sua nova amiguinha, Jocelyn, para dizer a ela, embora, conhecendo meu pai, ele já estaria com outra na época em que o bebê nascesse. Depois do almoço, ele nos fez o favor de dormir por uma hora e meia. Deixou uma poça de saliva úmida na almofada ao lado da boca.

– Foi dele que você pegou esse hábito – disse Catherine, e fiquei mortificado.

Sempre tive muito prazer em observar meus traços nos meus filhos, mas fiquei horrorizado com a perspectiva de, lentamente, me transformar no meu pai. Meu único consolo foi que eu não era o tipo de homem de ter casos sem importância e, irresponsavelmente, jogar fora um casamento da maneira como meu pai fizera.

Enquanto dirigíamos de volta a Londres, eu me perguntei por que acontecia de tantos homens acharem impossível se comprometer com uma única parceira. Jim, por exemplo, teve cinco ou seis namoradas desde que eu o conhecera. Qual era a graça disso? Quer dizer, realmente, como um jovem pode se sentir atraído pela idéia de transar com uma sucessão infinita de mulheres bonitas? Uma loura voluptuosa num mês, uma morena esbelta no outro? Isso simplesmente não tem explicação.

Jim tinha apenas começado um relacionamento com uma menina chamada Monica e, na semana seguinte, quando eu estava em meu estúdio, telefonou para meu celular a fim de me convidar a me encontrar com eles no Duke of Devonshire. Eu não estava conseguindo fazer com que meu computador imprimisse algumas faturas, e ir ao pub pareceu-me um esforço não inferior ao que já tinha tentado no sentido de a impressora funcionar. Quando cheguei, a melhor amiga de Monica, Kate, estava no jardim do pub com eles, e assim eu me vi de papo com ela. Kate era bonita e magra e alegre e despreocupada e tudo que é bastante fácil ser quando não se é uma grávida com dois filhos pequenos. Tinha uma mecha de cabelo castanho-escuro, que ela jogava para trás quando ria das minhas piadas, e vestia uma camisa branca de mangas curtas que mostrava seu bronzeado. Isso é muito legal, pensei, poder usufruir a companhia de jovens atraentes. É claro que eu não iria ficar atrás de Kate, mas havia muito prazer em conversar com ela e fazê-la rir. Mesmo que nunca mais na vida eu viesse a dormir com outra mulher, havia uma certa excitação em me pôr em um contexto no qual, pelo menos, isso teria sido possível. E ela me deu bola. Parecia genuinamente impressionada pelo fato de eu ter escrito a música do anúncio do Mr Gearbox tocado na Rádio Capital.

Jim tinha um carro conversível que seus pais devem ter lhe comprado porque ele aprendera a dar o laço do sapato ou algo do tipo, e assim, com a capota abaixada e o som berrando Supergrass, fomos para Chelsea. Jim e a namorada na frente, Kate e eu atrás. Os pneus cantaram quando Jim ultrapassou uma BMW em um balão, e Kate gritou de excitação e agarrou meu braço por um minuto. No estéreo, cantava-se sobre ser jovem e se libertar e se sentir legal, e pensei "afastem de mim o cálice da caretice"! Eu estava curtindo fingir ser bacana. E daí que estivesse quase escuro? Os óculos escuros não eram para eu olhar para fora, mas para as outras pessoas que olhassem para dentro. De repente, eu era tão jovem quanto a menina bonita e rica que estava ao meu lado.

Senti uma ponta de desconforto quando aceleramos sobre o rio. O Tâmisa cortava minha vida ao meio. A norte do rio, eu era marido e pai; ao sul, um jovem despreocupado. Uma vez recusei um passeio de barco porque não sabia qual personalidade deveria adotar. Agora, o jovem Michael irresponsável estava abrindo suas asas – Londres inteira era meu parquinho de solteiro. Estávamos indo a uma festa, a festa de um ricaço para quem Kate e Monica trabalhavam no louco mundo sem compromissos dos fundos de investimento, ações e títulos financeiros. Era o evento mais rico e glamuroso que eu já vira em minha vida. Eu dava as costas toda vez que o fotógrafo aparecia com medo de que Catherine me identificasse na semana seguinte nas páginas da *Hello!*. A música era proporcionada por um japonês tocando Chopin em um magnífico piano. Não tenho certeza de que alguém mais naquela sala pudesse apreciar ou mesmo registrar como era fantástico.

A casa era ofensivamente opulenta, e achei que, pelo jeito, eu era o único convidado ali que cometera a temeridade de comparecer sem um hífen no meu sobrenome. Tentei me misturar, mas nenhum dos círculos se abriu quando me aproximei de suas bordas, de maneira que fiquei olhando o imenso aquário de peixes tropicais durante um tempo, mas até os peixinhos pareciam torcer o nariz para mim. Todos os homens eram iguais – capitães de rúgbi tranqüilos e senhores de si em suas roupas descontraídas. Por que será que os ricos não ficam carecas?, pensei. Será genético ou tem a ver com a comida dos colégios internos? Todos tinham franjas Hugh Grant grossas e longas e bochechas vermelhas e mocassins e suéteres Pringle e falavam de gente que conheciam que eram "tipos muito agradáveis". Eu tinha mais probabilidade de conversar fluentemente com as mocinhas filipinas que serviam o champanhe, e olhe que elas nem falavam inglês. Por isso, acabei conversando com Kate a maior parte da noite. Ela ficava me perguntando qual era a "canção" que o pianista estava tocando, e eu disse-lhe o nome e expliquei um pouquinho a respeito de cada uma das peças. Ela acabara de comprar um violão e estava tomando aulas, e eu lhe recomendei algumas boas peças para começar. Estava realmente interessada, e era um verdadeiro prazer poder falar de música com alguém. O fato de Kate ser divina era, é claro, um bônus a mais, mas eu realmente não a estava cantando ou tentando fazer com que ficasse a fim de mim. E, para uma mulher tão linda, isso devia ser bastante interessante. Acho que isso fez com que ela ficasse a fim de mim.

Uns copos de vinho mais tarde, Jim e Monica chegaram perto e disseram-nos para descer até o porão para ver a piscina. Pensei que estavam fazendo piada, mas segui-os até o elevador – porque você precisa de um elevador para levá-lo a sua piscina no subsolo – e, quando as portas se abriram, descobri que havíamos sido transportados ao mais acolhedor paraíso underground. Nunca tinha visto um lugar como aquele. Aquilo era a Capela Sistina das piscinas. Não tinha nada a ver com a piscina municipal aonde eu ia com Millie. Ninguém se dera ao trabalho de cultivar algas verdes entre os azulejos ou deixar band-aids manchados de sangue boiando em poças d'água descoloridas; não havia cartazes antipáticos nas paredes dizendo-me o que eu podia ou não podia fazer. Aqui, eu poderia soltar quantos anéis de fumaça quisesse, se me desse na veneta.

Jim informou que a piscina era regularmente alugada como locação para filmes ou comerciais de moda, e era óbvio por quê. Bastava entrar naquela sala para se sentir um ator, como se você fosse outra pessoa, alguém muito mais sexy e glamuroso. Não havia ninguém ali embaixo, e a luz era baixa e delicada; as únicas luzes brilhantes ficavam no fundo daquele oásis turquesa, o que o atraía sedutoramente para a água. A superfície da piscina estava completamente lisa e parada, como o selo em um bule de café, apenas esperando para ser quebrado.

– Venha, vamos dar uma nadada – disse Kate, contagiosamente.

– Mas não temos roupa de banho – indiquei – embora talvez... eles tenham... alguma coisa lá em cima...

O fim da minha frase foi se dissipando. Jim, Monica e Kate tinham tirado a roupa e estavam completamente pelados.

– Hum... embora não haja, é, quer dizer, não haja cartazes dizendo que roupa de banho é obrigatória.

As garotas já estavam mergulhando e nadando de peito com peitos ao vivo e em cores.

Lá no fundo, eu tinha a noção de que cabriolar nu com lindas mulheres não se inseria no alto de uma lista de cem maneiras de permanecer fiel à esposa, mas eu não poderia exatamente ficar de cueca chapinhando na parte rasa da piscina, e, enrubescido, segui os outros. Rapidamente, mergulhei, e a água lavou cada parte de mim. Algo sensual e liberador. Nadei virilmente um longo trecho embaixo d'água, em parte para demonstrar minha forma, mas sobretudo para adiar o problema de ter que ficar de bate-papo com uma bela mulher nua de

24 anos. Finalmente, subi à superfície e, sem ar, observei que a água estava uma delícia, o que acredito ser a etiqueta de piscina mais correta. Demos algumas braçadas independentemente, e então Jim encontrou uma bola de praia que ficamos jogando no ar para lá e para cá. Passou pela minha cabeça que poderia haver alguma câmera escondida em algum lugar e que Simon estava sentado em casa assistindo a tudo pela internet. Espadanamos um bocado tentando cada um ser o primeiro a tocar na bola e, de brincadeira, empurrando-nos uns aos outros, e aí Jim nadou por baixo de Monica e ergueu-a nos ombros. Sua pele era morena, a não ser por três triângulos brancos nas partes de seu corpo normalmente cobertas pelo biquíni, o que parecia somente enfatizar a ilegalidade de eu ser autorizado a vê-las. Ela riu enquanto Jim lutava para manter o equilíbrio.

— Briga de galo — gritou Monica.

— Venha — disse Kate e olhou-me para que eu a levantasse nos ombros, o que, obedientemente, eu fiz.

A primeira vez que suspeitei que minha mulher estava interessada em mim foi quando se debruçou e, ligeiramente, tirou um fio de cabelo do meu casaco. Foi aquele mínimo momento elétrico de contato físico, aquela hesitante investida em meu espaço pessoal, que me disse que éramos mais do que apenas conhecidos. Agora, enquanto meus braços envolviam as coxas nuas e úmidas de Kate, e eu sentia os pêlos púbicos dela roçando contra a base de minha nuca, pensei que provavelmente havíamos cruzado aquela barreira espacial pessoal nessa conexão. Não devo deixar isso ficar íntimo demais, pensei comigo mesmo enquanto ela se inclinava, pressionando seus seios contra o topo da minha cabeça.

Eu estava com uma mulher nua literalmente em cima de mim, mas ainda dizia a mim mesmo que não transgredira a linha da infidelidade sexual verdadeira. De qualquer maneira, foi divertido; uma boa gargalhada. De fato, foi fantástico. Cá estou eu, brincando de briga de galo com duas lindas mulheres nuas numa piscina de luxo, à meia-noite; não vão acreditar em mim quando eu for velho e contar no asilo. Jim derrubou Kate de cima de mim, e mergulhamos os dois embaixo d'água e, num suplício, o braço dela roçou minha virilha. Tentei me levantar, mas estava naquele ponto da piscina em que o declive se acentua drasticamente e não havia como ficar de pé. Estava em águas profundas. Nadei de volta para a parte rasa, por acaso em direção a Kate, e então joguei água nela e ela jogou água em mim. O chuveirinho diminuiu, e vi que Jim e Monica estavam de pé na água se beijando, primeiro, gentilmente, depois com mais paixão. E eu estava em pé junto de Kate. A piscina estava morna e as luzes, baixas, e essa gruta secreta parecia o único lugar do universo. Olhamos os outros dois embrulhando-se um em volta do outro como duas enguias superexcitadas, e Kate sorriu para mim e eu fiquei lá encabulado por um segundo até sorrir de volta. Seus mamilos apontavam para mim como o general Kitchener. Tive uma sensação de intoxicante irresponsabilidade; recebera o sol no meu corpo e tinha vinho em minha barriga. Nós nos sentíamos jovens e bronzeados e nus. Eu não quisera voar tão perto da chama. O momento estava grávido de expectativa. Eu tinha que fazer alguma coisa.

– Então me diga – pedi. – Como você conhece Monica?

– Trabalhamos no mesmo escritório, não se lembra?

— Ah, é isso mesmo, você contou. É... então, você a conheceu no trabalho.

— Isso.

Jim e Monica estavam se contorcendo alguns metros adiante e começaram a gemer de leve.

— Acho que uma porção de gente conhece outras pessoas no trabalho — observei.

— Creio que sim.

Houve outra pausa esquisita.

— Gosto de seu... é... — eu estava tentando me lembrar do termo "pingente", então apontei na esperança de que ela me ajudasse.

— Seios? — ela perguntou, bastante surpresa, olhando-os de cima.

— Não, não, não. Ah, meu Deus, não. Quero dizer, eles são muito bonitos também, não que eu os estivesse olhando particularmente, mas agora que você os menciona, é...

Por que nunca acontece de um grande tubarão branco atacar a gente por debaixo d'água e nos engolir quando mais precisamos de um.

— Não, estava falando de seu negocinho pendurado no colar.

— O pingente?

— É essa a palavra. Pingente. Gosto de seu pingente.

— Obrigada.

— É, acho que vou dar mais umas braçadas — disse, e ela riu um sorriso amarelo enquanto eu, grosseiramente, deixava-a ali e partia para o outro lado da piscina o mais rápido possível. E, à medida que nadava para longe dela, pensava no que Catherine estaria fazendo naquele momento. Era cerca de meia-noite, e provavelmente ela estaria dando mamadeira a Alfie. Eu esperava que Millie não tivesse acordado também. Tinha passado pela minha cabeça ajustar a janela sobre seu berço para que parasse de bater com o vento, caso fosse isso que a estivesse despertando. Catherine tinha me pedido duas vezes, e eu não a atendi.

Deliberadamente, não olhei para cima nas primeiras cinco braçadas, mas, quando o fiz, vi que Kate tinha saído da piscina e se vestira. Eu tinha chegado tão perto de beijá-la; eu quis pressionar meu corpo nu contra o dela e beijar seus lábios profundamente; essa piscina underground parecera um outro mundo, com regras e morais próprias. Eu viajara longe às colinas de minha Nárnia de solteiro – quase longe demais para voltar.

Não podia me arriscar novamente a me aproximar tanto. Não confiava que seria igualmente forte na próxima vez, sobretudo se continuasse bebendo, por isso decidi ir embora da festa e voltar para o apartamento.

– É, vamos – disse Kate quando, unilateralmente, anunciei que estava indo.

Ah, não, pensei: olhe, estou tentando bancar o decidido, por favor, não torne tudo mais difícil para mim. Mas, enquanto Jim descia a Kings Road, ela pôs o braço sobre minhas costas, e não fui capaz de pedir-lhe que o tirasse, ficando ele ali, envolvendo meus ombros rígidos durante todo o caminho de volta a Balham. Os papéis estavam estranhamente trocados. Eu me comportava como a garotinha nervosa, e ela era o menino mais velho e predador. Ela me atraía, mas eu sabia que tinha que resistir. Meu olho foi puxado para o buraco no alto de sua camisa, onde percebi num relance a curva superior de seus seios. Bizarramente, isso ainda era excitante, apesar de eu ter acabado de vê-los nus na piscina. Por um segundo, achei que tinha visto Catherine empurrando uma carroça sob a luz da rua, mas quando nos aproximamos percebi tratar-se de fato de um vagabundo empurrando um carrinho de compras, cheio de sacolas velhas, e que duas pessoas não poderiam parecer mais diferentes.

De volta ao apartamento, tive que ser muito cuidadoso. Ficamos todos bebendo e dividindo um baseado, mas assim que foi possível anunciei que ia para a cama.

– Qual é o seu quarto, Michael? – perguntou Kate, alegremente.

E instintivamente respondi "passando o banheiro, o primeiro à esquerda", como se ela só estivesse perguntando por interesse na planta da casa. Aí percebi o subtexto que minha explicação lhe dera e lhe disse incisivamente:

– Boa noite, Kate.

– Boa noite – ela respondeu.

E aí pensei: babau.

E aí ela me deu uma piscadela levada.

Cinco minutos mais tarde, eu estava nervosamente deitado na cama olhando para a maçaneta da porta, esperando que ela girasse. Já tinha preparado o que lhe diria; que ela era realmente linda e que eu a achava muito atraente e esperava que ela compreendesse mas que eu era apaixonado por outra pessoa e não poderia trair essa outra moça. Essas desculpas foram ensaiadas mentalmente inúmeras vezes até que me dei conta de que ela não estava vindo afinal e logo eu estava profundamente adormecido.

E então sonhei que Kate estava a meu lado na cama, beijando-me e passando as mãos em meus cabelos, e era um sonho gostoso, que eu queria que continuasse. Beijei-a de volta e senti sua bunda nua, e era como um sonho em que se podia navegar, porque ela também apertava o meu traseiro. Eu me mexi de leve, mas o sonho não acabou. Na verdade, ficou cada vez mais real. Ela mordiscou meu lábio inferior e abri meus olhos e Kate sorriu para mim e me beijou de novo, e ela realmente estava em minha cama, toda fresquinha e limpa e cheirando a água-de-colônia, e seu corpo era diferente do de Catherine, mas muito bom também, e agora não havia mais barreiras. Todas as minhas defesas haviam sido explodidas, e ninguém saberia, e Kate me beijou longa e apaixonadamente e correu suas mãos por entre as minhas pernas, e gemi fracamente:

— Ah, meu Deus, você não vai contar a ninguém, vai?

capítulo seis

safado mas sofisticado

Depois que Kate e eu trepamos pela terceira vez naquela noite, ela descobriu que, no que dizia respeito a cama, não havia muita coisa que eu não soubesse. Tentamos todas as posições que eu tinha visto no vídeo de Simon, O guia do amante. *Depois experimentamos as posições mostradas nos guias 2 e 3 dessa série. Fizemos amor em pé, deitados, sentados, no chuveiro, na cama, no chão e contra a parede. Ainda enroscado nela, como um verdadeiro macho, levantei-a e carreguei-a pelo quarto. Uma vez que minhas duas mãos estavam espalmadas em suas nádegas, Kate despejou para mim o copo de champanhe em minha boca. A maior parte caiu fora e rimos decadentemente enquanto o champanhe escorria pelo meu queixo e borbulhava no lugar em que seus seios pressionavam meu peito. Ainda com ela no colo, empurrei sua nádega esquerda contra o botão de "play" no meu estéreo e meu CD da* Overture 1812 *começou a tocar. Com sua nádega direita,*

165

aumentei o volume. Então Tchaikovski conduziu-nos em nosso amor. Enquanto o hino nacional russo simbolicamente batalhava com La Marseillaise, rolamos no tapete, lutando para ver quem ficava por cima, um arranhando e mordendo o outro de brincadeira durante toda a Batalha de Borodino. Levantei-me na seção das cordas, e ela gemeu com as fanfarras dos metais. Finalmente, a abertura alcançou seu crescendo e, juntos, chegamos ao clímax no chão; ela gritou "Sim! Sim! Sim!", enquanto os pratos batiam, os canhões da artilharia abriam fogo e o exército de Napoleão era detido às portas de Moscou. E, durante a coda, simplesmente ficamos deitados no tapete, ofegantes, enquanto os carrilhões dos sinos repicavam por toda a Rússia.

Bem, assim imaginei que teria sido se eu tivesse ido adiante. Não fui. Não podia me deitar ali e trair minha esposa. Isso ficou claro quando segurei Kate perto de mim e disse "oh, Catherine". Não tinha conseguido tirá-la de minha cabeça. Não totalmente. Os compartimentos no meu cérebro precisavam de paredes um pouco mais grossas.

A reação de Kate não foi a que eu esperava.

— Deus do céu, ninguém me chama assim há anos.

— O quê?

— Catherine. Você acabou de me chamar de Catherine. Como você sabia que eu era Catherine, e não Kate?

— Kate é apelido de Catherine, não é? Li isso em um livro de nomes de bebês. Não *meu* livro de nomes de bebês; o livro de um amigo. A pessoa que ia ter um filho.

– Parei de me chamar assim quando acabei o colégio. Detesto Catherine, você não?

– É... não. Não mesmo.

– O que você prefere, Kate ou Catherine?

– Os dois são lindos. Mas tenho que reconhecer que prefiro Catherine. Desculpe.

O momento de paixão acabara e, rapidamente, eu me aprumei. Era melhor assim. A realidade jamais teria sido tão eroticamente perfeita. O clímax sexual teria sido seguido rapidamente de um arrependimento enorme, culpa, nojo de mim mesmo, medo e depressão. O que é um preço bastante alto a pagar por cinco minutos de suada safadeza no escuro. Então inventei uma recordação do que quase foi e que poderia guardar comigo para sempre. Kate foi muito legal, na verdade. Ela achou bonitinho que eu fosse tão fiel a essa outra moça de quem não queria falar. Realmente, ela foi tão legal que me deu vontade de beijá-la, mas não acho que isso teria ajudado a esclarecer sua posição.

– Seja lá quem for – disse Kate –, é uma garota de sorte.

– Não tenho tanta certeza.

Conversamos por uma hora ou duas e fiquei menos culpado quando ela me disse que na verdade tinha um bocado de tesão em Jim, mas estava lutando contra isso porque ele estava saindo com sua melhor amiga. Melhor que não tenhamos chegado às vias de fato, porque eu daria uma de "Catherine! Catherine", e ela de "Jim! Jim!". Afinal, cedi minha cama para Kate e fui dormir no chão com uma peça de música de Piotr

Ilitch Tchaikovski rodando em minha cabeça enquanto eu imaginava como poderia ter sido...

– Você está fazendo isso de novo – disse minha Catherine no dia seguinte.

– O quê?

– Cantarolando baixinho a *Overture 1812.*

– Estava? Desculpe.

Estávamos sentados juntos em um corredor de hospital. Esperávamos havia tanto tempo que seu ultra-som de 12 semanas dava a impressão de ser de 14.

– Você está muito quieto. No que está pensando?

– Nada – menti. – Só imaginando quanto tempo mais eles vão nos fazer esperar.

– Não tem importância, não é? – disse ela, apertando meu braço. – É legal ter um tempo para a gente sem as crianças.

– Hum – respondi, sem convicção.

Pensei que ela estivesse fazendo piada. Era essa a idéia dela de qualidade de tempo? Ficar sentados durante uma hora em um hospital cheirando a desinfetante, vendo velhos mortalmente brancos com tubos saindo de tudo quanto é buraco a passear de cadeira de rodas? Para Catherine, *isso* era um privilégio.

– Se você se comportar muito bem – disse eu –, vou trabalhar para que um baita engarrafamento nos prenda dentro do carro por duas horas na volta para casa.

– Isso, por favor. Provavelmente, haverá uma peça na Rádio 4, poderei me reclinar na poltrona, fechar meus olhos e relaxar. É o paraíso.

– Bem, por que não? – disse, aproveitando a oportunidade.

– Por que não vamos nos sentar em algum parque com um livro e um bom vinho para passar um par de horas sem fazer nada?

– Seria uma maravilha, não seria?

– Seria, mas por que não?

– Pense só. Uma bênção.

– Então vamos.

– Seria simplesmente o paraíso.

Ela achava que aquela mínima janela para o prazer fosse algum sonho impossível, uma fantasia ridícula, que nunca seria alcançada em seu tempo de vida.

– Não seria justo com mamãe.

– Mas ela adora tomar conta das crianças.

– Não seria justo com as crianças.

– Mas elas adoram ser cuidadas pela vovó.

Ela deu uma pausa porque não tinha mais desculpas.

– Não. Simplesmente, não posso. Desculpe.

E a dificuldade era essa. Ela queria estar com as crianças cada hora do dia, e eu, não, o que significava que eu não podia vê-la sem ver as crianças ao mesmo tempo, a não ser em ocasiões como essa em que estivéssemos esperando para olhar a imagem do próximo bebê.

Ela cruzava as pernas bem apertadas e balançava-se para a frente e para trás em sua cadeira de plástico.

169

– Por acaso você não está precisando ir ao banheiro?

– Como você adivinhou? – gemeu dolorosamente, enquanto botava para dentro mais meio litro da água mineral de sua garrafinha de plástico.

Catherine tinha ouvido alguém credenciado dizer que a imagem do embrião sai mais perfeita se a bexiga da mãe estiver cheia. A julgar pelos litros que ela estava segurando na barriga, sua expectativa era uma fotografia assinada no mínimo por David Bailey. "E será que podemos ter o embrião meio de ladinho, olhando a sua volta e sorrindo? Ótimo. E, agora, você põe o braço em volta da placenta e levanta o polegar. Fantástico! E agora, a última. Quero que você aponte para o canal vaginal com uma mão e, com a outra, faça uma figa. Ha, ha, ha, lindo."

– Não vai dar para segurar muito mais – disse ela. – No momento em que ele pressionar aquela coisa contra minha bexiga, vou fazer xixi nas calças, eu sei.

– Vá fazer xixi agora.

– Não, quero que a imagem do bebê fique boa.

– Então tente não pensar nisso. Faça seus exercícios pélvicos de chão ou alguma coisa do tipo.

– Já estou fazendo.

Eu sabia que ela não iria se mijar toda, é claro, a menos que o médico anunciasse de repente que estava vendo gêmeos. Aconteceu com Nick e Debbie, um casal que mora perto da gente. Foram para um ultra-som e de repente disseram a eles que estavam esperando dois bebês. E acharam que isso era uma *boa* notícia, pelo amor de Deus. Na última vez em que passei pela casa deles pensei que tivesse visto os avós saindo pela porta, mas quando olhei de novo percebi que eram os próprios Nick e Debbie – seis meses após o nascimento dos gêmeos.

Finalmente, chegou a nossa vez e o médico pediu que Catherine se deitasse. Para mostrar que tinha absoluta confiança na higiene pessoal de minha esposa, ele rasgou uma imensa faixa de papel para pôr ao longo do leito antes que ela entrasse em contato com o colchonete. Por alguma razão, não se suspeitou que eu tivesse alguma doença de pele importante, e foi-me permitido ficar sentado na cadeira onde eu estava. O médico então empurrou pela sala aquele imenso e aparentemente caríssimo instrumento de mágica que passava por um aparelho de ultra-som. É claro que imagens de fetos obtidas pelo ultra-som são um grande truque de mágica. Absolutamente não lhe mostram seu bebê. Quando começaram a fazer cortes no sistema de saúde, um dos contadores percebeu de repente que ultra-sons eram um completo desperdício de dinheiro. Todos os bebês no útero têm rigorosamente a mesma aparência. Então o que se faz hoje em dia é lhe mostrar o vídeo de um feto feito ainda nos anos 60. É por isso que é em preto-e-branco. Somos todos conduzidos a olhar em um monitor as imagens do mesmo feto, e todos seguramos as mãos de nossas companheiras e mordemos nossos lábios diante da miraculosa beleza de nosso filhinho não nascido, quando na verdade estamos apenas olhando para o equivalente ginecológico da garotinha brincando de jogo-da-velha. O feto para o qual estamos olhando nasceu anos atrás. A essa altura, é um adulto, um fiscal diplomado que vive em Droitwich. E ainda recebe seus direitos de imagem.

Obviamente, em nome da aparência, eles ainda têm que lambuzar a barriga de sua mulher com aquele gel, esfregando nela aquele instrumento mais parecido com um chuveiro de mão, para dizer "ali está a cabecinha, está vendo?", quando tudo o que se vê são bolhas de um filme animado underground dos anos 60. Mas ainda assim você sai satisfeito com a obscura foto do que acredita ser seu futuro filho, e ninguém se toca quando um amigo diz que tem "uma da Jocasta quase idêntica a essa".

Encarei o aparelho como um velho cínico e experiente, transmitindo o ar blasé de alguém que já tem duas imagens de ultra-som emolduradas e artisticamente dispostas na galeria de fotos preto-e-branco das crianças na parede da escada de casa. O médico ligou o aparelho, falei que estava passando desenho no outro canal, e Catherine me disse que eu tinha feito a mesma piada quando viemos para o ultra-som de Millie e Alfie. Então calei a boca e apertei os olhos diante do monitor enquanto a sonda de mar profundo explorava as profundezas tenebrosas em busca de algum sinal de vida. Mas, quando vi a forma de nosso terceiro filho de repente se definir, todo meu ceticismo e ar piadista se evaporaram. Era um milagre. Realmente, havia um bebê ali. Está simplesmente além dos limites da comum compreensão humana como aquilo aconteceu. Como podiam nossos dois corpos ter se combinado para criar uma pessoa completamente nova e à parte? Como o corpo de Catherine sabia desenvolver um cordão umbilical e uma bolsa amniótica e uma placenta e criar um pequeno ser humano com a forma e o tamanho precisamente certos? Como era possível que uma informação biológica tão complexa estivesse toda programada dentro dela, se Catherine, conscientemente, não sabia sequer programar o aparelho de vídeo? Como um de meus espermatozóides podia transmitir tantos milhões de mensagens, se eu não conseguia nem me lembrar de dizer a Catherine que a mãe dela tinha ligado? Milhões e milhões de anos de evolução para chegar a isso. Espécies se extinguindo e outras surgindo para que este perfeito bebezinho pudesse nascer. Era somente *um* bebê, graças a Deus. Não como os segredos culpados que eu sentia piruetando dentro de mim; esses eram quíntuplos, sêxtuplos, sétuplos. Graças a Deus não havia um aparelho que visse dentro de mim. Seria qualquer coisa. Uma máquina que nos mostrasse o que realmente estava acontecendo lá dentro. Pense nisso, bem que eu gostaria de saber. O médico poderia indicar os vários pontos na tela e dizer: "Olhe, ali está a sua ansiedade, crescendo de maneira preocupante. Sua família tem um histórico de problemas de ansiedade?" Ou então: "Hum, parece que seu ego foi machucado naquele ponto. Talvez tenhamos que pedir à enfermeira que o massageie."

Olhei para Catherine deitada ali na cama e pensei que duas pessoas não podiam ser mais diferentes. Eu sentado ali quietinho, com todos os meus segredos abotoados dentro de mim, e Catherine, a mulher efusiva e aberta, com sua camiseta levantada e sua calça baixada, e o scanner passando por seu diafragma de maneira que até o interior de seu corpo era mostrado na televisão para nosso espanto.

Observamos atentamente enquanto o médico fazia as medições da cabeça ao pezinho e, daí, extrapolou afirmando que Catherine estava com 12 semanas de gravidez. Tratava-se de um diagnóstico nada controverso, uma vez que viéramos para seu ultra-som de 12 semanas. Ele então discorreu longamente sobre aquele estágio da gravidez e o que Catherine podia esperar sentir nos próximos meses, e ela ouviu e concordou tão educadamente quanto possível, levando-se em consideração que já passara por aquilo duas vezes e, agora, tudo o que queria fazer era concluir o ultra-som e correr ao banheiro para fazer xixi.

Logo, estávamos dirigindo de volta para casa, Catherine sentada a meu lado só olhando a imagem do feto de três meses.

– Acho mais seguro que eu dirija – disse eu, nervosamente.

Ela parou em frente ao ponto de ônibus e mostrou-me o ultra-som mais uma vez. Já estava apaixonada pelo bebê. Dei-lhe um beijo hesitante. Tinha tanto orgulho dela, Catherine era tão positiva e otimista. Desafivelei o cinto de segurança para me inclinar e beijá-la direito, e logo me vi abraçando-a e beijando-a como se ela fosse uma criança salva de uma tragédia. Eu estivera tão perto de enfiar o pé na jaca e sentia-me tão feliz de estar de novo com ela que não parava de lhe dar gratos e silenciosos beijos culpados e de abraçá-la um pouco exageradamente.

— Está tudo bem com você? — ela perguntou.

— Estou tão feliz com a chegada desse bebê.

E ela ficou tão aliviada de me ouvir dizer isso que me beijou de volta apaixonadamente. Não havia crianças agarradas a nossas pernas ou chorando ao fundo; éramos só ela e eu e as pessoas fazendo fila à espera do ônibus 31.

Naquele exato momento, estávamos no próprio zênite de nosso ciclo de paixão. Era assim a curva emocional rotineira de nosso relacionamento, que se repetia com a regularidade biológica de um ciclo menstrual ou de um biorritmo. Levava-nos de uma discussão amarga para a adoração mútua e apaixonada a cada sete dias, mais ou menos. Todas as vezes, me enganava. A cada semana, quando nos olhávamos nos olhos com devoção, eu achava que tínhamos resolvido nossos problemas finalmente e para sempre. Mas, um ou dois dias depois, Catherine pareceria inexplicavelmente irritada comigo, e eu ficaria silencioso e na defensiva, o que, por sua vez, a fazia implicante e hipersensível. A tensão crescia até que alcançássemos o nadir do ciclo, quando explodiríamos numa briga, dizendo um ao outro coisas odiosas, agressivas, estúpidas, brevemente desprezando-nos mutuamente com tanta paixão quanto nos adoráramos apenas uns dias antes. Então eu desapareceria por um período. Eu estava ainda em sua órbita, em seu espaço gravitacional, mas aquele era o ponto mais distante entre nós dois. Então eu reapareceria, brilhando novamente em sua vida, e era como se tudo fosse sempre perfeito entre nós.

Se houvesse alguma dúvida acerca do estágio em que estávamos no ciclo, bastava verificar a altura da pilha de roupas para passar. As roupas amassadas seriam, a princípio, somente uns poucos itens, depois, com o correr da semana, outras iam se empilhando até que a torre ficasse prestes a desabar, quando finalmente teríamos uma briga horrorosa, e Catherine então agarraria o ferro furiosamente, que bateria contra as caras sorridentes da Barbie e do Ken estampadas nas camisetas de Millie.

Fizemos o resto do caminho para casa em meio a uma névoa abençoada, e Catherine miraculosamente concordou que devíamos sair aquela noite, se sua mãe não se incomodasse de continuar tomando conta das crianças. Sua mãe concordou vorazmente; ela nunca perdia uma oportunidade de pôr as crianças para dormir, de maneira que pudesse niná-las com mais uma eletrizante passagem de uma negligenciada cópia de *Histórias da Bíblia para crianças*, que dera a Millie no Natal.

A mãe de Catherine era uma fundamentalista da Igreja Anglicana, lutando sua jihad particular contra todos que não tivessem Jesus em suas vidas, ou até contra quem não a ajudasse com prendas e dinheiro para seu bazar de Natal de são Botolfo.

Havia uma camisa em particular que eu queria vestir, mas descobri que precisava passar. Ocorreu-me que poderia, se quisesse, precipitar uma briga de maneira a evitar a espera de alguns dias, mas no cômputo geral avaliei que devia ser injusto e contra a ordem natural das coisas forçar uma discussão antes que, organicamente, chegasse a hora, e com dor no coração decidi passar a camisa eu mesmo. Catherine ficou agradavelmente surpresa ao me ver passando roupa, mas logo percebeu que eu estava cuidando apenas da minha camisa, nada dela ou das crianças, e uma brigalhada estourou. Não demorou muito para que ela fosse passar a roupa toda, inclusive aquela mesma camisa que deveria ser um emblema do meu empenho.

— Jesus, às vezes, você é um egoísta filho-da-mãe, Michael — disse Catherine.

— Por favor, não use o Santo Nome de Jesus Cristo em vão — reagiu sua mãe.

Acho que aquela foi a única vez em que o ciclo da paixão durou apenas algumas horas em vez de sete dias completos. Nunca demos aquela saída juntos, e logo me vi andando para pegar a linha Northern do metrô em direção a Balham. "Cuidado com o vão", recomendava a gravação em Embankment. Poucas horas depois, estava de volta a meu apartamento, e, antes que achasse que ela já estava dormindo, deixei uma mensagem brusca em sua secretária eletrônica dizendo que surgira um projeto e, provavelmente, eu não seria capaz de largar o estúdio por uns dois dias. Mentiras são como cigarro – o primeiro causa enjôo, mas logo você está viciado, nem vê o que está fazendo.

O dia seguinte foi o mais quente do verão. O homem do tempo previra que a temperatura chegaria aos quarenta graus, embora no meu quarto isso significasse mais, graças a meu equipamento eletrônico. Não passara mais que meia hora depois que me sentei para trabalhar, e Jim meteu a cabeça pela porta convidando-me a um churrasco em Clapham Commom. O diabinho sussurrou no meu ouvido direito: "Vá, o dia está lindo, divirta-se um pouco. O trabalho pode esperar." No meu ouvido esquerdo, o anjinho replicava: "Ora, deixe isso para lá, nem vale a pena tentar."

O churrasco já ia bem encaminhado na colina semi-arborizada perto das traves de futebol dos latinos. Devia haver mais de vinte pessoas no piquenique, todas aproximadamente da minha idade – o que queria dizer que eu era mais ou menos uns sete a oito anos mais velho do que qualquer um ali. Meninas com piercing nos umbigos deitavam a cabeça no colo de namorados vestindo calças de combate, a música flutuava pelo gramado, duas churrasqueiras portáteis fumegavam e o odor do carvão misturava-se a ocasionais ondas de cheiro de maconha. Eles eram tão livres que não tinham consciência disso. Em parte, eu estava nervoso por penetrar na festa de um pessoal de vinte anos, como se um deles pudesse de repente se sentar, apontar para mim e dizer: "Alto lá! Você não é *jovem*!" Muitos dos rapazes tinham uma barbinha, tão rala que nem valia a pena. Não a minha, embora eu estivesse velho demais para uma barba. Decidi me esconder atrás de meus óculos escuros e me sentei em um espaço entre pernas esticadas, algumas vestindo bocas-de-sino que eu me lembrava também ter vestido uma vez na vida. Se alguém me perguntasse, não conseguiria me lembrar quando Elvis morreu. Elvis quem? As Falklands? O que foi isso? Máquinas de escrever? Nunca ouvi falar. Microsoft Windows 95 – ah, sim, tenho uma vaga idéia.

O trágico era que, enquanto eu podia me lembrar de tudo da minha juventude, não tinha a menor recordação do que acontecera poucos anos atrás. Esse pessoal todo sabia qual música estava em primeiro lugar nas paradas. Quando eu tivera essa informação pela última vez, ou me preocupara com isso? Eu conseguia listar todos os sucessos de Natal dos anos 70 e 80, podia dizer cada faixa de cada álbum que eu comprara naquela época, mas peça a meu cérebro para guardar agora qualquer informação nova, e ele se recusa. Disco cheio. Deveria ser possível apagar alguns arquivos para abrir espaço. Por exemplo, graças a três horas passadas cavucando o cérebro depois de tomar café-da-manhã com Simon, descobri que St. John's Wood era a única estação de metrô que não incluía nenhuma letra da palavra "*mackerel*"*. Eu ficaria mais do que satisfeito se pudesse varrer esta informação de minha mente visando a abrir espaço para lembrar a data de aniversário de meu pai. Mas, todos os anos, eu me esquecia de enviar-lhe um cartão, enquanto cada vez que o trem pára em St. John's Wood, eu penso em *mackerel*.

Aceitei uma garrafinha de cerveja francesa, deitei-me, fechei os olhos e deixei o sol e o álcool me levarem. Alguns no pique-

---

* Peixe conhecido como cavala. (*N. da T.*)

nique faziam força para se levantar e, jovialmente, jogar disco pelo gramado. Outros se ocupavam enrolando baseados ou pondo nos pães salsichas cozidas demais para todo mundo. Maconha era passada em um sentido, e cachorros-quentes em outro; provavelmente, já deve existir alguma etiqueta jovem que ordene esse comportamento. Havia uma eficiência nesse piquenique que me fez pensar que esses garotos não são os legítimos vagabundos pelos quais se fazem passar; a vagabundagem deles é organizada demais. Alguém nas agências de publicidade certamente poderia me dizer o nome dessa tribo particular. Piercing nos umbigos? Clubbers? Temporadas em Ibiza? Imagino que, publicitariamente, espere-se deles que tomem Pepsi Max, façam snowboard e se preocupem com o planeta, mas da maneira mais hedonista possível. As meninas tiravam do rosto seus cabelos compridos com as costas do pulso e todas tinham na pele o brilho saudável da boa criação. Como Jim, eram hippies de butique; haviam caído fora do sistema, mas tinham seus bilhetes de volta para quando ficassem mais velhos. Seus pais estariam passando a temporada em Ascot, Henley e Wimbledon, e aqueles garotos também curtiriam o verão em Fleadh, no Festival de Reading ou em Glastonbury.

Se, portanto, eu não era um deles, em que tribo publicitária estaria catalogado? Quando Hugo me pediu para escrever a música para "um carro de família com pinta de carro esporte", disse-me que estavam visando ao "pai garotão". Um calafrio atravessou minha espinha, pois instantaneamente percebi que fazia parte daquela categoria de duas palavrinhas.

– Conheço o tipo – disse com desprezo, ao mesmo tempo que jogava uma revista masculina de luxo na lata de lixo.

O sol do meio-dia estava poderoso e fui para a sombra a fim de evitar que a delicada pele das minhas entradas se queimasse. Seria difícil explicar como eu me queimara do sol sentado ao teclado o dia inteiro. De repente, de minha mochila, ouvi o celular tocando. Esperei resmungos críticos dos ambientalistas alternativos com piercings pelo corpo a meu redor, mas todos fizeram um movimento de procurar celular em seus bolsos e mochilas também.

– Oi. Sou eu – disse Catherine.

Seu tom estava adequadamente distante, levando em conta que havíamos brigado, mas pelo menos ela fizera o primeiro contato.

– Você está no estúdio?

Achei que poderia responder a pelo menos essa sem mentir desnecessariamente.

– Não.

– Onde você está, então?

Intuí que ela poderia estar me cercando para que eu voltasse para casa a fim de um banho. Olhei em volta e concluí que não era uma boa idéia dizer que eu estava deitado na grama de Clapham Common. Perto, havia um garoto com uma camiseta do Manchester United.

– Estou em... Manchester.

Algumas pessoas perto de mim pareceram intrigadas, e ri para elas fazendo uma sofrida mímica indicando que a pessoa com quem eu estava falando não podia captar esse fato simples e óbvio.

— Manchester? De verdade? Onde?

— Ah, no United.

— O quê?

— Quer dizer, Piccadilly.

Péssima escolha. Manchester foi onde Catherine freqüentou a universidade.

— Por que você disse "United"?

— Desculpe. Simplesmente associo Manchester com United. Em oposição a Manchester City, que usa camisa azul-claro, é óbvio.

— Do que está falando?

— Desculpe. É que estão falando comigo para eu me apressar porque essa suíte de edição está custando quinhentas libras por hora.

— Então você não vai ver as crianças antes de elas irem para cama?

— Acho que não. Está o maior sufoco aqui. Reescrevendo tudo em cima da gravação. Pressão é pouco.

— Ah — ela pareceu desapontada. — Aqui, estamos saindo para ver a casa nova de Susan e Piers. Falo com você amanhã.

— Não vá conversar com Piers. A conversa não acabará nunca.

Ela ainda estava fria demais comigo para dar uma risada, eu lhe pedi que beijasse as crianças por mim, nos despedimos e desligamos. Ninguém se desculpou pelas coisas horríveis que gritáramos um ao outro no dia anterior, mas o gelo se quebrou e no dia seguinte seríamos mais calorosos. Era tão melhor assim; não passaríamos dois dias batendo portas e arruinando o fim de semana do outro. Abri outra cerveja estupidamente gelada e, preguiçosamente, passei uma hora tentando descobrir as formas das nuvens. O tempo todo, elas me pareceram ter a forma de nuvens.

O celular tocou de novo, e dessa vez era Hugo Harrison. Quando eu terminei meu último serviço para ele, gravei a faixa três vezes seguidas, pois sabia que Hugo precisaria ouvi-la repetidamente e, assim, eu lhe poupava o trabalho de voltar o disco.

— Oi, Michael, é o Hugo. Ouvi bem suas faixas.

— Faixas? — perguntei, confuso com o plural.

— É, veja, gosto do início da primeira mixagem, do ritmo da segunda e o melhor encerramento das três é com certeza o da última versão.

O que eu podia dizer? Elas são completamente idênticas, seu babaca estúpido?

— Certo, é... interessante — gaguejei.

— Você se incomoda de voltar ao serviço juntando as melhores partes de cada versão?

— Bem, posso tentar, deixe-me anotar isso — disse enquanto as pessoas em volta se perguntavam por que eu não estava anotando nada. — O começo da primeira, o ritmo da segunda e o encerramento da terceira. Certo. Vou fazer o melhor que puder, mas precisarei de um dia ou dois.

– Tudo bem. Legal, Michael, agora tenho que correr.

E lá fiquei fazendo uma anotação mental para lhe mandar uma fita com uma única versão exatamente da mesma mixagem, que eu sabia que iria deixá-lo muito satisfeito.

Mais gente chegou para o churrasco à medida que o dia progrediu, incluindo Kate e Monica. Kate trouxe seu violão, que pôs amorosamente sobre um tapete, enquanto oferecia pratos de sanduíche aparentemente infinitos, preparados por ela para todo mundo. A meu lado, havia um sujeito que se dizia chamar Dirk, de quem irracionalmente desgostei de cara porque, quando ele puxava uma tragada, segurava seu cigarro entre o polegar e o mindinho, como se fosse James Dean ou Marlon Brando. Eu sabia que existiam crimes maiores contra a humanidade, mas, naquele momento, segurar o cigarro entre o polegar e o mindinho pareceu-me estar na lista dos piores. Em todo caso, minha primeira impressão dele logo se comprovou.

Enfiando um sanduíche na boca sem reconhecer os esforços de Kate, Dirk em seguida pegou o violão dela e começou a tirar umas notas. Kate demonstrou estar contidamente perplexa diante de sua folga, mas não disse nada. Ele afinou ligeiramente o instrumento e fez pouco-caso:

– Quanto você pagou por isso?

– Somente cinqüenta libras – respondeu Kate, com orgulho. – Comprei de segunda mão.

– Cinqüenta pratas? Eu lhe dou vinte por ele.

De vez em quando, a gente encontra umas pessoas tão desagradáveis que só se pode supor que freqüentem cursos noturnos de falta de educação e grosseria.

— Bem, eu não estava querendo vendê-lo, na verdade – disse Kate, educadamente demais.

— Que azar. Minha oferta baixou para 15. Você perdeu uma grande oportunidade – e apertou o cigarro entre as cordas do violão. – Cinqüenta pratas! Por uma porcaria de violão como este – resmungou para si mesmo, começando a dedilhar o instrumento.

Kate olhou para mim sem acreditar, e parte de mim queria arrancar o violão do sujeito e dar-lhe na cabeça com ele. Mas não fiz isso porque não sou um tipo violento, arruinaria o piquenique e, a despeito de qualquer outra coisa, arrebentaria o violão em pedaços, porque ele tinha razão, era uma porcaria de instrumento.

Tentei ignorá-lo, mas logo ele se tornou o centro das atenções à medida que umas outras garotas começaram a acompanhá-lo numa livre interpretação de *Wonderwall.* Pareciam mais as crianças da família Von Trapp do que Liam Gallagher, mas também não contavam com muita ajuda desse poseur que errava metade das notas. Eu já não agüentava mais me conter.

— Acho que aí é Em7 – disse, hesitante.

Era a primeira vez que ele prestava atenção em mim. Deu outra tragada afetada em seu cigarro e estremeceu, quase fechando um olho enquanto inalava a fumaça, como se sua guimba de Silk Cut estivesse misturada com a mais potente maconha da Jamaica.

– Não ache, companheiro – replicou.

– Acho sim: é Em7, G, Dsus4, A7sus4.

De repente ele percebeu que eu sabia do que estava falando, mas não podia recuar na frente de tantas moças extasiadas. Havia um novo touro na manada desafiando-o com seus chifres. Ele fez uma pausa. E, em vez de continuar com *Wonderwall*, começou uma música diferente, que obviamente praticara muito mais vezes ao longo dos anos.

– Ah, não – disse uma das meninas –, não a chatice de *Stairway to heaven*. O que aconteceu com o Oasis?

– Eu posso tentar, se vocês quiserem – ofereci galantemente, provocando a concordância entusiasmada da platéia reunida. Ele não tinha escolha senão me entregar o violão, e agora a galera toda me olhava para ver se eu era melhorzinho.

– Tudo bem, Kate? Se eu tocar seu violão?

Ela concordou, e a tensão aumentou enquanto eu afinava o instrumento com vagar e precisão. Uma pausa. E mergulhei enfaticamente nas notas de abertura de *Wonderwall*, dedilhando com uma força e autoconfiança que só podia tirar o melhor som possível daquelas cordas de náilon. Sumiu o sangue do rosto de Dirk enquanto eu continuava com *The passenger*, *Rock n' roll suicide* e o trecho mais difícil do *Concerto para violão nº2* de Rodrigo só para humilhar. Quando terminei, houve bravos, aplausos e gritos de "bis", e parecia que as meninas estavam prontas para me pedir que lhes fizesse um filho.

– Muito legal seu violão, Kate – menti enquanto o devolvia à proprietária.

Foi um grande momento. Se a vida pudesse ser sempre assim. Observei que, quando Dirk acendeu mais um cigarro, segurou-o como todo mundo. Missão cumprida.

Imagino que as mulheres tenham se enamorado de mim daquela maneira porque expressei muita emoção com a música. Quando eu tinha um violão em minha mão, ou um teclado sob as pontas dos dedos, eu podia dizer "estou muito apaixonado" ou "muito infeliz" e realmente transmitir o sentimento por trás das palavras. Não conseguiria dizer as palavras simplesmente. Naquele momento, eu tinha que me esforçar muito para não revelar meus sentimentos, de revoltante convencimento. Eu conseguira defender a honra do violão de Kate, o dia estava lindo, e até cortaram as bordas dos sanduíches de maionese de ovo. À parte reveses financeiros temporários, minha vida dupla era uma máquina bem azeitada. Eu tinha uma esposa, mas era independente, tinha um trabalho no qual podia fazer meu horário, tinha a perfeita quantidade de tempo para passar com meus lindos filhos, mas também tinha meu próprio espaço e muito tempo para mim mesmo.

Relaxei e andei alguns metros para dentro do bosque a fim de fazer xixi contra uma árvore. A mistura de sol e cerveja tinha me deixado tonto e perdi um pouco o equilíbrio enquanto fechava as calças e apertava os olhos contra a luz. E aí, saindo de uma clareira e descendo uma pequena colina, eu vi

Millie. Minha filhinha Millie, três anos incompletos, passeando no bosque a cinqüenta metros de mim. Em Clapham Common. Sozinha.

Ela parecia perfeitamente feliz, e contive meu instinto de gritar seu nome. Por mais que me esforçasse, não conseguia ver sua mãe. Com crescente incompreensão, fiquei apenas olhando para ela, vagando por ali, colhendo folhas e, alegremente, cantando uma canção para si mesma. Era como se fosse uma criança que eu não conhecesse; estava completamente separada de mim, como se eu a observasse por um espelho falso ou em um velho vídeo familiar. Nunca antes a ouvira cantando essa canção. Era somente mais uma criança no parque, a não ser pelo fato de se tratar da minha filha. A mesma sensação que eu tivera quando vi nosso terceiro bebê no ultra-som – podia ver minha filha, mas não conseguia me relacionar com ela.

Por que Catherine não está com ela?, indaguei-me ansiosamente. Eu me escondi atrás de um arbusto para observar Millie sem me entregar. Parte de mim queria correr e lhe dar um grande abraço, mas o risco era alto demais. Ela deve estar perdida. Eu ficaria apenas observando-a à distância até que sua mãe a encontrasse, e aí, silenciosamente, escapuliria. Eu não podia me permitir anunciar minha presença, e essa era a única opção lógica que me restava. E no entanto, à medida que ela se aproximava, deixei escapar seu nome apesar de mim mesmo, sem saber por quê.

– Papai! – ela respondeu.

Ela não estava particularmente surpresa de me ver escondido ali, o que me desconcertou um bocado, mas, misturado a meu pânico e minha incompreensão, havia o deslumbramento de ver minha linda filhotinha de maneira tão inesperada. Ela correu para mim e levantei-a no colo; ela me abraçou apertado, o que foi uma delícia, embora eu não tivesse idéia do que fazer em seguida.

– Cadê mamãe?

– É... ela, ela, ela... Mamãe, hum, mamãe...

Pare com isso, Millie, bote para fora.

– Ela... ela está lá – e apontou para um coreto uns bons 130 metros adiante.

Naquele momento, ouvi Catherine chamando o nome de Millie, com terror e pânico na voz. Não havia saída daquela situação. Catherine perdera Millie; eu a achara. Apenas uma hora antes, eu dissera a Catherine que estava trabalhando em Manchester. Meu coração batia *allegro forte* e eu disse:

– Ah, Millie querida, o que é que eu faço?

– Piu-piu verde – ela respondeu, apontando para a árvore.

E ela tinha razão. Subindo o tronco da árvore atrás de mim, havia um pica-pau verde. Que tal? Em plena Londres. Eu nunca tinha visto um pica-pau verde antes.

– Millie! Cadê você? – berrava sua mãe desesperada, chegando cada vez mais perto.

Botei-a no chão e apontei para a mãe:

– Olhe, Millie, mamãe está ali. Corra para mamãe. Diga a ela que viu um homem igualzinho ao papai.

Deixei-a ir e ela correu pelo campo aberto em direção à mãe. Enquanto ela ia, pude ouvi-la gritando:

– Mamãe! Papai disse que eu vi homem igualzinho papai.

Observei o momento em que Catherine a viu. Numa fração de segundo, seu rosto foi do terror a um enorme alívio, e mal houve uma pausa para que passasse à raiva pelo suplício terrível a que acabara de ser submetida. Ela estava furiosa com Millie, embora eu soubesse que no fundo estava com raiva de si mesma por tê-la perdido. Segurava Alfie em um braço, mas correu em direção a Millie com o outro estendido, agarrou-a e explodiu em lágrimas. Gritou com Millie por sumir daquela maneira, e qualquer mensagem que a menininha tentasse passar ficaria perdida na raiva, nos abraços e lágrimas, e portanto tudo bem para meu lado até aquele momento.

Ainda escondido entre as árvores, olhei Catherine aprontando-se para deixar o parque. Seja como for, o que fazia ela ali? Estava a quilômetros de casa; ela nunca vinha para a margem sul do rio. Eu sabia que aprontar as crianças seria uma grande operação. Ela tentou prender Alfie no carrinho duplo, mas ele chorou e lutou e arqueou as costas, pedindo colo. Millie estava aborrecida por ter sido repreendida e também chorava. A mãe tirou uma sacola do carrinho e pôs Millie dentro. Quando estava enganchando a sacola no pegador, Millie começou a ficar histérica, berrando e levantando os braços para ser apanhada, ciumenta do colo do irmão.

Catherine tirou Millie do assento, e ao fazer isso a sacola no pegador pesou de um lado, derrubando o carrinho numa ação gangorra de surpresa, e tudo acabou virado de ponta-cabeça. A sacola caiu no chão, e ouvi o barulho de vidro quebrado. Deve ser a garrafa de Aqua Libre, pensei comigo mesmo. A bebida com cheiro de melão que ela compra sob o rótulo de "água livre" e custa uma fortuna. A bebida de grife escorria da sacola e molhava o chão. Observei-a, ainda com o peso das duas crianças, abaixar-se para com a mão livre tentar evitar que o líquido arruinasse tudo o mais que havia na sacola. Eu a ouvi dizer um palavrão porque cortara a mão. A mão sangrava enquanto ela tentava pôr Millie no chão, mas, com três anos incompletos, a menina recusava-se a ver a situação do ponto de vista de Catherine e não aceitava sair do colo. Zangada, Catherine largou Millie, que se jogou no chão e berrou. A cada passo, tive a sensação de que poderia prever o que aconteceria em seguida, mas encontravame impotente para evitar, como se visse uma série de carros batendo uns nos outros em um daqueles vídeos que compilam acidentes nas estradas. Realmente, eu teria gostado de ir lá e ajudar, mas como poderia fazer isso? Como eu poderia de repente aparecer no meio de Clapham Common uma hora depois de dizer que estava em Manchester?

— Checando as babás do pedaço? — zombou uma voz atrás de mim.

Era Dirk, ainda amargando ter sido superado em um violão ordinário.

— É... não, estava apenas olhando a luta daquela mulher com duas crianças pequenas. Quer dizer, ela na verdade é a mãe, suponho.

– Deus do céu, quem ainda tem filhos? – disse ele, enquanto Millie soluçava e chutava no chão.

Eu me vi quase meneando a cabeça em tácita concordância e logo senti culpa de trair meus próprios filhos de maneira tão irresponsável.

– Olhe aquela pestinha berrando. Acho que as pessoas não deveriam ter autorização para ter filhos sem um diploma comprovando que saberão efetivamente controlá-los.

De repente, fiquei furioso. Ele não tinha a menor idéia do que estava falando.

– Não é culpa dela – respondi rispidamente. – É difícil quando você está sozinho. E a maioria das crianças de dois anos é assim.

– Olhe como ela grita com a pobre menina. Não surpreende que a menina berre de volta.

– Bem, ela provavelmente está pelas tabelas. Sem dormir, aquela coisa toda.

– Provavelmente, mãe solteira – disse Dirk dirigindo-se para o churrasco.

A essa altura, Catherine estava sentada no chão, chorando. Tinha a aparência de estar completamente derrotada. Eu nunca a vira desistir daquela maneira. Sua mão sangrava e seus dois filhos também soluçavam. E, isso acontecendo em Londres, as pessoas em volta afastavam-se como se ela fosse uma drogada ou uma bêbada. Será que ninguém ia se oferecer para ajudar?

– Você está bem, Catherine?

Ela olhou para cima e ficou tão atônita de me ver ali em pé que imediatamente parou de chorar.

— Como você apareceu aqui?

Uma vez que eu não tinha a resposta para essa pergunta, achei que a melhor política era ignorá-la.

— O que aconteceu com sua mão?

— Cortei — disse ela, levantando a mão.

— Ah, é por isso que tem sangue pingando no chão.

Amarrei meu lenço em seus dedos enquanto ela ficava ali sentada me olhando como se eu fosse sua fada madrinha e um cavaleiro numa armadura, tudo numa pessoa só.

— Dá para eu ver que você cortou, sua tonta. O que estava fazendo?

— Estava tentando tirar os cacos de vidro do fundo da sacola.

— E esses cacos cortaram sua mão? Que acidente estranho.

Ela sorriu e tive esperanças de que passara o momento de ela perguntar o que eu estava afinal fazendo ali.

— Eu e papai vimos passarinho azul — disse Millie, querendo participar.

— Deus, ela ainda fala disso. Vimos um pica-pau verde dois meses atrás — disse eu, dando um nó no lenço. — Vamos embora tomar um café e comprar batatinhas para Millie.

Catherine limpou o rímel borrado em seus olhos.

— Ah, Michael, é tão bom ver você aqui. Perdi Millie. Foi terrível; ela simplesmente saiu andando e se afastou da barraquinha enquanto eu estava trocando a fralda de Alfie, e eu corri atrás dando a volta no café, mas ela deve ter ido na outra direção, porque a perdi por um bocado de tempo. Foi aterrorizante. Aí, o carrinho virou, as garrafas se quebraram, cortei a mão, as crianças começaram a gritar, e eu simplesmente não consegui dar conta...

– Esquece o café, vamos tomar um copo de vinho?

– E o bebê?

– Bem lembrado. Dou um copo para ele também.

Encarapitei Millie sobre meus ombros e fomos andando para o Windmill Inn, na direção oposta à do piquenique. Se o assento vazio no carrinho duplo de bebê fosse um pouquinho maior, eu teria prendido Catherine ao lado de Alfie, empurrando-a até o pub. Sentamos do lado de fora, Alfie começou a sugar sua mamadeira, fiquei bebendo minha cerveja, e Catherine derrubou de um trago seu copo de vinho. Parecia que tinha ficado tudo legal de novo, por um momento que fosse.

– Então por que você disse que estava em Manchester? – ela perguntou de repente.

Só tinha uma batatinha na boca, mas pareceu que eu estava com a boca tão cheia que era impossível responder.

– Manchester? – disse, finalmente. – Do que você está falando?

– Você disse que estava em Manchester.

Houve uma pausa durante a qual tentei olhá-la como ela fosse completamente alucinada, e em seguida mudei meu rosto intrigado no sentido de uma percepção exagerada quando uma saída de repente apareceu em minha mente.

– Não, não, não. *Rua* Manchester. Eu disse que estava na *rua* Manchester. No West End.

Ela ficou confusa.

– Mas você disse que estava em Piccadilly.

– Piccadilly Circus, não é?

Ela riu de sua bobeira.

– Que coisa, pus na cabeça que você tinha subido de novo para o norte a trabalho.

Demos juntos uma gargalhada bem-humorada por causa desse mal-entendido, e soltei um suspiro silencioso de alívio porque Catherine se esquecera, ou não se dera conta, que a rua Manchester ficava alguns bons quilômetros distante de Piccadilly Circus. Antes que ela tivesse tempo para pensar nisso, mudei de assunto.

– E você, o que está fazendo neste lado do rio? Não teve medo de ser parada na ponte pelos guardas da alfândega?

– Eu pretendia ver a casa nova de Susan e Piers em Stockwell, mas chegamos lá e não havia ninguém, daí a idéia de um passeio em Clapham Common, não foi, Millie?

– Eu e papai vimos passarinho verde.

– Tudo bem, Millie, você já disse – interrompi. – Olhe aqui mais um pacote de batatinha.

– E você? – perguntou Catherine.

– Terminei meu serviço na *rua Manchester*, peguei o metrô em *Piccadilly Circus* para chegar até o estúdio e tive a idéia de dar uma caminhada no parque, quando vi vocês. Coincidência, não é?

— É, não vamos contar à minha irmã. Ela atribuiria a alguma energia psíquica.

— Boa idéia. Direi que fiz um desvio no parque porque estava sentindo no ar as vibrações negativas. Ela não vai parar de falar nisso nunca mais.

Catherine estava rindo de novo, embora houvesse um toque ligeiramente histérico em sua risada. Peguei outra taça grande de vinho para ela e um terceiro pacote de batatas para Millie, e Catherine recuperou um pouco da imagem da mulher que eu conhecia; o colapso na barraca do parque já superado. Mas, à medida que o álcool subia à cabeça, ela passou a dar a impressão de estar cansada demais para continuar rindo. Eu me ofereci para trocar a fralda de Millie, o que a fez rir. Deitei Millie no trocador e comecei a desabotoar seu macacão cor-de-rosa.

— Michael? — disse Catherine, com um tom soturno.

— O quê?

— Não estou feliz.

— Como?

— Eu disse que não estou feliz.

— Não é seco que você queria? Eu pedi um vinho branco seco.

— Com minha vida. Não estou feliz.

— O que você quer dizer com "não estou feliz"? É claro que você está feliz.

— Não estou. Ficava culpada de não estar, então guardei isso para mim, mas é um esforço tão grande. Tem alguma coisa faltando que não sei o que é.

— É a bebida falando, Catherine. Você está cansada e um pouco bêbada e de repente acha que não é feliz, mas, pode crer, você é uma das pessoas mais felizes que conheço. A próxima coisa que você vai dizer é que não consegue dar conta das crianças.

— Não consigo dar conta das crianças.

— Pare com isso, Catherine, não tem graça. Millie, pare de se mexer, por favor.

— Não estou fazendo graça.

— Você consegue dar muita conta das crianças. Você dá conta brilhantemente. Millie, fique quieta.

Catherine deu de ombros e não disse nada. Olhei para ela de baixo para cima, pois eu estava ajoelhado no chão, debruçado sobre o trocador.

— Está bem, algumas vezes você sente como se não conseguisse dar conta, mas tenho certeza de que isso é absolutamente normal. Em geral, você gosta de estar sozinha com as crianças.

— Não, não gosto.

— Claro que gosta.

— Não, não gosto.

— Bem, talvez, ocasionalmente, você possa se sentir assoberbada. Mas, em geral, você gosta de que eu fique fora do seu caminho.

— Não, não gosto.

— Gosta.

— Não, não gosto.

— Gosta, sim.

— Não gosto.

— Pare com isso, menina levada.

— Você está falando comigo ou com Millie?

Millie não parava de se mexer, tornando impossível que eu colocasse a fralda direito.

— Por que você tem que fazer tudo para dificultar as coisas? — e acrescentei, a título de esclarecimento: — Millie!

— Quero mamãe troque fralda.

— Não, mamãe não pode fazer tudo.

— Pode — disse Catherine. — Mamãe Esperta pode fazer tudo e continuar sorrindo um sorriso feliz 24 horas por dia, tralalá.

— Catherine, você está de porre.

— De porra, estou de saco cheio.

— Olhe, eu entendo que você teve um dia péssimo e que as crianças podem exaurir, mas você sempre disse que adorava ficar em casa com eles.

— Por você — disse ela. — Achava que, com você sob toda aquela pressão do trabalho, a última coisa que ia querer de mim eram resmungos e lamentação porque fiquei em casa o dia inteiro.

— Você está dizendo isso agora.

— É verdade.

— Não é.

— É. É horrível ficar sozinha metade da semana. Às vezes, tenho a impressão de que já trabalhei um dia inteiro, olho o relógio da cozinha, são apenas 10:00 da manhã, e penso que faltam somente nove horas para pôr as crianças na cama.

— Você está dizendo isso porque agora está deprimida. Eu sei que você dá conta muito bem quando não estou lá.

— Não dou.

— Estou lhe dizendo que dá. Sei que dá.

— Como você sabe? Como quer saber melhor do que eu se dou conta quando você não está?

— Bem, assim, porque conheço você. Você é uma ótima mãe.

— Você dizia que eu era uma ótima atriz.

— Você ainda é uma ótima atriz.

— Devo ser, se você acredita naquele papo de família feliz que eu invento quando você cruza a porta de casa.

Eu não tinha uma resposta para isso, Millie começou a se contorcer para sair do trocador, e perdi a paciência com ela.

— PARE COM ISSO, MILLIE, PELO AMOR DE DEUS VOCÊ É UMA MENINA MUITO LEVADA! VOCÊ É UMA MENINA MUITO, MUITO LEVADA, E EU JÁ ENCHI.

Finalmente, Catherine decidiu que era hora de ir para casa e disse que eu deveria retornar ao estúdio para continuar meu trabalho. Mas dessa vez não levei a sério sua oferta. Algo penetrara no meu couro de rinoceronte e intuí que ela queria que eu mudasse meus planos e voltasse para casa. Ela precisava de mim apenas para estar lá. Precisava que eu desse força. E precisava de mim para dirigir o carro, porque estava completamente bêbada.

Fomos em direção ao rio, e eu disse a Millie que a Ponte Albert era feita de algodão doce cor-de-rosa, e naquele pôrdo-sol de fim de maio parecia que era mesmo. Ao entrarmos em Chelsea, as pessoas nas ruas ficaram de repente muito diferentes daquelas somente a alguns quilômetros de distância, do outro lado do rio. Com suas bolsas Moschino e camisas Ralph Lauren, vestiam-se de maneira tão cara que tinham que pôr suas etiquetas para fora. Teríamos que passar por todas as áreas mais caras de Londres até chegar do outro lado, novamente entre as classes médias empobrecidas.

Quarenta minutos mais tarde, estávamos de volta à nossa caixa de sapatos bijou, em Kentish Town. Pus um pouco de chá para Millie, o que, depois de três pacotes de batatas, ela com certeza ignorou. Não sei por que não fiz o chá para despejá-lo imediatamente na pia. Pouparia tempo. Sentei-me a seu lado e, com Alfie no colo, assistimos de novo ao *Rei Leão*, até a parte em que Simba desaparece para crescer sozinho e finalmente dá de cara com sua antiga namorada perdida, Nala, na floresta. Catherine preparou mais um drinque; pensei com alívio que ela não estava mais amamentando porque, se estivesse, Alfie acabaria desmaiando por envenenamento alcoólico. Não conversamos mais sobre o que ela havia dito, embora eu tenha me pegado emitindo sons exageradamente engraçadinhos todas as vezes que as crianças faziam bobagens, como jogar comida no chão.

Fiz o chá das crianças e arrumei tudo, cozinhei nosso jantar e lavei tudo, dei banho nas crianças e os botei na cama, arrumei os brinquedos e até pus uma trouxa de roupa para lavar, mas parecia que nada conseguiria extrair gratos sons de aprovação de

Catherine, que continuava jogada no sofá, olhando para o teto. A seu favor diga-se que ela soube quando parar de beber, que foi quando a garrafa de vinho acabou. Finalmente, anunciou que estava indo se deitar mais cedo e me deu um abraço.

– Não é você, sou eu – disse sugestivamente e me abraçou tão apertado que quase quebra um par de costelas.

Fiquei na sala por algum tempo e ouvi sozinho trechos de algumas de minhas músicas favoritas. Ouvi *For no one*, dos Beatles, três vezes, o que foi como se alguém destrancasse uma seqüência impossível de portas secretas em minha cabeça. Quando não consegui mais imaginar nenhum motivo para continuar de pé, eu me preparei para ir dormir também. Bati o leite de Alfie para a mamadeira da noite, esperei esquentar no microondas e verifiquei como iam as crianças. Millie já tinha passado para nossa cama e estava ocupando meu lugar ao lado de Catherine. Fui para o quarto das crianças, me deitei na cama dela e puxei o edredom da Barbie sobre minha cabeça. Chutei dois bichos de pelúcia e fiquei lá deitado ouvindo a respiração de Alfie no berço a meu lado.

Passou uma hora e eu continuava acordado. Amaciei o travesseiro e puxei o edredom, mas não era a arrumação da cama que estava me perturbando. A imagem dela sentada no chão e chorando não saía de minha cabeça. Era tão incompatível com a imagem que eu tinha de Catherine quando estávamos separados. Sem saber que eu a observava, ela havia simplesmente desistido e se entregado. E agora, com seu disfarce arrancado, ela não estava mais fingindo.

– Tem alguma coisa faltando que não sei o que é – ela dissera.

Tentei me convencer de que se tratava apenas de alguma depressão hormonal relacionada com a gravidez, mas sabia que se fosse assim tão simples eu não estaria acordado às 2:00 da manhã. Uma hora mais tarde, ouvi quando Alfie começou a se mexer. Agora que ele estava com quase um ano, em geral acordava somente uma vez à noite, e embora a probabilidade de Catherine ser despertada de seu coma enológico fosse francamente baixa, desci e esquentei a mamadeira antes que ele começasse a chorar. Dei um gole para verificar a temperatura e cuspi na pia aquela água suja de giz, mas fiquei com um gosto ruim na boca. O truque agora era dar a Alfie uma boa mamadeira sem estimulá-lo a ponto de ele ficar completamente desperto. Mas, sentados juntos, à meia-luz do quarto das crianças, ele de repente abriu os olhos como se tivesse acabado de compreender algo muito importante. Olhou para mim enquanto mamava, e eu arrisquei um gentil "oi, Alfie Adams", mas ele continuou apenas tomando a mamadeira e me olhando. Dava a impressão de tanta credulidade e inocência, dependia tão completamente de meus cuidados, que senti como se o houvesse traído. Ao olhar dentro de seus grandes olhos azuis, imaginei por um momento que ele sabia tudo a meu respeito, que entendia por que sua mãe se sentia isolada e abandonada, e estava só me olhando como se dissesse: "Que diabos você pensa que está fazendo, papai?"

– Estou arrependido, Alfie – disse eu. – Realmente arrependido.

E estava.

capítulo sete

a marca de um homem

– Não é possível manter a dignidade numa piscina de bolinhas. Deitado de costas naquele chão maluco coberto de bolas de plástico coloridas, você tem que se resignar a parecer um bufão desajeitado e sem graça, uma porcaria de um adulto com ares de leão-marinho suarento e machucado, que, à força de estar ali, incita ao próprio bombardeio por uma chuva de balas de canhão de plástico nas cores primárias. Há um sorriso divertido especial que se deve ter na cara, mesmo quando o pirralho de cabelo punk que você não conhece acabou de lhe acertar o rosto com uma bola que amassou de um jeito tal a machucar mais ainda ao ser atirada por ele. Esse é apenas um aspecto da perda geral de dignidade, que faz parte do moderno contrato paternal. Você não pode ficar alheio e indiferente quando seu filho de dois anos está vomitando sorvete de chocolate sobre o chão de uma fina butique de roupas masculinas. Não existe maneira sofisticada e de bom gosto de limpar o bumbum de um bebê. Não acredite jamais nesses comerciais que dizem que ter filhos o faz parecer mais cool, porque não faz. Não existem carrinhos de bebê *Action Man* com trocador virtual. A marca de um homem não é mais espalhar *Old Spice* e surfar no coro de *Carmina Burana*; é engolir o orgulho, se esfregar no chão e rolar numa piscina de bolinhas. É humilhante, mas faz parte.

A massa de futuros pais me ouvia em estarrecido silêncio. Apesar de já ser a terceira gravidez de Catherine, eu me vi arrastado para um curso pré-natal e, naquela noite em particular, todos os homens haviam sido levados para uma sala em separado a fim de discutir as maneiras pelas quais esperávamos que nossas vidas mudassem depois do nascimento do bebê.

– Uma outra coisa sobre a qual não advertem – continuei, como um irado ouvinte de rádio fazendo queixas em um programa noturno – é o que acontece com o casamento. De repente, vocês estão disputando mesquinharias e marcando pontos para ver quem se desgastou mais. Catherine me pergunta: "Você esterilizou as mamadeiras?", quando ela está vendo as mamadeiras sujas empilhadas na pia. Ela sabe a resposta da pergunta, mas ao fazê-la me obriga a uma culpada admissão do fracasso. Mas o único resultado disso é me fazer exagerar o quanto Alfie deu trabalho enquanto ela estava fora. Não, não exagerar, mentir mesmo! Eu declaro que não tive um minuto de folga, o que obriga Catherine a fingir que as horas que passou no supermercado com Millie foram muito piores. É o pôquer do martírio – eu pago para ver sua história de ataque de fúria no caixa do supermercado contra meu relato de diarréia no meio da troca de fraldas.

Eles estavam tão interessados em me ouvir a respeito de minhas experiências quanto eu em contá-las. Nenhum outro homem na sala já tinha filhos, e eles olhavam para mim como se eu fosse um veterano de guerra, de volta da batalha, cheio de histórias terríveis da linha de frente da paternidade.

– Mas o que realmente desaparece da noite para o dia é sua juventude. De repente, sua juventude acabou. Tentei recriar a minha artificialmente – disse com um ar enigmático – mas não funcionou. Tornar-se responsável por uma pessoa tão, tão jovem faz com que você se sinta muito, muito velho. Primeiro, porque você fica exausto, tanto física quanto emocionalmente, e se por acaso encontra tempo para fazer alguma daquelas coisas que fazia quando jovem, logo se vê lutando com ela com a má vontade abatida de um aposentado que passou por tudo na vida. Quando as crianças começam a demandar menos de você fisicamente, já se envelheceu dez anos no espaço de dois ou três, e é tarde demais para voltar de qualquer maneira. Você olha no espelho seu cabelo encanecendo e o rosto pendurando e se pega pensando: De onde vem este homem? Mas não só você ganha a aparência de um velho e se sente velho nos ossos, como pensa como velho. Você se preocupa e complica tudo acerca das crianças, mas não se dá conta de que está andando na rua com meias diferentes e o cabelo espetado para cima. Você se torna impaciente, sensato e organizado, e se alguma vez faz alguma coisa descontraída e espontânea com sua mulher é porque duas semanas antes vocês combinaram uma hora para fazer algo espontâneo e descontraído. No dia em que chega o bebê, acaba tudo. Sua independência, sua juventude, seu orgulho – tudo que fazia de você, você. Você tem que começar do zero.

A professora alegrinha entrou na sala e bateu palmas, entusiasmada por antecipação.

– Bem – disse ela –, como estamos indo por aqui?

E nenhum dos boquiabertos cavalheiros sequer levantou os olhos do ponto que miravam silenciosamente no chão.

Para falar a verdade, eu achava aquelas aulas pré-natais constrangedoras. Era como se eu fosse uma criança repetente obrigada a fazer a mesma série na escola toda de novo. Em determinado momento, nossas parceiras tinham que ficar de quatro, e nós tínhamos que nos ajoelhar ao lado delas para esfregar-lhes a nuca, e a professora vinha verificar se estávamos esfregando nossas parceiras corretamente. Temos aulas para nos ajudar com o nascimento da criança; imagino que devamos nos sentir muito gratos por não haver nenhuma mulher metidinha querendo nos aconselhar sobre o melhor método de concebê-la. "Certo, agora todas as mulheres deitadas no chão, e talvez os homens possam praticar o estímulo do clitóris. Não, Michael, você está a quilômetros do ponto certo."

E por que não dão aulas para nos ajudar no pós-parto? É essa parte que os adultos não sabem, é nessa parte que precisamos verdadeiramente de ajuda. "Muito bem, você pariu, aqui está seu bebê. Agora, vire-se." Eu me permiti rir para dentro com o entusiasmo dos pais de primeira viagem. Um deles chegou a perguntar acerca do recheio que devia pôr nos sanduíches, pelo amor de Deus. Estavam todos completamente consumidos pelo filho antes que ele nascesse. Eu queria lhes dizer, não fiquem vindo a essas aulas pré-natais, em vez disso vão ao cinema, façam programas juntos enquanto é tempo. Mas eles comparavam macacões e sapatinhos e nos perguntavam se era melhor botar o bebê direto no berço ou deixá-lo dormir um pouco na cama dos pais, e Catherine dava de ombros e dizia que ainda não tinha formado opinião.

Catherine e eu não discutimos as coisas que ela dissera no terraço do Windmill Inn, mas era óbvio que abandonara a farsa de que tudo ia perfeitamente bem em sua vida, como eu sempre imaginara. Sua frustração foi mitigada pela redecoração da casa; ela saíra do estágio de exaustão da gravidez e pulara para a fase maníaca compulsiva de arrumação do ninho. Eu tentava aplacar minha culpa sugerindo que descansasse e deixasse tudo comigo, mas ela queria mesmo fazer algo pelo novo bebê, de maneira que, heroicamente, subia e descia escadas, pintando com todo o carinho as paredes do quarto enquanto a tinta respingava toda sobre sua barriga. Obviamente, havia coisas que não podia fazer sozinha, tarefas que exigiam a força e o conhecimento técnico de um artesão, era então que ela recorria a mim e dizia:

— Michael, dê um pulo na casa da sra. Conroy e veja se Klaus e Hans podem vir nos dar uma mão.

Em geral, disso eu dava conta.

Klaus e Hans eram dois estudantes alemães que alugavam quartos na casa da vizinha e a quem Catherine recorria com freqüência só para que eu me sentisse um inútil. Nessa ocasião, eu não conseguira montar uma cômoda de gavetas. As instruções estavam impressas em inglês, alemão, italiano, espanhol, francês e árabe. Os fabricantes foram sensatos ao incluir o inglês, mas, para mim, não fez a menor diferença; as instruções eram tão incompreensíveis quanto em qualquer outra língua. Quando leio uma frase tal como "ajuste o pino 'c' à lingüeta de sustentação 'g' sem soltar o eixo de articulação 'f'", um cobertor de névoa desce sobre meu cérebro, e perco a capacidade de compreender quaisquer instruções, fico apenas olhando um monte de palavras. Klaus e Hans montaram a unidade com a velocidade e a eficiência de uma equipe de pit-stop.

— Você tem um jogo de chaves inglesas, Michael?

— Acho que não.

— Tem, sim. Na sua caixa de ferramentas.

— Chave inglesa? Tem certeza?

— Claro. Estão no pequeno compartimento junto com a rasoura.

— Rasoura? O que é uma rasoura?

Klaus sabia a palavra para rasoura em inglês. Eu ainda não sei o que é uma rasoura e como sucedeu de me tornar o proprietário de uma. Klaus e Hans iam sempre lá em casa pegar emprestadas minhas ferramentas, o que significava abrir a embalagem na qual haviam ficado escondidas há muitos Natais.

– Será que o Michael está usando a furadeira elétrica? – Klaus pediria a Catherine na porta de frente.

E eu poderia ouvi-lo dizer:

– Não estou entendendo. Qual é a graça?

Mas, por mais prestativos e simpáticos que fossem Klaus e Hans, eu não conseguia não me sentir meio frouxo pela maneira como Catherine passou a depender deles. Eles consertavam o cortador de grama, desentupiam a pia, conseguiam parar até o rádio-despertador, que eu tentara arrumar porque estava dando choque sempre que a gente apertava o botão soneca. Se porventura eu chegasse em casa e encontrasse um deles instalando um novo filtro na torneira ou qualquer coisa assim, eu me adiantava e dizia:

– Obrigado, Klaus, acho que posso terminar o serviço.

Uma hora mais tarde, eu estaria batendo em sua porta:

– Oi, como é mesmo que a gente instala a torneira de volta?

Catherine estava sempre querendo mudar as coisas em nossa casa. Era uma espécie de revolução permanente; assim que ela saía vitoriosa da campanha pelos tapetes do nosso quarto, abria-se uma frente de batalha por novos armários de cozinha. Otimisticamente, sugeri que o papel de parede do quarto das crianças poderia durar mais um ano, mas ela afirmou que não era justo arrumar o quarto com menos gosto para os próximos dois bebês do que o fizéramos para os dois primeiros.

– Os próximos *dois*?

– É, embora mais cedo ou mais tarde a gente tenha que se mudar para uma casa maior, não é mesmo?

– UMA CASA MAIOR! – mas logo percebi que minha reação soara demasiadamente como pânico cego e repeti a frase com o ar de quem considera uma idéia sob seus vários aspectos. – Uma casa maior. Humm, interessante...

Não consegui evitar suspeitas.

– Por quê? Não estamos endividados, não é? – perguntou Catherine, passando uma marca de tinta cara pela extensão do teto.

Respondi com um afirmativo "não!", com aquele estilo superenfático, olho no olho, sem abrir para debates, que reservo para os flanelinhas que querem limpar meu pára-brisas no sinal. Catherine, em geral, nunca se interessou muito pelo equilíbrio de nosso orçamento familiar. Uma vez, na verdade, ela tentou cobrir um estouro do nosso limite bancário fazendo um cheque da mesma conta estourada, mas normalmente suas preocupações financeiras dizem respeito apenas ao fato de, em dias de sol, ela não conseguir ler o que vai na tela do caixa eletrônico.

Eu queria lhe contar acerca da vida dupla que vinha levando e explicar como fizera uma dívida tão grande, mas, agora que ela revelara não estar feliz, não tinha coragem de tornar as coisas piores. Ela disse que eu andava muito quieto e, com um sorriso afetuoso, me perguntou se estava tudo bem. Eu disse que estava legal, palavra que usava para desviar qualquer investigação emocional constrangedora. Poderia ter dito que estava OK, mas é uma abreviatura, e não queria começar a enrolar acerca dos meus sentimentos, aquela cascata de quem chegou da Califórnia. Por alguma razão, nunca me senti no perfeito momento para anunciar: "Na verdade, querida, toda essa reforma que a gente está fazendo é puro dinheiro jogado fora porque, imagine, eu não venho pagando a hipoteca!" Dizem que a honestidade é a melhor política. Isso vale quando a verdade é toda simpática e bonita, quando é fácil ser honesto. E se você for o misterioso segundo atirador no assassinato do Kennedy? Nesse caso, a honestidade claramente não é a melhor política.

— Então, Frank, você já veio antes a Dallas?

— Vim, vim aqui uma vez para disparar contra John Kennedy por trás daquela colina.

Se Catherine saíra de sua fase cansada, entrei eu na minha. De repente, comecei a trabalhar cada hora do dia na tentativa de compensar os atrasos da hipoteca. Queria correr para casa e ficar com ela o máximo possível, mas as pressões financeiras exigiam que eu ficasse preso no estúdio, vivendo a vida que ela pensava que eu tinha vivido esse tempo todo. Catherine observou que eu estava menos paciente com as crianças; voltava para casa e, em vez de jogá-las para o alto e fazer cócegas nelas, eu me largava no sofá, exausto, e ainda me opunha que se revezassem pulando nos meus testículos. Que defesa poderia apresentar para a aparente mudança em meu entusiasmo pelas crianças? "Antes era mais fácil. Eu estava só fingindo que trabalhava muito."

Embora pouco a pouco eu começasse a ganhar mais, as prestações atrasadas geravam penalidades, custos bancários e todo tipo de taxas às quais juros altos pareciam ser acrescentados aleatoriamente. Telefonei para todas as agências tentando conseguir mais trabalho, e me puseram a esperar para falar com gente que, no passado, ligara para mim, e eu muitas vezes não retornara a ligação. Todos os dias, eu labutava em meu estúdio, convertendo melodias favoritas, que estava poupando para meu primeiro disco tão sonhado, em jingles de promoção de pizzas light.

Minha fadiga de tanto trabalhar potencializava-se com o peso dos segredos que carregava comigo. A fraude era mínima quando começou; ninguém teria notado. Mal me lembrava do momento de sua concepção, o momento em que liberei uma pequena semente de desonestidade em nossa relação. Mas, de alguma forma, ela vingou e começou a crescer e crescer até ficar tão óbvia quanto o barrigão de Catherine sob a camiseta. Quando um bebê alcança determinado tamanho, ele tem que sair; o mesmo se aplica a uma mentira. A essa altura, sua gestação tinha alcançado tal estágio que eu estava começando a sentir as contrações. Eu sabia que não poderia mantê-la muito mais, mas não sabia a quem poderia contar. Se eu fosse católico, imagino que teria contado ao padre no confessionário. Se eu fosse uma velhota, teria encontrado uma desculpa para ir ao doutor e aborrecê-lo com a história horas a fio. A quem as pessoas contam seus segredos nos dias de hoje? Não havia a menor possibilidade de eu ir a um programa matutino da televisão e ter um colapso no auditório enquanto uma Oprah Winfrey de quinta punha a mão em meu ombro, mal dando uma pausa antes de passar para a próxima atração:

– Mulheres que dormiram com os namorados das filhas – logo após os comerciais.

Sentei sozinho em meu estúdio, especulando quem seria o meu companheiro de infortúnio mais próximo; aquele com quem eu poderia partilhar meus problemas. Meu celular tocou, e foi bom ouvir a voz tranqüilizadora de Catherine.

– Você está bem? – ela perguntou, pressentindo minha preocupação.

– Tudo bem... – e de repente pus tudo para fora. – Olhe, Catherine, eu não tenho sido honesto com você. Nós estamos muito endividados, e venho enganando a propósito do meu volume de trabalho. Basicamente, nos últimos anos, eu tenho vivido aqui sem fazer nada, enquanto você dá duro com as crianças.

Fez-se um silêncio terrível. Esperei que ela dissesse alguma coisa, mas ela não disse, e comecei a tagarelar para encher o vazio.

– Eu sei, mas já mudei. Agora, estou trabalhando muito duro, e vou compensar por tudo isso, prometo.

Ainda assim, ela nada disse. Eu queria ter lhe contado cara a cara, para ver como ela estava reagindo; o silêncio era opressivo. Era um silêncio tão grande que eu não ouvia o sinal do telefone, o que se devia ao fato de não haver sinal do telefone – a ligação caiu. Eu não sabia se ela havia desligado de raiva e desgosto, ou se não ouvira uma palavra do que tinha sido dito. O celular tocou de novo.

– Desculpe – ela disse alegremente. – Millie desligou. Então você está bem?

– É, estou bem – afirmei, com um suspiro de alívio. – Vou voltar a tempo de ver as crianças hoje à noite.

– Ótimo – respondeu ela. – Mas você pareceu um pouco oprimido.

– Bem, é que eu queria já estar aí.

Pelo menos isso não era uma mentira. Mas hoje eu não poderia voltar para casa antes de terminar o arranjo de uma peça vital de oito segundos, urgentemente necessária para colaborar na campanha de convencer as pessoas a visitar o Mundo dos Banheiros. Tinha que estar pronta na manhã seguinte, e eu avaliara que o serviço me tomaria umas duas horas, uma hora e meia no mínimo, se tudo desse certo. Liguei o computador e carreguei o programa apropriado. Da sala, veio uma gargalhada. Meus companheiros de apartamento estavam evidentemente se divertindo com algo muito engraçado, mas resolvi ignorar e ir em frente. A primeira etapa a completar era a prosaica tarefa de importar velhos arquivos midi para o Cubase, arrastando-os manualmente com o cursor. É ainda menos interessante do que parece. Houve nova explosão de risadas, só que dessa vez mais altas. Olhei na direção da porta, me perguntando o que poderia ser tão hilariante. Identifiquei aquela gargalhada debochada das hienas – diversão à custa dos outros –, o que atiçava ainda mais a curiosidade. Existe algo

214

de magnético acerca do riso inexplicado; não se trata somente do simples desejo de participar de uma explosão de alegria, mas da curiosidade ardente que gera sobre sua causa. Quando um atirador é encurralado em um prédio cercado, a polícia sempre tenta ameaças e barganhas e apelos da mãe dele para atraí-lo para fora. Seria muito mais rápido se, contando até três, caíssem todos os policiais numa gargalhada histérica; o atirador sairia em um instante perguntando: "O quê? O que foi?"

Arrastei o mouse sobre o mousepad encardido; de repente, ele ficou pesado e difícil de manejar. O relógio indicava 16:44, como vinha indicando, eu tinha certeza, pelos últimos três minutos e meio. "Ha, ha, ha", gritavam de novo as vozes de sereia de meus companheiros de apartamento, mas eles não conseguiriam me fazer parar de trabalhar; eu não cairia em tentação. Embora acontecesse, de fato, de eu precisar de uma gotinha mais de leite para pôr no meu chá.

– O que é? O que é isso? – perguntei ao entrar na sala.

– Estamos jogando Descubra a Abertura – disse Jim.

Esse jogo era um dos favoritos na casa e consistia em um de nós pôr para tocar as notas de abertura de um velho sucesso ou uma faixa de álbum qualquer, enquanto os outros entravam em espasmos de agonia até descobrir o nome da música. Passei muitas noites nesse apartamento berrando *Honky tonk women* ao ouvir a batida solitária de um sino de vaca, ou *Ballroom blitz*, ao som de uma sirene.

Era difícil imaginar como Descubra a Abertura podia causar tanta hilaridade, mas Jim explicou melhor.

– Paul empacou em um disco em particular. Acha que é *Shaddap you face*, de Joe Dolce, ou o tema de *Steptoe and son*.

– Obviamente, é alguma novidade da hora – disse Paul.

– Veja se você reconhece, Michael.

Com uma piscada de olho suspeita, Jim tocou a faixa, que imediatamente reconheci como a melhor música que eu já escrevera, gravada em flexi-disc e três vezes tocada na FM Thames Valley.

– É *There's no-one quite like grandma*? – perguntou Paul, cheio de esperança, e Simon e Jim caíram mais uma vez em histérica gargalhada.

– Não tão clássica – respondeu Jim.

– Não são os Mini-Pops, são?

– Não, não são – respondi indignado. – É *Hot city metal*, de Mick A., e foi tocada três vezes na FM Thames Valley. Muito inovadora para a época – reivindiquei.

Tentando não parecer tão magoado quanto obviamente estava, pus meu precioso flexi-disc de volta em sua capa e fui apanhar meu leite, enquanto Jim continuava o jogo com algumas faixas mais convencionais.

Quando eu estava passando pela sala de volta a meu estúdio, Jim estava pondo mais uma faixa. Houve um silêncio de uns tantos segundos antes que a música começasse, e como eu estava medianamente curioso acerca da minha capacidade de identificá-la, retardei um pouco o meu passo. Começou uma guitarra suavemente dedilhada; as notas eram dó maior por um compasso e mi menor por outro, repetidas inúmeras vezes, e logo reconheci a música. Era uma abertura tão óbvia e famosa que qualquer um a descobriria numa fração de segundo. E era isso o que tornava completamente enlouquecedor o fato de eu não conseguir localizá-la no ato.

– Oh, oh, oh, é... hum. Ah, meu Deus, é uma faixa tão famosa. Hum, dos anos 70, um sucesso gigantesco. São os Stones, não é?

– Talvez – disse Jim sadicamente. – Talvez não.

– Toque de novo – implorei, uma perna em um cômodo, outra, em outro, fingindo para mim mesmo que eu não iria ficar.

Ele apontou o controle remoto para o equipamento de som, a guitarra cresceu e baixou mais uma vez, e eu balancei a cabeça conscienciosamente enquanto o disco tocava a conhecida abertura. O rolodex em meu cérebro não parava de girar a fim de descobrir o lugar onde eu arquivara o resto da música. Aquele arquivo estava tão desorganizado que eu jamais encontraria o que quer que fosse.

– Nossa, é muito óbvio – comentou Simon, nada prestativo.

– Vai logo com isso – disse Paul.

Os dois já tinham identificado a faixa. Aquela rodada era para mim, exclusivamente.

C/ C/ C/ Em/ Em/ Em de novo, e aí, justo quando a resposta começou a ficar torturantemente a meu alcance, Jim parou a música.

– Eu sei, eu sei – apelei para meus interrogadores. – É, pode ser, hum... Neil Young, não é?

O que provocou uma gargalhada de deleite e desprezo dos outros três. Mestre da psicologia humana que eu era, deduzi portanto que não se tratava de Neil Young, nem, certamente, de Crosby, Stills ou Nash.

— Uma pista, por favor.

Olharam-se, balançaram a cabeça, e Simon ofereceu uma dica.

— Foi a primeira música que chegou ao primeiro lugar como um relançamento.

Essa era uma pista grande demais para me servir, o que só tornava as coisas piores. Fatos desse tipo são arquivados em um departamento diferente daquele onde ficam as melodias. Na verdade, do outro lado da cidade, distante dois ônibus. Agora eu estava mais longe do que nunca de reconhecer a música porque fizera um desvio gigantesco tentando me lembrar de um fato específico de cultura inútil. Eu tinha chegado tão perto de completar a abertura em minha cabeça, mas agora a única letra que me vinha eram esses versos assombrados:

Esta é a primeira música
A ser relançada e chegar
Ao primeiro lugar

Não dizia nada.

— Deus meu, isso é uma tortura. Não posso acreditar. Conheço esta música tão bem — urrei, já sentado numa poltrona da sala, as mãos na cabeça, esquecidos todos os pensamentos a respeito do trabalho.

"Tum-te-tum-te-tum-te-tum tum tum tum te-tum-te-tum-te-tum", repeti para mim mesmo sem parar. Mas não importa quantas vezes eu passeasse por aquela escala musical, no mesmo ponto eu de repente sentia que não havia nada sob meus pés.

– Houve uma continuação da música, gravada 11 anos depois do lançamento original, que também foi para o primeiro lugar – disse Simon.

– Silêncio. Estava com ela na ponta da língua. Estava quase vindo e agora foi embora de novo. Droga! – e só aí pensei no que Simon havia efetivamente dito.

– Uma continuação? De uma música? Que história é essa?

– Tirada de um álbum com o mesmo nome.

– Um álbum de estréia – contribuiu Paul, e senti a solução escapar de mim mais uma vez.

Como um salmão que engoliu a isca, eu estava na mão deles, que me davam ou tiravam linha, até minha exaustão. Eles haviam me pegado e agora estavam aproveitando o máximo possível a diversão. Quando me dei conta disso, resolvi me desvencilhar e, reunindo toda minha força de vontade, me levantei e declarei:

– Ora, isso é ridículo. Estou pouco ligando, seja o que for – e saí pelo corredor para chegar a meu estúdio e esquecer aquilo.

Três minutos e meio mais tarde, estava de volta à sala.

– Está legal. Vamos tocar mais uma vez – pedi.

"Meu nome é Michael Adams e sou um viciado em concurso de cultura inútil. Estou superando um dia de cada vez, mas acho que existem certas situações sociais em que é muito difícil resistir à excitação de uma resposta correta a uma pergunta do Show do Milhão."

Em meu grupo de auto-ajuda imaginário, outros viciados em cultura inútil estão sentados em círculo, balançando a cabeça e sorrindo solidariamente enquanto relato minhas experiências.

"Não há tentação comparável; é como um clímax mental em miniatura, um pequeno orgasmo cerebral. Mas eu sei que apenas uma nunca será suficiente, eu vou precisar de outra e mais outra e, antes que me dê conta, todo meu dinheiro terá ido embora em livrinhos de perguntas, terei perdido todos os meus amigos depois de uma imensa discussão a propósito da má formulação de uma de suas questões. Estou tentando largar, de verdade, mas é difícil porque em cada esquina há um pub, e passa pela minha cabeça que vou entrar só por um minuto para um joguinho rápido, mas acabo ficando por lá a noite toda. O que tenho que fazer é ficar em casa e ver televisão, mas, ainda assim, a cada canal dou de cara com um 'O desafio dos universitários', ou 'Show do Milhão', e não consigo acreditar que o candidato não sabe qual é a linha do metrô de Londres que, no mapa, é colorida de rosa."

– Hammersmith e City – solta um dos companheiros de tratamento, incapaz de se controlar, e sua terapia dá para trás seis meses.

Aquela edição de Descubra a Abertura acabou virando uma sessão coruja tardíssima. Finalmente, acabei conseguindo identificar a faixa que estava procurando, quando, depois de tentar milhares de diferentes buracos melódicos, a música abriu a porta do banco de dados onde eu havia arquivado o compasso de abertura.

– *Space oddity*, de David Bowie – declarei, exausto, para o aplauso condescendente de meus companheiros de apartamento.

Mas a excitação aumentara tanto, e minha expectativa era tão grande, que eu só podia sentir uma vaga sensação de desapontamento vazio. A única cura possível era descobrir a próxima música mais rapidamente.

Levei horas para voltar ao estúdio, e não consegui acabar minha musiquinha antes de uma da manhã. Desliguei o computador, olhei o relógio e percebi que tinha perdido o último metrô de volta para casa. Se eu tivesse algum dinheiro, pegaria um táxi, mas eu já chegara ao estágio de pegar o dinheiro da caridade para pagar o entregador de pizza. Deixei uma mensagem de texto no celular de Catherine, com direito a um rostinho triste feito com pontos de exclamação. Depois deixei outra mensagem, enfatizando que tinha pretendido ser irônico, que normalmente não faço essas cafonices de desenhar caras tristes ou alegres nas telas de celular dos outros, e pela hora que acabei com essa história, talvez eu tivesse tido tempo de caminhar sete quilômetros e meio pela cidade, de Londres até Kentish Town.

A noite de Catherine não deve ter sido diferente de tantas outras, mas para mim a rotina mudara. Agora eu me sentia desapontado e estúpido, como se tivesse passado a noite botando moedas em um caça-níqueis para sair com os bolsos vazios e me perguntando qual o significado da vida. Fui para a cama e, com uma última mirada na foto de Catherine com as crianças, que eu recentemente pusera na minha mesa-de-cabeceira, apaguei a luz. Fiquei deitado lá tentando descobrir como uma promessa de chegar em casa para pôr as crianças na cama tinha se transformado em uma culpada mensagem de texto.

Meus companheiros de apartamento eram como os joguinhos em meu computador: enquanto estivessem ali, eu não conseguiria resistir à tentação de abandonar por eles o que quer que estivesse fazendo. Graças à minha nova determinação de parar de desperdiçar minhas horas de trabalho, recentemente eu apagara Campo Minado, Tetris, Paciência e todas as outras distrações do meu PC. Agora, toda vez que tinha um bloqueio de idéias, eu me via perdendo duas vezes mais tempo carregando os games de volta no disco rígido antes de jogá-los e, depois, apagando-os todos de novo até a próxima vez. Por que eu era tão fraco? Por que não podia resistir à tentação das diversões estúpidas? Por que todas as vezes eu chegava quase ao fim do Campo Minado, de repente parava de me concentrar e me explodia?

Era como se eu tivesse um caso, só que o caso não era com uma mulher mais jovem, mas com uma versão mais jovem de mim mesmo. Assim como há homens que se põem em contato com velhas namoradas depois que se casam, eu havia reencontrado o Michael Adams de vinte e poucos anos. Ele fizera com que eu me sentisse jovem novamente; ele compreendera todos os meus problemas. E nós ainda tínhamos tanto em comum; gostávamos das mesmas coisas. Só que, quando eu mencionava minha mulher e filhos, ele ficava todo irritado e na defensiva. Não queria saber de minha família; secretamente, quisera sempre ser o primeiro em minha vida, quisera sempre que meu futuro fosse dele. Como todos os casos, rapidamente ficara complexo demais. Agora eu estava tentando romper, mas já tinha ido muito fundo. Eu tentava dizer à versão irresponsável e livre de mim mesmo: "não quero perdê-lo como amigo", ou "não podemos nos ver de vez em quando?", mas ele não estava deixando barato. Disse a ele que amara o tempo que passamos juntos, que, quando o Michael mais jovem e eu ficávamos de sacanagem, me sentia inteiramente livre e relaxado, mas que eu não conseguia mais lidar com a culpa; não conseguia mais lidar com a vida dupla e as mentiras; não conseguia mais guardar o segredo.

Saí da cama e acendi a luz. Comecei a escrever tudo isso: como eu estava enganando Catherine e o fazia havia anos; como eu me sentira excluído quando chegaram os bebês; como de repente passei a me sentir um alcoviteiro atrapalhando o caso de amor de Catherine com as crianças. A princípio, essas notas eram para mim mesmo, mas, quanto mais escrevia, mais queria dividi-las com alguém, e por fim minhas confissões viraram uma longa carta para meu pai. Eu nunca conversara sobre assuntos pessoais com meu pai; não tinha esse tipo de relacionamento com ele. Mas também não tinha esse tipo de relacionamento com mais ninguém, de maneira que, talvez, isso fosse uma tentativa de estabelecer um. Pelo menos, eu podia ter certeza de que ele, fosse como fosse, ficaria do meu lado. Quando você está tendo um caso, há quem mais contar senão a uma pessoa que você sabe que já teve também?

Lembrei-me de quando minha mãe e meu pai se separaram. Porque eu era tão pequeno, acho que muito da história foi recriado em minha cabeça; a memória fora remasterizada digitalmente. Mas eu guardava uma vívida seqüência de imagens de minha mãe e meu pai gritando um com o outro e papai entrando no carro e arranhando o mourão da porteira ao acelerar, e eu sabia que aquela não era a maneira normal de sair dirigindo de casa. Tinha uma memória mais nítida dos anos que se seguiram ao divórcio, quando eu era friamente passado de um pai ao outro, como um espião sendo trocado em um posto de fronteira da Alemanha Oriental. Por anos a fio, passei os dias úteis com minha mãe e os fins de semana com meu pai, tocando e matando o tempo em uma casa de solteiro sem alma. Ocorreu-me que aquilo era uma vida dupla que eu estava reproduzindo à perfeição como adulto.

Minha mãe dissera que tudo que ela queria era que eu fosse feliz, mas depois caiu em lágrimas na minha frente, o que não posso dizer que tenha ajudado a me convencer. Depois de alguns anos, ela passou a ter um amigo especial chamado Keith, que ia nos visitar e passava a noite lá em casa. Minha mãe e Keith faziam um elaborado número teatral que envolvia um passeio a dois pelo jardim no final da tarde, quando ele fingia estar interessado em todas as flores que ela plantara. Depois, ela preparava uma comida para ele, que ficaria para passar a noite. Eu me perguntava se ele também usava aquela gravata estúpida sob os pijamas. Eles iam juntos para a cama e vinte minutos depois se levantavam para ir muito ao banheiro. Eu ficava deitado, quieto, ouvindo-os andar pelo corredor e dar a descarga inúmeras vezes. Eu me perguntava se, talvez, na casa de Keith não havia banheiro, porque, quando ele ficava conosco, fazia uso máximo do nosso.

Somente mais tarde entendi que eles estavam trepando, e a idéia de minha mãe fazendo sexo me horrorizou completamente. Quando me foi explicado que meus pais tiveram que ter uma relação sexual para me conceber, eu me lembro de ter ficado tão enojado que preferia não ter nascido.

— Mas aí você não existiria — disse um amigo meu.

— Tudo bem. Prefiro essa opção.

Depois de um ano e pouco, o barulho de descarga diminuiu, mas o som foi substituído pelos gritos de mamãe e Keith. Eu era sempre mandado cedo para a cama porque eles não conseguiam esperar o momento de ficar a sós para brigar mais um pouco.

Tendo somente oito anos de idade, eu não entendia que estava sendo perturbado por mais uma rodada de choros e lágrimas em minha casa, mas suponho que não fosse um comportamento normal eu me levantar todas as noites para, ao pé da cama, urinar contra a parede. Todas as noites no mesmo lugar. Não sei o que me levava a fazer isso; não se tratava mais de o banheiro estar constantemente ocupado. Minha mãe chamou técnicos, encanadores e pintores – nenhum deles conseguiu descobrir por que o papel de parede estava descascando, o gesso se quebrando e o tapete apodrecendo. Lembro-me de ficar apavorado de que algum deles descobrisse a causa. Como se o engenheiro-chefe fosse suspirar para dizer entre dentes:

– Não, minha cara, não se trata de umidade ou de um cano furado no sistema de aquecimento. Não, isso é um clássico pedido de socorro inconsciente da parte de um menino de oito anos, traumatizado pelo divórcio dos pais. Eu poderia pedir à minha garota para dar uma olhada nisso para você, mas do que você precisa mesmo é de um psicólogo infantil de primeira, e o meu está cuidando de outro serviço.

Decidi não botar nada disso na carta para meu pai porque não queria que ele achasse que eu estava tentando fazê-lo se sentir culpado por ter saído de casa quando eu tinha cinco anos. Embora no fundo eu bem que queria que ele se sentisse um pouco culpado por ter saído de casa quando eu tinha cinco anos. Houve uma época em que o odiei por ter abandonado minha mãe, mas agora eu não baseava mais minhas opiniões sobre as pessoas exclusivamente no que mamãe achava. Não acreditava mais que Liberace simplesmente não tinha encontrado a moça certa.

Finalmente, Keith encontrou a descarga de outra mulher para dar, e, por muitos anos depois de ser abandonada pela segunda vez, minha mãe não se permitiu chegar perto de um homem. Eu passei a ser o homem dela; era eu que enchia seu tanque quando parávamos no posto de gasolina. E, nos fins de semana, eu fazia amavelmente o papel de marido substituto, batendo perna na região das butiques, dando de ombros com indiferença cada vez que ela saía do provador com uma quantidade de vestidos igualmente antiquados. Tive que crescer rapidamente, talvez tenha sido por isso que tramei uma segunda infância quando cheguei aos trinta. Finalmente, saí de casa e fui para a universidade, e minha mãe de repente conheceu e se casou com um homem da Irlanda do Norte. Acho que ela foi bastante feliz no último ano de vida. Convidou-me para o casamento, porque achou que eu gostaria de conhecê-lo, o que foi uma consideração de sua parte. Não posso dizer que lhe dei grande importância; era do tipo olho no olho e firme aperto de mão, e dizia meu nome um pouco freqüentemente demais quando falava comigo. Mas isso não demoveu minha mãe de se mudar para Belfast com ele. Quisera ter feito o esforço de ir vê-la depois que se mudou para lá, mas nunca fiz. E, seis meses depois, ela estava andando no centro da cidade quando foi atropelada e morta por um carro em alta velocidade. E acabou. Agora existe um grande espaço vazio onde ela deveria estar. Numa loja, sentada numa cadeira, em pé numa fila de ônibus, existe um vácuo na forma de uma pessoa onde ela deveria estar se não tivesse se jogado na frente daquele carro.

Contar às pessoas sobre a morte de um ente querido faz parte, supostamente, do processo terapêutico do luto. Não no meu caso. Quando contei a meus colegas de universidade que minha mãe tinha sido morta em Belfast, todos perguntaram: "Por uma bomba?"

Eu continuava olhando solenemente para o chão e explicava um pouco mais:

— Não. Por um carro.

— Ah, sim — e havia outra pausa. — Um carro-bomba?

— Não. Só um carro. Ela foi atropelada por um homem na rua.

— Puxa vida, que horror. Ela era informante da polícia sobre o IRA?

— Não, claro que não era. Foi um acidente. Ele estava dirigindo rápido demais.

— Um terrorista piloto?

— Não, foi um mero acidente de carro. Não foi um carrobomba, um terrorista piloto, ou uma execução do IRA. Foi apenas um acidente de rua. Também acontece em Belfast.

Todas as pessoas a quem eu tinha de contar a história faziam esse constrangedor teatro de solidariedade, e eu agradecia muito, e havia aquela pausa sem jeito quando elas achavam que deviam dizer alguma coisa para preencher o silêncio.

— Você deve ter se preocupado muito quando ela se mudou para a Irlanda do Norte.

— Não — dizia eu bruscamente.

Obviamente, todo mundo pensou que minha mãe procurou e achou, quero dizer, mudar-se para Belfast é querer mesmo ser atropelado por um senhor de 75 anos, não é? No enterro, um de seus primos disse alto:

— Eu avisei que se ela fosse para Belfast acabaria morta.

Afinal, eu cortei e gritei:

— Pelo amor de Deus, ela foi atropelada. Por um velho em um carro. Isso acontece em Belfast, isso acontece em Londres, acontece até em Reykjavik!

E alguém disse:

— Tudo bem, Michael, você não precisa disso.

E um outro parente pôs o braço no ombro do primo de minha mãe e declarou:

— Bem, é claro, é um lugar muito perigoso, Belfast.

Pode-se sempre contar que enterros tragam à tona o pior de uma família.

Talvez, se ainda estivesse viva, eu contaria a ela todos os meus problemas, porque eu certamente não tinha idéia de como meu pai reagiria a essa carta quando a pus no correio. Contei a ele mais ou menos tudo que aconteceu desde que as crianças chegaram. Como passei dias sem fim em meu quarto gravando fitas, enquanto Catherine lutava com as fases mais difíceis da maternidade. Como Catherine pensou que eu estivesse trabalhando 16 horas por dia quando, na realidade, eu estava brincando de briga de galo pelado com lindas garotas e comendo churrasco e bebendo em Clapham Common. Como tentei ter tudo – o amor de uma família e a liberdade de um solteiro, o compromisso com os filhos e a irresponsabilidade da juventude. Eram páginas e páginas na hora em que acabei – um desabafo franco e emocional que meu pai acharia tão interessante quanto achei suas informações a respeito do desconto do Mondeo do Brian, mas na manhã seguinte mandei a carta de qualquer maneira.

Foi bom tirar aquilo do peito. Ao postar a carta, eu tinha certeza de estar fazendo a coisa certa. Eu não tinha escolha a não ser me convencer disso – o carteiro recusou-se a me devolver a carta quando finalmente chegou para esvaziar a caixa uma hora e meia mais tarde. Agora que eu partilhara meu segredo com outra pessoa, era como se eu tivesse tirado um peso imenso dos meus ombros. De repente, tudo se cristalizou. É impossível romper um caso e continuar vendo sua antiga amante. Meu pai tentou isso com a farmacêutica Janet e acabou mudando-se para a casa dela. Eu prometera a Catherine que estaria em casa na noite anterior, mas acabei de novo na gandaia. A única saída estava clara para mim: eu me decidira a deixar o apartamento: minha vida dupla tinha acabado. Eu instalaria meu estúdio no sótão lá de casa, ou no alpendre, ou no nosso quarto, onde quer que fosse, mas eu não podia continuar com aquilo.

No final das contas, nunca conversei com meu pai sobre a enorme revelação que eu empurrara sobre ele. Suponho que o ato terapêutico de escrever tudo e pôr no correio tenha sido o mais importante, nesse sentido a carta já cumprira sua função. Quando enfim falei com meu pai novamente, o que ele pensava já não tinha a menor importância. Porque, quando Catherine leu a carta, sua reação eclipsou qualquer outra coisa.

capítulo oito

apenas faça

– Michael, você gostaria de ver um disco seu nas paradas?

Eu estava construindo uma torre de tijolinhos para Millie quando Hugo me ligou no celular. O som do telefone arrancou-me do meu transe, e percebi que Millie já tinha ido fazer outra coisa havia algum tempo e que durante os últimos minutos eu estava brincando de tijolinhos sozinho.

– Um disco meu? – perguntei, me levantando.

– Isso. Com seu nome na capa e tudo o mais. No alto das paradas. A idéia lhe agrada?

Obviamente, tratava-se de uma jogada para me convencer a fazer para ele algum trabalho mal pago de merda, e por isso uma voz cautelosa disse-me por trás da orelha que respondesse não estar especialmente interessado.

– Bem, eu estaria muito interessado – respondi. – Embora, hum, de que maneira seria o meu próprio disco?

Hugo continuou explicando, e nem toda excitação fingida da parte dele conseguiria me convencer de que esse projeto seria o meu *Sergeant Pepper* particular. Por intermédio de um de seus muitos contatos no Soho, Hugo estava organizando um CD chamado *Clássicos do comercial*. As peças favoritas de música clássica de todo mundo – diga-se, aquelas imediatamente reconhecíveis porque muito ouvidas em comerciais de TV – agora disponíveis em um único grande álbum.

– Logo pensei em você, Michael. Você adora essa coisa clássica, não é?

– Tenho quase certeza de que essa idéia já foi realizada algumas vezes, Hugo.

– Não nos últimos 18 meses – retrucou. – E agora, com esse seu equipamento esperto, há toda a tecnologia para recriar uma orquestra sem que se tenha de pagar uma fortuna para aquelas bichas violinistas de fraque.

– Bem, o problema assim apresentado, fico realmente lisonjeado por você me querer no projeto.

Tentei manter um ar de desdém, mas Hugo estava convicto de que eu era o homem certo para o serviço.

– Tem que ser você, Michael. Foi você quem pôs aquela melodia tum-te-tum no comercial de chá instantâneo.

Era verdade. Tinha sido eu que tornara *O coro dos escravos hebreus*, de Verdi, sinônimo de "um chá tão fácil quanto chachachá". Quando a Clássicos FM fez sua votação anual das cem músicas de todos os tempos preferidas dos ouvintes, fiquei um bocado perplexo ao ver que *O coro dos escravos hebreus*, de

Verdi, tinha entrado pela primeira vez nas paradas em nona posição. Se não fosse pelo chá instantâneo, duvido muito que a obra verdiana integrasse a lista das melhores cem.

Então era essa a natureza do meu sucesso como músico. Não seriam minhas próprias músicas no CD, mas meus arranjos sintéticos de Beethoven, Brahms e Berlioz classificados de acordo com compositor, título e a marca comercial que promoveram. Não podia deixar de ter uma leve sensação de que eu fizera muita concessão em relação a meus ideais da época da escola de música.

— Por que você não faz simplesmente uma compilação das aberturas clássicas como são tocadas nos telefones celulares?

— Não é uma má idéia. A gente pode fazer isso depois.

Conversamos sobre quais peças de música eles tinham em mente, e tentei explicar a Hugo que, na verdade, nenhuma tecnologia poderia recriar o som de uma orquestra, mas ele se mostrava inflexível.

— Você sempre pode apelar para uma reverberação extra ou algo do tipo. Nós lhe daremos uma verba para você contratar cantores ou o que for necessário para faixas como aquela em que o gordão da ópera está tão triste que tudo que ele quer é um cornetto.

— *O Sole mio* não é uma ópera.

— Seja o que for.

— Você pode fazer, mas vai ficar uma merda.

— Mas o tipo de gente que vai comprar não saberá que é uma merda.

Disse a Hugo que ele era a pessoa mais cínica que eu já conhecera, e ele ficou genuinamente envaidecido. Mas, por não haver recusado o trabalho, achei que de alguma forma pareceu que eu o aceitei. *Clássicos dos comerciais* seria um CD com uma seleção de pecinhas clássicas de produção ordinária para gente incapaz de ouvir uma sinfonia inteira. Embora me sentisse vagamente constrangido com aquela idéia, sentei-me para listar quais trechos de músicas deveriam entrar. Da ópera *O tsar Saltan*, deveria entrar o famoso "O vôo do besouro", de Rimski-Korsakov. Haveria "Júpiter", da suíte *Os planetas*, de Holst – mais conhecido como o tema do comercial de capas Dulux. Havia o comercial Hovis, algumas vezes conhecido como *Sinfonia do Novo Mundo*. Antonín Dvorák escrevera essa música como um tributo aos Estados Unidos. Creio que pôr dez segundos dessa obra em um comercial de TV disse muito mais a respeito do modelo americano do que a íntegra da sinfonia. Havia a "Dança dos pequenos cisnes", do *Lago dos cisnes*, para o qual Tchaikovski tinha escrito suas emoções na missão de expressar a conveniência, o sabor delicioso e a total ausência de calorias da Sopa Magra dos Solteiros. E havia, é claro, a *Sinfonia da margarina Faixa Azul*, de Beethoven.

Em um quarto de hora, rascunhei uma lista de cerca de vinte a trinta pedaços de músicas que ficaram famosos graças à repetida exposição em comerciais de TV. Catherine tinha ouvido minha conversa telefônica e, apesar de esticada no chão como uma baleia na areia da praia, numa tentativa fútil de se sentir confortável, tentou ver o que era aquilo que eu estava escrevendo. Fiquei constrangido de contar-lhe sobre o projeto, mas ela compreendeu minhas reservas.

– Não faça se você acha de mau gosto.

– Eu mais ou menos já disse que faria.

– Telefone de volta e diga a ele que mudou de idéia.

– Mas você não conhece o Hugo. Vou sair da ligação tendo concordado com a idéia de fazer um CD duplo.

Catherine ficava irritada com minha fraqueza quando confrontado com pessoas como Hugo. Disse que eu deveria me ater a meus princípios e, não tendo coragem de discutir com ela, covardemente concordei que o faria no futuro.

– Tenho uma idéia para a gente ganhar dinheiro – ela anunciou de repente. – Um romance compilado – e imediatamente começou a tomar notas.

– O quê?

– Se as pessoas compram esses CDs que reúnem os pedaços mais populares das músicas clássicas, elas podem comprar também um romance compilado.

Catherine era uma pessoa mais literária do que eu. Todos os meses ela participava de grupos de leitura nos quais cerca de meia dúzia de mulheres se reunia e gastava cinco minutos falando do *Bandolim de Corelli* e outras três horas malhando os maridos.

– Não entendi – eu disse. – Como assim um romance compilado?

Ela limpou a garganta para ler alto sua obra em processo.

– A ação começa na cidade de Casterbridge, em Wessex, quando o prefeito acorda numa manhã e percebe que se transformou numa barata. Então a sra. Bennet decide que ele não é mais um marido adequado para sua filha Molly Bloom, de maneira que escapa do sótão onde estava aprisionada por Rochester e põe fogo em Manderley. "O horror, o horror!", exclama Heathcliff enquanto a baleia branca arrasta Little Nell pelas ondas para uma morte trágica, e Tom Jones senta-se sozinho no jardim das Torres de Barchester sabendo que conquistara uma vitória sobre si mesmo. Ele amava o Big Brother.

Ri da idéia fantasticamente vulgar de Catherine e fingi pegar todas as referências. Por dentro, eu estava pensando. De fato, uma pessoa sem qualquer conhecimento de literatura talvez gostasse de ler aquilo.

– Rápido, rápido! – ela disse de repente, pondo minha mão em sua barriga. – Sentiu?

– Não – respondi. – Você não está grávida de verdade, está?

– Ah, você me pegou. Não, tenho apenas comido quilos e quilos de bolo de creme.

Caímos na gargalhada e aí eu disse de repente:

– Uau! Esse foi um chutão!

Algumas vezes, quando Catherine ria, o bebê dentro dela dava pequenos chutes de aprovação para mostrar que também ele estava curtindo o momento. Vi o calcanhar do bebê, ou o cotovelo, ou qualquer parte do corpo, subir sob a pele esticada da barriga como Moby Dick logo abaixo da superfície do mar. Catherine agora estava na metade de sua gravidez. Um ser inteiramente novo estava se formando. Em poucos meses, eu seria um pai biológico pela terceira vez, mas de alguma maneira não me sentia ainda completamente formado. O nascimento de nosso filho seria um processo longo e doloroso; não havia razão para que eu esperasse que minha própria transição fosse mais fácil.

O bebê agora fazia um bolinho bonitinho na frente da barriga de Catherine e a sabedoria popular dizia que tinha mais jeito de menino que de menina. O folclore e as bruxas inventaram todos os métodos de detectar o sexo da criança não nascida: o formato da barriga, a natureza dos desejos alimentares da mãe e, é claro, o teste da aliança. Isso envolve a mãe ficar deitada de barriga para cima e balançar a aliança de casamento num pedaço de algodão sobre seu útero. Se o anel balançar de leve, é menina; se girar, é menino. A aliança de Catherine girou e balançou e passei uma semana me preocupando se nosso bebê iria parecer com a garota no computador de Simon.

A barriga de uma mulher grávida precisa estar bem maior que a de Catherine para que ela não tenha dúvidas de que vai merecer um assento no metrô. Mas até hoje nenhuma mulher chegou a ficar grávida de 22 meses. Só perto do Natal Catherine estaria realmente grande, e então os homens no metrô não teriam opção senão comportar-se decentemente segurando seus jornais bem perto do rosto de maneira que os olhos dela não cruzassem com os deles. Ou assim pensavam eles. Mas Catherine, sendo Catherine, olharia por cima dos jornais e diria: "Você está bem sentado aí, ou ficaria melhor se pudesse pôr os pés em cima da minha barriga?" Eu suspeitava que fosse timidez o que impedia os homens de ceder seus lugares –

a idéia de falar com uma pessoa estranha no metrô, alguém do sexo oposto a quem eles se dirigiriam especificamente por causa de sua condição ginecológica, era suficiente para fazer o inglês médio ter um calafrio e morrer. Defendi a tese para Catherine, e ela ouviu com atenção, concordou e propôs sua própria análise cuidadosamente elaborada:

— Você não acha que pode ser porque os homens são uns egoístas filhos-da-puta?

Timidez não era um conceito que Catherine realmente pudesse entender, mas imagino que, uma vez que você já tenha ficado nua com as pernas para cima enquanto um grupo de estudantes de medicina a olha do pé da cama, não será por qualquer coisa que se vai enrubescer.

Ela sentou-se no chão em frente à televisão por uma hora mais ou menos e eu esfreguei a base de suas costas, que vinham doendo havia semanas. Alfie acordou, e embora fosse cedo demais para sua mamadeira, ainda assim o trouxe para baixo e lhe dei o leite. A cada gole, Alfie parecia surpreso, como se não esperasse leite quente depois de leite quente. Começou a adormecer, eu bati na base de seu pezinho, e ele mamou com mais vontade. Catherine sorriu, disse que finalmente eu aprendera o truque, e o bebê em sua barriga chutou de novo.

Millie deve ter acordado e, vendo o berço do irmãozinho vazio, concluiu que estava perdendo alguma coisa, porque de repente apareceu na porta reclamando que estava com dor de cabelo. Contra nossa vontade, deixamos que ela ficasse na sala, e nós quatro nos aconchegamos no sofá e assistimos à seqüência de abertura de *O Rei Leão* mais uma vez, e quando Rafiki levanta o filhotinho de leão recém-nascido para todos os animais verem e eles rejubilam-se, saúdam e festejam, tive que segurar as lágrimas caindo numa gargalhada louca e dando um abraço tão apertado em Millie que ela reclamou: 'Ai!'

Pus as crianças de volta na cama e dei corda no móbile que tocava uma pequena versão da *Cantiga de ninar* de Brahms, o tema oficial de qualquer quarto de criança no mundo, escolhido por sua popularidade universal, sua melodia suave, mas principalmente pelo fato de seu copyright ter expirado há dois séculos. Alisei a cabecinha de Millie enquanto ela adormecia. Era para momentos como esse que eu vinha para casa. Pensei em todos aqueles homens no curso pré-natal, tão cheios de entusiasmo e boas intenções. Quantos deles se permitiriam alienar-se de suas famílias? Quantos procurariam conforto no respeito que tinham no trabalho para compensar a falta de status que de repente passavam a sentir em casa? Saíramos da Idade das Trevas e os homens agora ficavam presentes no parto de seus filhos, mas quantos deles estariam lá para as *vidas* de seus filhos? Agora que tinha resolvido mudar os meus modos, de repente passei a me sentir como um homem de família militante, como esses ex-fumantes que pouco tempo atrás fumavam sessenta por dia. Por que é que tantos homens se preocupam tanto com seus desempenhos no trabalho e nos esportes, dando menos importância a seu aprimoramento como pais do que à melhora de sua média de gols?

Os olhos de Millie finalmente se fecharam e o móbile começou a engasgar até parar de vez. Eu sabia que seria difícil me ajustar para passar mais tempo em casa, mas a alternativa simplesmente não era viável. Eu tinha que aprender que não era possível ter a companhia de meus filhos e uma agenda diferente da deles. Eu não poderia tomar conta de uma criancinha e de um bebê e afinar meu violão ao mesmo tempo. Sentar, preparar um sanduíche, ir ao banheiro – são luxos de que você tem que abdicar. É preciso abstrair-se do tempo e se jogar no que você está fazendo. Mergulhar propriamente. Não dá para levar crianças para nadar e não entrar n'água, e essa analogia serve para tudo depois que vêm os filhos. A água pode estar fria, e você não estar a fim, mas tem que mergulhar.

– Dormiram – eu disse ao voltar para a sala.

Catherine não respondeu e percebi que ela também tinha dormido. Eu me sentira mais relaxado com ela essa noite, agora que não estava mais censurando mentalmente cada frase, preocupado com o que poderia revelar. Havia somente que lidar com a burocracia da entrega do apartamento, e minha vida dúbia ficaria para trás. Não lhe contara que qualquer dia desses eu chegaria em casa com uma van de equipamentos para entulhar em nossa casa já tão entulhada, porque se contasse ela conseguiria me dissuadir. De qualquer maneira, um

240

bocado de coisas poderia ir para o sótão. As várias fitas demo de todas as minhas canções poderiam juntar poeira perto da caixa de meus desenhos de criança; eram apenas mais lembranças que eu adquirira em outro estágio da minha jornada para a vida adulta. Eu diria a Catherine que estava tão cheio de ficar longe dela e das crianças que espontaneamente decidira abrir mão de meu estúdio e trabalhar em casa. O que era estranho, porque quase se tratava da verdade.

Duas manhãs mais tarde, dirigi nervosamente uma van alugada pelas ruas agitadas de Londres e, depois de uma curva fechada feita com toda destreza, estacionei em frente ao prédio. Deixaria o estéreo por último, de maneira que pudesse ouvir música enquanto trabalhasse. Escolhi *21st century schizod man*, do King Crimson, seguido pela *Força do destino*, de Verdi. Assobiei a música enquanto dobrava e colocava minhas roupas nas caixas. Era engraçado como minhas jaquetas e jeans rasgados do guarda-roupa de solteiro contrastavam com os cardigãs e mocassins que eu usava em casa. Algo que jamais previra era como eu podia ser visto de maneiras inteiramente diferentes pelo mundo exterior em cada um de meus papéis. Quando empurrava na calçada meu carrinho duplo de bebês, velhas senhoras sorriam para mim e, simpaticamente, eu devolvia o sorriso. Mas, quando, eu andava sozinho pelas ruas, esquecia que não estava mais exibindo meu passaporte de aceitação social e, distraidamente, era capaz de sorrir para alguma senhora que passasse, que então evitaria meu olhar como se dissesse "sai para lá, seu tarado".

Havia uma pilha imensa de revistas de música em cima de meu guarda-roupa. Folheei retroativamente vinte preciosos anos de velhas edições cuidadosamente preservadas da *New Musical Express* e joguei-as fora no lixo. Passei os olhos em umas tantas entrevistas com heróis de minha infância – punks furiosos esbravejando noções niilistas do fim do futuro, posturas que eu mesmo já adotara. Melhor mandar todos esses jornais para a reciclagem, pensei.

Agora eu era um pai de família. As crianças já botavam tralha suficiente dentro de casa, não havia necessidade dessa minha contribuição com uma história sem valor. Embora eu houvesse tentado recuperar o brilho dos meus vinte anos, aprendi que não é possível voltar atrás. Poucas semanas antes, jogávamos futebol no parque quando uma babá estonteante passou com uma criancinha. Todos os homens pararam de jogar e ficaram olhando.

– Que graça essa menina – disse Jim.

– Acho que é um menino – disse eu, observando os jeans Baby Gap do garotinho.

Eu já não estava mais talhado para ser um cara da turma. Era como se eu tentasse parecer bacana na direção de uma Lótus Élan, mas com um plástico de "crianças a bordo" no vidro traseiro.

Embrulhei equipamentos e dispositivos que estavam nas prateleiras: um palm top ultrapassado (sem pilhas), um canivete suíço proibitivamente rígido, um carregador que só era compatível com um aparelho de jogos substituído tempos atrás –

tudo brinquedo de menino e detritos em plástico negro que eu acumulara ao longo dos anos na condição de um adolescente de trinta anos. Foi preciso somente uma hora a mais para empacotar todos os meus livros e CDs, o que deixou o restante da tarde para desembaralhar oito quilômetros de espaguete plástico que escapuliam para fora do fundo do meu teclado, combinando equipamento e estéreo. Finalmente, carreguei todo meu equipamento musical na Transit. Recordei-me de meus dias tocando naquelas bandas todas, como eu acreditava que me vergar carregando amplificadores e teclados em vans levaria inevitavelmente a um disco no primeiro lugar das paradas de sucesso. Consolei-me com a idéia de que, no dia em que *Clássicos dos comerciais* ganhasse o disco de platina, eu poderia emoldurá-lo e pendurá-lo sobre a lareira. Ou talvez um lugar de honra na parede do banheiro fosse mais apropriado.

Afinal, tranquei tudo na mala da van, pronto para cruzar o rio. Terminei de limpar meu quarto e pus de volta o balde com material de limpeza sob a pia da cozinha, fazendo o máximo de barulho possível, e recoloquei o aspirador de pó embaixo do armário com som e fúria, mas nenhum de meus companheiros de apartamento levantou os olhos. Não havia nada mais a fazer. Era isso. Era chegado o momento de dar meu adeus atrasado a meus dias de salada murcha nas refeições.

Jim estava à mesa, sem conseguir decifrar como arquivar números em seu celular, enquanto Paul quase explodia de frustração tentando não sugerir que ele simplesmente lesse o manual. Simon estava jogado em frente à televisão assistindo a um vídeo de gols ininterruptos. Nem um vídeo de um grande jogo de futebol, em que o gol fosse algo precioso e significativo, mas uma compilação de montes de gols diferentes, todos fora de contexto e completamente sem sentido. O equivalente esportivo de *Clássicos dos comerciais*.

– Bem, é isso – disse eu, com um fingido tom circunspecto para gozar e disfarçar o que para mim, na verdade, deveria ser uma solenidade.

Embora eu soubesse que aqueles homens não eram meus irmãos de fé, achei que eles deveriam ter mostrado mais empenho no meu adeus. Homens não são muito bons quando se trata de despedidas emocionais. Quando a expedição de Scott lutava para fazer o caminho de volta do Antártico e o capitão Oates preferiu tirar a própria vida a ser um peso para seus companheiros, ele fingiu que estava somente dando uma escapadinha da tenda para ir ao banheiro. Poderia ter dito que ia me matar, mas não dava para encarar o jeito entre constrangido e indiferente dos amigos resmungando "então, qualquer dia a gente se vê".

– É isso, então, Michael, a gente se vê por aí – disse Jim enquanto eu me preparava para enfrentar a gelada tempestade de neve de uma vida de casado para valer.

– É... até – disseram Simon e Paul.

Fiquei ali em pé, meio sem graça, por uns dois minutos. Quando pensei em alguns dos ótimos momentos que eu vivera naquele apartamento, fiquei triste, quase choroso, mas os outros pareciam completamente indiferentes e frios. É claro, eles nunca tiveram filhos; suas emoções ainda estavam guardadas.

– Uma última coisa – disse Simon.

– O quê? – voltei-me, cheio de expectativa.

– Qual é o único time de futebol que não tem letras que se possam colorir dentro?

– Como é que é?

– Quando você colore as letras no jornal, preenchendo os "os" e os "as". Então: qual é o único clube da liga inglesa ou escocesa cujo nome não contém letras que se possam colorir?

– Simon, esta é a pergunta mais sem sentido que já ouvi na minha vida – fiz uma pausa e me ouvi perguntar: – Qual é?

– Adivinhe.

– Não, isso é uma imbecilidade. Não vou perder meu tempo e energia pensando numa besteira dessas.

– Tudo bem – respondeu –, a gente se vê – e voltou para o vídeo dele.

– Mas, só para os arquivos, qual é o time?

– Você não disse que não tinha importância?

– Não, não tem importância; é um conhecimento totalmente inútil. Típico do nível de conversa que se tem nessa casa. Horas e horas perdidas falando sobre coisas que não têm o menor sentido. Então, Simon, por favor, diga-nos qual é o time que só tem letras que não se podem colorir?

– Alguma hora você vai descobrir.

– Achei que, se você inventou essa história, poderia muito bem revelar o que é.

Simon deu um sorriso de superioridade.

– Não.

Houve uma pausa.

– Bem, é melhor eu ir chegando – mas hesitei à saída.

– É... a gente se vê – eles resmungaram.

– É isso.

– Legal.

– Posso pelo menos confirmar se estamos pensando no mesmo clube?

– Claro, em que time você está pensando? – sabendo que eu não tinha a menor idéia da resposta.

– Deixe disso, qual é?

– Não é importante – ele respondeu sem tirar os olhos da televisão.

– QPR – bradei, sem pensar antes de falar.

– Nada mal, só que se podem colorir o Q, o P e o R.

– Ah, é.

Sentei à mesa da cozinha e comecei a chutar os nomes de obscuros times de futebol apenas para ouvir que se podiam colorir o "B", de Bury, e o "a" e o "e", em East Fife. Umas duas garrafas de cerveja mais tarde, Monica chegou e, quando soube que era minha última noite ali, deu uns telefonemas, e a turma toda que estava planejando ir a uma boate veio em vez disso para o apartamento. Espontaneamente, ela organizou uma festa de despedida que, em segredo, era o que eu esperava que meus amigos tivessem feito.

Às 9:00, havia umas quarenta pessoas no apartamento, bebendo vinho tinto barato em canecas de café e pulando ao som de músicas que eu deveria reconhecer. E, quando eu dizia que era legal da parte delas terem vindo à festa, ouvia: "Ah, você é o cara que está indo embora. Bem, legal mesmo a festa." De alguma maneira, aquela festa de despedida foi um marco em minha vida; foi meu *bar mitzvah* de pai. Foi uma noite dominada por um único pensamento obsedante. Não "será que estou fazendo a coisa certa", ou "isto vai me fazer feliz", mas "qual é o único time da liga de futebol inglesa ou escocesa que não tem nenhuma letra que se possa colorir"? Não conseguia tirar essa pergunta da minha cabeça, mas eu havia caído numa armadilha. Foi minha grande noite, eu era o centro das atenções, mas era impossível curtir a homenagem porque, quando alguém falava comigo, só conseguia fingir que estava ouvindo enquanto minha cabeça ficava listando freneticamente dúzias de clubes das divisões mais baixas.

— Então para onde você está indo?

— Fulham — disse, satisfeito.

— Fulham, é?

— Não, Fulham não.

— Por que não?

— Porque a gente pode colorir o "a", não pode?

Dancei acanhadamente às 9:00, e um pouco menos acanhadamente duas cervejas depois. E aí eu tive a idéia: o truque era pensar em letras de forma. Foi um alívio tirar essa preocupação da cabeça. Aproximei-me de Simon, feliz da vida:

— Exeter City — anunciei, cheio de pose.

— Você pode colorir os "es".

— Aha, mas não se estiverem em letra de forma.

– Certo, mas em letra de forma você colore o "r".

Parei e pensei.

– Está bem, Exeter City escrita em maiúscula, exceto a letra "r", que vai em minúscula. Olhe, eu vou tirar isso... – e saí andando, resmungando comigo mesmo clubes da segunda divisão escocesa.

A festa foi correndo, e Kate chegou com seu novo namorado, o que me provocou um ciúme louco. Embora eu soubesse que jamais poderia ter uma relação com ela, acho que inconscientemente esperava que Kate se mantivesse solteira para sempre, em caso de eu mudar de idéia. E não gostei do jeito como Jim lhe dava toda a atenção. Se eu não tinha o direito de ser infiel com ela, então ninguém tinha também. Quase não falei com Simon ou Jim a noite toda. Até aquele momento não tinha contado a nenhum dos meus amigos que eu era casado. Preparara uma história complicada para explicar por que eu estava me mudando e para onde estava indo, mas nenhum dos dois se preocupou em me perguntar.

Quando a noite já estava se arrastando, Paul me pegou sozinho num canto e se chegou com duas garrafas de cerveja gelada, uma das quais ele me deu.

– Então você fica esta noite?

– Bem, não, já pus a bagagem na van. É melhor que esta cerveja seja a última.

– Então você não pensou em ficar e ajudar a limpar a casa?

– Paul, desculpe, mas eu não estava planejando ficar e limpar a casa, mas em geral é assim que acontece quando a gente ganha uma festa surpresa.

– Não quis dizer isso, desculpe.

Visivelmente, ele tinha bebido muito. Parecia que estava querendo engrenar para tirar alguma coisa do peito.

– Michael, eu sei por que você nunca trouxe uma menina ao apartamento.

Paul não sabia da noite com Kate, mas eu não iria começar a contar vantagem sobre uma noite mítica de paixão quando a própria Kate estava ali a poucos metros.

– Nunca trouxe? – respondi, fingindo que estava procurando exemplos na cabeça.

– Ah, deixe disso. Três anos vivendo aqui. Todas essas noites que você passou fora, mas nunca uma mulher aqui dentro. Eu sei a razão.

Eu estava preocupado que, a essa altura, tivessem descoberto meu segredo. Queria saber mais.

– Entendo – afirmei. – Alguém contou, ou você apenas adivinhou?

– É óbvio.

– Entendo. É, suponho que não há como escapar ao fato de que eu, bem, sou diferente de vocês.

– Nem tão diferente, Mike. Pelo menos não de mim – disse ele, enigmaticamente.

– Não brinca que você também tem vivido uma vida dupla?

– É, eu tenho.

Ele parecia encantado de partilhar isso comigo.

– Caceta! Você é imprevisível, Paul.

– É, mas acho que não consigo manter isso em segredo por muito mais tempo.

– Sei o que você quer dizer.

– Pensei em contar a você primeiro porque sei que entenderia. Eu sou gay também.

– O quê?

– Também sou gay. E acho que o que você tem por mim é o mesmo que eu tenho por você.

– Não, não, Paul. Não sou gay.

– Não tente voltar para dentro do armário agora – cochichou enquanto o barulho da festa nos envolvia. – Se eu posso lhe contar o meu segredo, você também pode.

– Não sou gay – repeti.

– Você acabou de concordar que não dava mais para guardar esse segredo.

– Eu estava falando de outra coisa.

– Então tá. Como o quê?

– Prefiro não dizer, se dá no mesmo.

– Michael, tudo bem ser gay.

– Também acho. Tudo bem ser gay. Tudo perfeitamente bem em ser gay.

– Bom, estamos chegando lá.

– Mas acontece que não sou.

– Você ainda está negando a realidade, Michael.

– Não estou negando a realidade. Estou negando que sou gay.

– Eu assumo, se você assumir.

250

– Não posso assumir porque não sou gay, porra, tudo bem?

A segura afirmativa de Paul sobre minha aparente homossexualidade havia eclipsado bastante a questão maior, o fato de ele ter acabado de me contar o maior segredo de sua vida, qual seja, não somente que era gay, mas de ter o maior tesão por mim. De repente, tudo começou a fazer sentido – todas as vezes que ele quis que eu estivesse lá para as refeições que preparara, todas as suas crises bizarras. Ele se comportava como uma noiva abandonada. E, tendo se convencido de que a aparente ausência de mulheres em minha vida tinha as mesmas razões que na dele, tendo construído essa fantasia que ganhava contornos cada vez mais profundos a cada elogio que eu fizesse a seu peixe assado ou a suas calças novas, ele não ia aceitar sem luta que eu destruísse suas ilusões. Como é que as pessoas podiam se iludir tanto, eu me perguntava. E então me lembrei de como sempre presumira que Catherine vivia na maior felicidade lá em casa.

Eu lhe disse que estava muito feliz porque ele afinal decidira se assumir e pedi desculpas pelo clima no apartamento ter sido muitas vezes claramente homofóbico.

– Não. Jim e Simon faziam uma piada ou outra, mas você sempre os corrigia. Foi quando eu comecei a perceber.

– Só porque *não* sou homofóbico não quer dizer que seja homossexual, seu estúpido. Sem querer ofender.

– Michael, eu te amo, e acho que você me ama. Se você pudesse pelo menos encarar esse fato.

– Vai, me esquece. Proponha ao Simon; ele tem que trepar com alguma criatura viva antes de fazer trinta anos – e in-

251

diquei o lugar onde Simon estava se estrepando ao tentar seduzir uma garota descrevendo-lhe alguns dos seus sites favoritos na internet, esperando contra todas as esperanças que uma coisa levasse a outra.

Mas nada segurava o Paul.

– Olhe, conheço outros homens gays. Eles me deram a maior força para eu me assumir. Eles podem ajudar você também. Contei a eles tudo sobre você.

Isso era demais e meu saco simplesmente estourou.

– O QUE LHE DÁ O DIREITO DE SAIR POR AÍ DIZENDO QUE SOU GAY ?

A sala inteira ficou em silêncio depois dessa notícia e todas as cabeças se voltaram para mim esperando uma explicação. Todos boquiabertos diante da revelação do meu "segredo". O entregador de pizzas pôs as cervejas no chão e anunciou que tinha de correr de volta para a loja.

– Isso explica tudo – disse Kate em voz alta.

– Eu não sou gay, pessoal. Só estava dizendo ao Paul, quer dizer, que ele não devia sair por aí dizendo que sou gay. Quer dizer, se a idéia lhe ocorresse.

Ninguém pareceu acreditar muito.

– Tudo bem, Michael. Não tem problema algum ser gay – disse uma voz encorajadora lá no fundo da sala.

– Eu sei que não tem.

– Então estamos festejando duplamente – berrou Monica.

– Ele está saindo para o mundo *e* de dentro do armário.

Todos aplaudiram, um engraçadinho pôs *YMCA* no CD player, e meus protestos isolados foram afogados pela barulhada de todo mundo cantando e dançando ao som de Village People. Eles haviam posto o CD especialmente para mim e acharam que não dançar era a maior falta de fairplay de minha parte, então no fim acabei dançando e todo mundo entendeu aquilo como a confirmação final de minha saída do armário. Abriram espaço para mim na pista de dança e me deram a maior força e me aplaudiram como se finalmente eu tivesse tirado dos ombros o peso de toda uma vida de segredos. Olhei para Paul do outro lado da sala balbuciando a letra da música mas ainda não bastante liberado para dançar ao som de um clássico gay. Da outra vez que olhei, vi Simon bastante surpreso e ofendido com uma proposta que Paul, bastante bêbado, estava lhe fazendo.

Um pouco mais tarde, Kate veio me dizer que nunca lhe ocorrera que a "outra pessoa" para quem eu estava me preservando fosse um homem. Agora ela entendia por que eu não quis dormir com ela. Acho que ela achou a idéia bastante reconfortante. Eu não estava me sentindo com energia para retomar minhas negativas, apenas lhe agradeci por ser tão compreensiva e sorri. Provavelmente, nunca mais veria nenhuma dessas pessoas de novo, de maneira que, se elas quisessem acreditar que eu era homossexual, estava pouco ligando.

Depois de umas duas horas de sobriedade auto-imposta, meu sorriso começou a doer enquanto eu via todo mundo desaparecer no horizonte da bebedeira. Cheguei a me despedir de algumas pessoas, mas a essa altura muita gente já tinha esquecido a razão original da festa, de maneira que não me senti anti-social por sair à francesa. Dirigi minha van alugada pela noite de Londres e logo estava em Waterloo Bridge, na margem velha de minhas duas vidas. Olhei para o rio e para os gloriosos panoramas cintilantes de Canary Wharf e da City, para o leste, e do parlamento e da London Eye, para oeste. Então subi para Aldwych, passando por corpos encolhidos dormindo embaixo de marquises ou cobertos com papelão. Londres era igualzinha a minha vida. À distância, parecia ótima; somente quando se chegava perto é que se via a bagunça que era.

Finalmente, cheguei em frente a minha casa. Estava tarde demais para tirar a bagagem do carro; a van tinha alarme, e eu tinha posto dois cadeados no porta-malas, de maneira que me senti seguro para deixar tudo ali até de manhã. Minha casa estava escura e calma quando entrei silenciosamente no hall e com todo cuidado fechei a porta. Desde a chegada das crianças, o sono de Catherine tinha ficado tão leve que me vi andando no térreo na ponta dos pés, tentando não fazer barulho ao respirar.

Havia uma fita de vídeo bem à vista na mesa da cozinha, o que queria dizer que Catherine tinha se lembrado de gravar meu programa favorito. Embora eu preferisse não reconhecer, nada me divertia mais do que vídeos caseiros de labradores deslizando para dentro de piscinas e criancinhas se enfiando na privada. Nossa própria câmera estava armada no tripé, o que indicava que Catherine havia se animado a gravar nossos filhos. Peguei uma cerveja na geladeira e me acomodei na sala com o volume da televisão no nível mais baixo, mais educado, mais inaudível possível, a fim de dar umas boas risadas com as desgraças alheias. O primeiro clipe mostrava uma situação muito artificial de gente fingindo que não estava olhando para onde devia enquanto ia entrando vestida dentro de um rio, mas seus esforços devem ter valido bem umas quinhentas libras, bastante para comprar uma câmera própria, então boa sorte para eles. Depois havia uma seqüência de crianças sendo constrangedoramente honestas – um garotinho dizendo para uma recreadora obesa: "Você parece uma porca gorda." E, quando ela brigava com ele, o garoto, com o sentimento da injustiça estampado no rosto e diante de uma verdade tão óbvia, apontava para a mulher e repetia: "Mas ela *parece...*"

Depois vinha um rico casamento religioso. O padre perguntava ao noivo se ele aceitava aquela mulher como sua fiel esposa, e ele dizia que sim. O padre perguntava à noiva se aceitava aquele homem, e ela, ligeiramente nervosa, tinha dificuldades de pronunciar as palavras. Ela vai desmaiar, pensei. Essa, a gente prevê a um quilômetro de distância. Eu estava errado. Justo naquele momento, umas cinco fileiras mais atrás, um homem na congregação deu um pulo com um walkman e, levantando os braços, gritou: "GOL!" Ri tanto que pensei que iria acordar a rua inteira, para não falar de Catherine. Voltei a fita e vi o clipe novamente. Ri quase tanto quanto da primeira vez. Fantástico. Adorei. O apresentador também gostava desse, mas prometeu que a seguir viria um ainda mais engraçado.

Bem, esse vai ser bom mesmo, pensei, e dei mais um gole na cerveja. Então a imagem ficou branca e cheguei a pensar: "Ah, não, ela estragou a gravação."

Mas não era isso. O rosto ameaçador de Catherine apareceu de repente na tela. "Seu punheteiro de merda!", ela gritou para a câmera. "Seu filho-da-puta mentiroso, egoísta, covarde e preguiçoso! Você quer viver longe de mim e das crianças. Quer ter seu 'próprio espaço'. Então tenha, seu cara de bosta. Foda-se!"

Corri lá para cima. Nossa cama estava vazia. O quarto das crianças estava vazio. O lado dela do guarda-roupa estava vazio; alguns brinquedos e a maior parte das roupas das crianças também tinham ido embora. Uma arrumação estéril de quarto de hotel em nosso quarto de dormir. Fiquei olhando desnorteado aquele espaço; minha cabeça estava em queda livre. Então, de repente, quando eu menos esperava, veio à minha mente. Hull City. A resposta para a pegadinha de Simon era Hull City. E minha mulher tinha me abandonado levando as crianças com ela. Meu casamento estava arruinado. Hull City. É claro.

capítulo nove

aonde você quer ir hoje

– E este é o quarto das crianças – disse a meu pai enquanto ele pisava nos brinquedinhos que Millie e Alfie não queriam mais no quarto abandonado.

– Muito bonito – respondeu ele. – Gosto daquelas nuvens pintadas no teto. Você que fez?

– É... não, bem... foi Catherine.

– Ah.

Se alguma vez tivesse passado em minha cabeça como eu me sentiria quando finalmente mostrasse minha casa a meu pai, suponho que teria imaginado a cena com a minha família dentro.

– Aqui dormia Millie, e aqui dormia Alfie.

– Estou vendo. E o que é isso no edredom?

– No edredom? Bem, é a Barbie – disse, muito impressionado.

Eu tinha vivido numa casa em que a Barbie era adorada como um ícone, mais reverenciada do que a Virgem Maria no Vaticano; era desconcertante descobrir que ainda havia gente no mundo que nunca ouvira falar dela.

– E ali é o Ken.

– Esse "Ken" é o marido da Barbie?

– Acho que eles não são casados. Ken é só um namorado. Ou talvez um noivo, não tenho certeza.

Ficou um silêncio estranho no ar.

– Na verdade, eles estão saindo juntos há mais ou menos trinta anos, de maneira que, se o Ken ainda não a pediu em casamento, ela deveria estar bastante preocupada – dei uma risada nervosa, mas meu pai não se tocou de que eu fizera uma piada.

Talvez a área de casamentos, compromissos e afins não fosse o melhor assunto para levantar nesse momento. Ficamos ali enquanto meu pai se esforçava para parecer interessado no quarto das crianças.

– Não toquei em nada desde que Catherine foi embora com nossos filhos – disse com um ar quase afetado de tanta autopiedade.

Papai ficou pensando.

– Pensei que você tinha dito que ela levou o carro.

Ninguém pega os detalhes irrelevantes como um pai ou mãe idosos.

– Certo, desde que ela foi embora com o carro.

– E onde você estava quando ela se mandou?

– Carregando todas as coisas do meu apartamento para trazê-las para cá.

Houve uma pausa para ponderação. Alguma coisa o estava preocupando, mas não era o desastre que sucedera ao casamento de seu filho.

– Então, como ela pegou o carro?

– O quê?

– Como ela pegou o carro, se você estava carregando suas coisas com ele?

Suspirei um suspiro exausto de tentar fazê-lo compreender que aquilo não tinha a menor importância e disse com os dentes trincados:

– Eu não estava usando o carro. Eu tinha alugado uma van.

– Entendo – e ele analisou a questão por um segundo. – Porque você sabia que ela ia precisar do carro para levar as crianças e as coisas dela para a casa da mãe?

– Não, é claro que eu não sabia, ou teria tentado evitar.

– Então por que você não usou o carro para fazer a mudança? Dá para botar um bocado de coisas em um Astra, especialmente no modelo hatch.

– Olhe, isso não importa. Tinha coisa demais; eu precisaria fazer duas viagens.

Ele ficou quieto por um instante e fomos andando para o outro quarto. Fiquei um pouco encabulado ao perceber como a decoração era feminina: o edredom florido, os babados na borda da penteadeira – tudo parecia muito inadequado agora que eu estava dormindo lá sozinho.

– É muito caro alugar uma van?

– O quê?

– Você gastou muito dinheiro alugando uma van para fazer sua mudança?

– Ah, não sei. É... custou um milhão de libras. Papai, a van não tem a menor importância.

– Você não está mais com ela, não é, para fazer suas coisas agora que Catherine levou o carro.

– Não, não estou mais alugando o raio da van!

Embora eu bem que quisesse e gostasse da idéia de atropelá-lo com ela.

Minha irritação era exacerbada pelo fato de eu não conseguir deixar de culpar meu pai pela ruptura com minha mulher. Como era de se esperar, recentemente meu pai havia trocado sua companheira por uma mulher mais jovem. Jocelyn estava muito amargurada; deve ser duro levar um fora quando se está com 59 anos, especialmente se o motivo é você não ter mais 54. E na sua fúria ela havia mandado minha longa carta-confissão para Catherine a fim de adverti-la para os tipinhos volúveis que eram esses Adams.

Talvez fosse por isso que meu pai parecia estar evitando discutir o que acontecera. Quando telefonei para ele para convidá-lo, perguntei-lhe se havia lido a carta.

– Sim, é claro – respondeu vivamente.

– E o que você achou?

Ele não hesitou por um segundo:

– Sua caligrafia melhorou um bocado, não é?

260

Mas eu precisava saber os detalhes de como Jocelyn havia encontrado a carta; ela havia vasculhado seus bolsos, abriu uma gaveta, ou o quê? Eu estava para perguntar isso quando ele disse:

— Foi uma pena você não ter me convidado algumas semanas antes. Teria sido legal ver Catherine e as crianças.

É, que pena, pensei. Que pena para você que minha mulher e meus filhos me abandonaram. Que pena é isso. Coitado do meu pai, coitado de você.

— É, realmente uma pena que Jocelyn tenha lido a carta que escrevi para você, porque, se não fosse por isso, Catherine e as crianças ainda estariam aqui.

— Ah, valeu — disse ele, como se eu tivesse acabado de marcar meio ponto em algum treino de debate escolar.

— O que ela fez: mexeu nos seus bolsos ou o quê?

— O que você quer dizer?

— Jocelyn. Como ela conseguiu ler minha carta?

Houve uma pausa durante a qual meu pai gradualmente começou a perceber que talvez ele tivesse feito uma coisa que não deveria ter feito.

— Não, eu, hum... eu mostrei para ela.

— Você fez o quê? — berrei.

— Não podia?

— Você mostrou a ela uma verdadeira carta-bomba particular de seu filho e, depois, deu-lhe um toco?

Ele parecia perplexo e a mecha rala de cabelo transplantado no alto de sua cabeça mexeu levemente quando meu pai franziu o cenho.

– O que quer dizer "deu um toco"? – perguntou.

– Toco é o que eu levei, graças a você. Agora sou isso: um tocado, um abandonado, um jogado fora, um rejeitado.

– Acho isso um pouco injusto. Afinal, quem estava enganando a mulher era você, não eu.

Nesse momento, um jogo inteiro de fusíveis explodiu em minha cabeça.

– Pelo menos, não trepei com uma técnica de farmácia nem abandonei meu filho de cinco anos.

– Isso não é justo, Michael. É mais complicado do que isso.

– Eu achei que tinha feito algo muito horrível para ser abandonado de repente por você. Achei que era minha culpa.

– Sua mãe e eu somos ambos culpados de o casamento não ter funcionado.

– Ah, sim, culpa de mamãe. Claro que é. A culpada é a mãe: aliás, a situação dela hoje permite que se defenda perfeitamente.

– Só estou dizendo que você desconhece muita coisa.

– Eu sei uma coisa: ela ainda estaria viva hoje se você não tivesse saído de casa, porque mamãe jamais teria se mudado para Belfast com aquele cara de palerma. Portanto, a culpa é sua por ela ter sido atropelada.

– Deixe disso, Michael. Não era eu que estava dirigindo aquele carro.

– Poderia muito bem ter sido – gritei, mas lá atrás no meu cérebro havia uma pequena voz dizendo: do que você está falando, Michael? Isso é claramente uma estupidez, mas eu não estava mais com cabeça para voltar atrás.

– Você abandonou mamãe e a mim por uma mulher que o abandonou, e aí você achou outra e outra e mais outra. E agora, o que você tem? Um filho fodido e um ridículo transplante de cabelo que parece que alguém jogou uma fileira de sementes de mostarda em sua carecona reluzente.

Eu sabia que tinha pressionado o botão nuclear. Tudo bem acusá-lo de ser um mau pai, de arruinar minha infância, até de causar indiretamente a morte de minha mãe, mas jamais alguém mencionar o transplante capilar. A gente simplesmente sabia que isso não podia ser feito. Houve um breve momento de silêncio enquanto meu pai olhou impassível dentro dos meus olhos, e aí se levantou, pegou o casaco, pôs o chapéu e saiu porta afora.

Vinte minutos mais tarde, comi o empadão de carneiro comprado pronto no supermercado que eu estava assando no forno para nós dois. Dividi a torta ao meio e comi minha porção, depois comi o resto também. Então lembrei por que eu havia finalmente convidado meu pai para vir a Londres naquela ocasião. Eu vinha planejando mostrar-lhe a casa, convidá-lo para almoçar, explicar a situação da hipoteca e lhe perguntar se havia alguma possibilidade de ele me emprestar uma grande quantia de dinheiro. Como se vê, saiu tudo segundo o plano.

Eu estava chocado com as coisas que me ouvi dizer a ele e com o grau de amargura que havia ficado sufocada por tanto tempo. Por que eu não pude ter um pai que nem os dos comerciais? No comercial da Gillette, que eu cantei um milhão de vezes, pai e filho vão pescar juntos em algum lugar dos Estados Unidos, e o pai ajuda o filho a fisgar um salmão; eles têm intimidade e ficam à vontade um com o outro e o pai faz uma boa barba e alguém canta "a maior conquista de um homem". Aquele pai nunca abandonaria a casa por uma técnica de farmácia chamada Janet. Nunca chamariam meu pai para fazer um comercial da Gillette. Se bem que ele até tem uma barba, suponho.

É claro que meu pai nunca teve um pai em casa quando ele era criança. Aliás, nem mesmo a mãe. Em 1º de setembro de 1939, ele foi posto em um trem e mandado para o País de Gales e não viu mais o pai até o fim da guerra. Fiquei pensando: se meu pai não tivesse sido evacuado, ele teria tido um pai como modelo, o que o faria ficar em casa para ser um modelo para mim, o que teria feito de mim um pai melhor e evitado a partida de Catherine. Portanto, a culpa toda era de Adolf Hitler. Imagino que nada disso tenha passado por sua cabeça quando ele estava invadindo a Polônia.

Passei aquela noite toda deitado no sofá vendo televisão, de vez em quando ficando com fome a ponto de verificar se a pizza nojenta que encomendei era mais fácil de comer fria do que quente. Não era, mas comi assim mesmo. Com o controle remoto da tevê na mão, pulava de um canal a cabo para outro, assistindo a três filmes ao mesmo tempo. Trevor Howard beijou Celia Johnson quando ela subiu no vagão do trem, e o vagão inteiro despencou no rio Kwai. E aí Celia pôs as crianças para dormir, e Jack Nicholson arrombou uma porta a machadadas.

Aqui estava eu de novo tentando assistir a várias histórias sem curtir nenhuma delas. Para falar a verdade, cheguei a sentir certa empatia por Jack Nicholson em *O iluminado*; vivendo nessa casa, congelado no tempo, guardando o lugar até que todo mundo volte, enlouquecendo pouco a pouco enquanto tento e não consigo trabalhar. Acho que eu não fui um marido tão ruim quanto ele. Nunca tentei matar minha mulher e filhos com um machado, por exemplo, mas não creio que Catherine aceitaria isso como um ponto a meu favor.

A essa altura, eu já estava vivendo sozinho fazia algumas semanas numa casa toda pensada para crianças. O móbile ainda girava preguiçosamente com a brisa e o pêndulo balançava histericamente para lá e para cá sob o relógio de arco-íris, mas essas pequenas explosões isoladas de movimento serviam somente para acentuar como o quarto das crianças ficava sem vida e fantasmagoricamente sossegado sem as crianças. Eu não queria mudar nada; estava tudo pronto para quando eles voltassem. Ainda tinha que abrir a portinha para descer as escadas, ainda tinha que negociar as trancas para crianças a fim de abrir os armários. A única ligeira mudança que fiz foi embaralhar as letras de ímã colorido na lateral da geladeira com as quais Catherine escrevera "punheteiro" à altura dos olhos de uma pessoa. Fiquei pensando quanto tempo ela gastou para se decidir a substituir a letra "i", que havia sido perdida, por um "1". Eu era o único zelador de um protótipo de casa de família – acomodações mobiliadas, prontas para o retorno de minha mulher e filhos, quando lhes desse na veneta. Tinha

265

tudo de que eles precisavam, todos os dispositivos de segurança que se podem comprar para prevenir qualquer dano aos nossos filhotes, exceto contra o irrelevante acidente de uma separação dos pais, é claro. Pensar que havíamos arrastado nossos filhos por todas aquelas lojas, a fim de comprar protetores de tomadas, cobertas de vídeo, trancas para crianças, chiqueirinhos e uma grade para não deixar Millie cair da cama, mas nunca vimos na Mothercare um dispositivo contra o divórcio para o qual estávamos nos encaminhando. Tudo bem, as crianças vão crescer sem um pai, e a mamãe vai ficar sozinha, pobre e amarga, mas pelo menos os pequenininhos jamais tropeçarão naqueles três degraus da cozinha, e isso é o principal.

Eu os queria de volta. Eu os queria tanto que me sentia oco, dormente e doente. Tinha ido à casa de seus pais e implorado para que Catherine voltasse, mas ela dissera que não estava preparada para conversar comigo porque eu era um egoísta de merda, porque eu havia traído sua confiança e porque eram 3:30 da manhã. Assim, a única pontuação nas minhas longas e solitárias semanas era a reunião com as crianças, encontros que haviam sido gelidamente concedidos por Catherine. Tínhamos um encontro por semana no play ventoso do Hyde Park enquanto as últimas poucas folhas caíam das árvores. Ficávamos em silêncio olhando as crianças brincar, e o silêncio era tão opressivo que de vez em quando eu gritava coisas do tipo: "Não, Millie, não no escorrega grande!" E Catherine dizia: "Tudo bem, Millie, pode ir no escorrega grande, se quiser." E, embora ela estivesse olhando para Millie, na verdade, estava falando comigo. Essas pequenas horas por semana deveriam representar tempo dedicado às crianças com qualidade, mas nunca vi qualidade nisso. Eu tinha uma hora tensa e constrangida com eles, sabendo que depois deveria voltar sozinho para casa.

E, veja só, ali estava eu com uma vida dupla novamente. Longos dias passados solitariamente, seguidos por curtos períodos com minha mulher e filhos. Catherine era bastante esperta para dizer isso com todas as letras:

— É exatamente o que você quer, não é? Ver a gente de vez em quando e ter seu próprio espaço o resto do tempo. Você ainda consegue vê-los e brincar com eles, mas não tem que se aborrecer com nenhuma chatice. A única diferença é que agora você tem uma cama maior para ficar deitado o dia inteiro.

— Isso não é justo — eu dizia, tentando fabricar uma razão para explicar por que não era.

Para quem via de fora, poderia parecer uma existência similar, mas, enquanto antes eu acreditava ter me permitido organizar uma vida perfeita com o melhor dos dois mundos, agora eu estava completamente arrasado. Porque agora nada disso estava mais sob meu controle, agora minhas horas de pai me eram dadas de má vontade em vez de generosamente garantidas a mim mesmo pelo meu bom caráter. Catherine tinha o poder. Minha posição de resistência à ditadura dos bebês tinha sido traída por um informante. Agora eu estava exilado na Sibéria dos pais, condenado à solitária com duas horas de visita por semana.

Embora Catherine tenha dado início a esses encontros, ela estava tão zangada comigo que mal me olhava nos olhos. Na primeira vez, tentei cumprimentá-la com um beijo no rosto, o que se revelou uma má leitura grotesca dos termos de convivência. No que me inclinei para a frente, ela se recolheu e se virou; meu beijo pousou em sua orelha e eu tive que levar a coisa como se ali fosse um lugar perfeitamente normal de se beijar alguém. Tentei me defender argumentando que o que fiz não era tão mau como ter um caso com outra mulher, mas, para meu desapontamento, Catherine disse que preferiria isso; pelo menos ela poderia pôr tudo na conta de algum insaciável impulso masculino.

Ela parecia cansada; aparentemente, não vinha conseguindo dormir muito bem tão perto das crianças. Eu também estava cansado; não vinha conseguindo dormir muito bem tão longe delas. Sua barriga estava comicamente grande. Ou ela estava muito, muito grávida, ou já havia tido o bebê e o estava escondendo numa cuba sob o macacão. Eu tinha a maior vontade de tocar aquela barriga, senti-la e conversar com ela, mas aquele filho em particular estava ainda mais fora do alcance. Queria indagar sobre os preparativos para o grande dia, mas tinha medo de lhe perguntar onde gostaria que eu estivesse durante o parto. Provavelmente, ela responderia no Canadá. Durante os oito meses anteriores, enquanto o feto se transformava numa pessoinha e desenvolvia olhos, ouvidos, coração, pulmões, veias, extremidades nervosas e todas as outras coisas incríveis que acontecem por elas mesmas, o amor de seus pais aparentemente tinha murchado e morrido. Se ao menos os bebês pudessem vir à luz no momento da paixão em que são concebidos e não nove meses depois, quando tudo virou pó...

– Então? Você não vai brincar com eles? – ela perguntou, uma vez que eu estava lá para isso.

– É, vou – e fui e tentei ser o pai mais espontâneo e divertido que é possível ser sob o intenso monitoramento da mãe das crianças, que nesse momento contempla seriamente se divorciar de você.

Millie estava no trepa-trepa.

– Posso tentar pegar você no trepa-trepa, Millie?

– Não.

– Quer que eu empurre você no balanço, então?

– Não.

– Peguei você! – disse eu, puxando-a do trepa-trepa, mas meu nervosismo me fez um pouco bruto, e eu agarrei-a com força demais, ou a fiz pular, ou o que seja, porque ela começou de repente a chorar.

– O que você está fazendo? – perguntou Catherine, zangada, vindo tirar Millie de mim, e, com a filha no colo, olhou-me nos olhos com todo o ódio do mundo.

Talvez eu fizesse mais sucesso com Alfie. Ele tinha dado seus primeiros passos algumas semanas antes – um evento que não pude presenciar – e agora estava zanzando por toda parte com grande autoconfiança, só caindo de vez em quando em seu bumbum de fralda. Ele tomou posição ao lado da estrutura de metal do balanço e jogou um graveto contra o brinque-

269

do. Eu podia sentir o olhar de Catherine sobre nós, então me agachei a seu lado e também joguei uma pedrinha contra a estrutura de metal. Ele gostou do barulho da pedrinha batendo na barra. Não se entediou com o barulho da pedrinha na barra. Quando, depois de cinco minutos, eu quis parar, ele se aborreceu, e tive de continuar jogando a pedrinha. Olhei em torno e dei um sorriso sofrido para Catherine, que não me sorriu de volta. Estava com frio nos ossos e minha posição agachada ficou cada vez mais desconfortável, mas a areia macia do parquinho estava muito úmida para eu me ajoelhar; então tive de me equilibrar de qualquer jeito, sentindo o sangue sumir das pernas, batendo toque-toque com meu cascalho na barra de metal. Sempre quis saber quais brincadeiras intensificavam os laços entre pais e filhos e quais eram completa perda de tempo.

Finalmente, sentei-me ao lado de Catherine em um banco e tentei encontrar uma maneira de conversar com ela sobre o que acontecera. Ela estava morando com os loucos de seus pais, ainda mais dominadores do que o normal, agora que tinha acabado a estação dos cupins.

— Deve ser bem difícil, não é? Viver com os pais, assim, com as crianças e tudo o mais.

— É.

— Você tem uma idéia de quanto tempo pretende ficar por lá?

— Não.

— Você pode voltar para casa a qualquer momento.

— E para onde você se mudaria?

Senti que não estava conseguindo atraí-la para fora do casulo.

— Bem, eu sempre poderia ajudar com as crianças. Eu entreguei o apartamento.

— Agora, você não precisa mais dele, não é? Agora que a gente não está mais lá, não há necessidade do apartamento.

Com o tom mais passivo e arrependido possível, tentei ventilar a idéia de que talvez eu não estivesse pronto para a paternidade e que somente agora começava a me ajustar a isso. Neste momento, a represa emocional de Catherine simplesmente explodiu.

— Você não pensou que eu também estava achando difícil me ajustar? — disse ela num sussurro furioso, cuspindo as palavras. — Deixar de trabalhar, dar à luz e de repente ficar presa numa casa, sozinha, com um bebê chorando? Você não acha que para mim foi um choque me tornar de repente uma mulher feia, gorda, cansada e chorosa, tentando amamentar um bebê aos berros enquanto sangue escorria do bico rachado do meu peito, sem ninguém ao lado para me dizer que estava tudo bem, que era assim mesmo, que eu estava fazendo a coisa certa mesmo quando o bebê não comia, nem dormia, nem fazia nada além de berrar dias a fio? Sinto muito que tenha sido tão difícil para você se ajustar, Michael — ela estava chorando, zangada comigo e consigo mesma por entrar em colapso na minha frente. — Mas eu nunca me ajustei, porque é impossível se ajustar. Minha situação era perder ou perder. Ficava me sentindo culpada quando pensava em voltar a trabalhar e quando pensava em parar de trabalhar, e não havia com quem conversar sobre isso porque as únicas outras mulheres no parquinho tinham 18 anos e só falavam croata. Por isso, eu realmente sinto muito que você tenha achado tão difícil ficar na mesma casa que sua mulher quando ela estava enfrentando o inferno, mas tudo bem, porque você podia simplesmente sair, mandar tudo para aquela parte quando quisesse e ficar curtindo com seus amigos, indo a festinhas, vendo vídeos e desligando o celular para não ser pego por sua mulher quando ela quisesse chorar ao telefone com você.

Ao colocar as coisas assim, de certa maneira ela marcou um ponto. Enquanto fiquei sozinho, passei horas preparando cuidadosamente meus rebuscados argumentos, como um índio norte-americano decorando suas flechas antes da batalha. E agora ela chegava como o exército dos Estados Unidos, atirando seus imensos canhões e mandando-me para os quintos dos infernos. Mesmo assim, ofereci minha única e insignificante explicação. Disse a ela que a única diferença entre o que eu tinha feito e o que fazem outros pais é o fato de eu ter agido com consciência do que estava fazendo.

— O quê? E você acha que é algum mérito o fato de me enganar *conscientemente*? Esses homens pelo menos ainda fazem parte de uma equipe – continuou. – Ainda operam como uma unidade com suas mulheres, ela em casa, ele no trabalho. Eles estão *juntos* nessa parada.

— Eles vão para o trabalho, claro, como eu também ia. Mas esses caras não têm que fazer todas aquelas viagens, ou jantar fora toda noite, ou jogar golfe com clientes no fim de semana; agem assim porque, para eles, isso não é menos importante do que ficar com a família.

Tudo que eu dizia apenas a irritava ainda mais.

– Deixe ver se eu entendi: você pensou todos os prós e contras dessa história e, em vez de decidir não ser esse tipo de pai, resolveu se comportar dez vezes pior ficando ausente *deliberadamente* como parte de um plano.

– Achei que ia ajudar nosso casamento.

Eu quase sentia minhas desculpas secando em minha boca à medida que as proferia.

– Ajudou muito, muito.

Então Catherine se levantou e disse que ia voltar para a casa da mãe, e por alguma razão patética, desesperada, gritei que "ela era uma mulher de sorte porque ainda tinha a mãe", e seu olhar sobre mim foi cheio de desprezo. Eu me odiei por dizer isso quase tanto quanto ela. E enquanto ela ia embora, pensei que, ora bolas, se estávamos de acordo acerca do verme patético em que eu me transformara, havia algo em comum entre nós, e talvez pudéssemos construir a partir daí.

Depois que eles partiram, fiquei sentado no parquinho por minha conta. Uma jovem mãe aproximou-se e me olhou como se eu fosse um molestador de crianças fugido da cadeia e, quando a ouvi dizer que não brincassem perto de mim, me levantei e fui para casa.

Havia outro envelope de aspecto familiar no capacho, embora este tivesse sido entregue em mãos. Sem abrir, coloquei-o de lado como os outros. Eles se empilhavam na mesa do hall como provas acumuladas contra mim. Obviamente, eu sabia que o banco queria dinheiro, mas achava que jamais conseguiria ganhá-lo se lesse as ameaças que temia estarem contidas nas cartas. Enquanto eu tentasse trabalhar, acreditava que estava fazendo alguma coisa a respeito; então mergulhava minha cabeça cada vez mais profundamente em minha música. Uma das cartas que chegaram era registrada, o que me pareceu um desperdício de dinheiro. Alegremente, assinei o recibo, o que não queria dizer que tivesse a menor intenção de abri-la ou lê-la. De vez em quando, tentavam telefonar, mas quando eu via o número no bina, logo ligava a secretária eletrônica e avançava o mais rapidamente possível pelas mensagens do banco. A voz acelerada do gerente ficava menos assustadora. Parecia o Pato Donald depois de inalar hélio.

Houve dias em que me sentei diante dos teclados por 13, 14 horas a fio, mas criava menos do que na metade de uma manhã em outros tempos. Houve época em que eu era capaz de me perder na música, mas isso acontecia somente quando não me desesperava por essa entrega. Faltavam dois meses para eu finalizar meus *Clássicos dos comerciais* e, entre uma hora e outra de compilação, eu tinha tempo de criar minhas próprias composições seminais, que então aconteciam ser, por exemplo, um jingle de 13 segundos que acomodasse os versos: "Manteigura, manteigura! Sabor de manteiga, sem a gordura."

Bem, pensei, acho que aqui estão a fim de um tema amanteigado. Era uma pena que o comercial devesse exibir uma legenda na parte inferior da tela advertindo: "NÃO É MANTEIGA". Mas esse problema não era meu. A mulher da agência disse que eles queriam um jingle que fosse exatamente como a canção *Happiness*, de Ken Dodd, sem ofender o copyright. De duas, uma: ou minha música saía errada, ou saía ilegal. Tinha que ficar pronta até as 6:00 horas. Incendiei meus teclados.

"Manteiga. O que vem à sua cabeça?" Tentei diferentes sons no meu Roland. Uma base de oboé, uma base de cravo, uma base de fagote; nenhuma delas me lembrava manteiga sequer remotamente, mas acho que a nova Manteigura também não me lembraria. Ouvi a faixa de Ken Dodd e separei seus elementos constituintes. Aparentemente, o jingle seria cantado por um coro de vacas de pantomima, então eu deveria me concentrar nessa imagem para compor a música. Eu nunca me iludira com a idéia de que meu trabalho fosse de vital importância para o futuro da humanidade, mas sentar no tamborete giratório do meu piano tentando não pensar no estado do meu casamento para me concentrar em um monte de vacas de pantomima a cantar a nova Manteigura, bem, isso não podia ser muito positivo para minha auto-estima. Simplesmente, não estimulava a adrenalina como fazem os trabalhos de fato importantes. A parteira que ajudaria a trazer nosso terceiro filho ao mundo, por exemplo, não tinha outra opção senão pôr de lado todos os seus problemas e se concentrar na saída segura do bebê do útero materno. Saco! Mais uma vez aconteceu; rapidinho, eu passei a pensar no nosso próximo filho, deixando de me concentrar no jingle para uma nova margarina de baixo teor de gordura contendo elementos de laticínios.

Ah, sim, Manteigura. Certo, concentre-se, Michael, concentre-se. Manteiga. Cantei a faixa-guia para mim mesmo algumas vezes. Será que a agência havia deliberadamente bolado esse tema só para me forçar a cantar baixinho "Happiness!"* um monte de vezes, quando na verdade eu estava me sentindo a mais infeliz das criaturas? Tentei parodiar a melodia, mas não conseguia tirar o original da minha cabeça. Concentre-se, concentre-se. Às vezes, quando havia muita coisa me preocupando, quando havia muita poeira na agulha, eu mal podia ouvir as melodias na minha cabeça. Hoje havia tanta poeira que a agulha simplesmente deslizava pelo vinil.

Era difícil esquecer as crianças com elas sorrindo para mim nos porta-retratos do console, então me levantei e virei todos eles. Voltei e me sentei e decidi que daquele jeito estava horrível, como se eu estivesse rejeitando a existência das crianças, então me levantei de novo e pus as fotos no lugar delas.

Humm. Manteiga? Pensei, Manteiga. Será que Catherine tem o direito legal de levar as crianças desse jeito? Quer dizer, eu sou o pai delas. Qual seria sua reação se eu simplesmente tivesse sumido com as crianças, anunciando de repente que não estava feliz com o casamento e deixando-a sozinha? Continuei a remoer essa história e então olhei o relógio e vi que

---

* Felicidade. (*N. da T.*)

era meio-dia e quinze e havia horas eu não pensava em manteiga ou Manteigura e, mesmo que conseguisse bolar uma melodia razoável, ainda deveria arranjá-la e masterizá-la, e terminar tudo isso até as 6:00 de repente pareceu muito difícil. Mas vamos lá. Manteiga, manteiga. Manteigura. "Manteigura! Manteigura! Sabor de manteiga, sem a gordura!", falei alto para mim mesmo três vezes. Tentei de novo, pondo ênfase em outras palavras. Aí saí e fui fazer uma xícara de chá.

A casa ficava com um jeito diferente só comigo zanzando nela. Eu a via de um jeito diferente. Isso não deixava de ter a ver com o fato de às vezes eu passar horas deitado no carpete do hall ou sentado no chão embaixo da mesa da cozinha. Você pode fazer essas coisas quando está sozinho. Andei de um quarto para outro com o meu chá e finalmente decidi tomá-lo sentado no alto da escada.

A gata dignou-se a deixar o seu lugar favorito entre os bichos de pelúcia de Alfie e veio se deitar do meu lado no carpete. Logo que nós pegamos a gata, dissemos a Millie que ela poderia escolher o nome. Depois, passamos o resto do dia tentando dissuadi-la de sua escolha imediata e sem hesitações, mas Millie não se deixava influenciar com facilidade, e tivemos que simplesmente aceitar. Gata, a gata, e eu desenvolvemos um relacionamento muito intenso durante minhas semanas sozinho em nosso lar. Eu comprava guloseimas para ela e ia para o portão da frente gritar "Gata! Gata!", enquanto os passantes evitavam me olhar nos olhos e apressavam o passo. De noite, ela sentava no meu colo e eu ficava coçando seu pescoço, enquanto Gata ronronava ridiculamente alto. Amarrei uma bolinha em um cordão e brincava com ela, e quando Gata enjoava de sua comida, eu lhe dava peixe fresco, o que sempre lhe apetecia, e era tudo muito reconfortante. Até o Dia da Coleirinha Vermelha. Ela entrou pela portinhola para gatos, depois de passar algumas horas fora, com uma coleira vermelha nova no pescoço. Cheirou sua comida, não quis comê-la e saiu de novo. Fiquei arrasado. Sempre pensei que ela saía para espantar outros gatos que quisessem entrar no meu jardim, ou para caçar um pardal velho e presenteá-lo com orgulho a seu dono, quando, na verdade, ela estava o tempo todo aconchegada na frente de outro aquecedor elétrico, comendo o peixe fresco que outro lhe dava, deitando no colo de outro! A coleira tinha uma identificação: "Cleo". Este era seu nome quando ela estava em sua casa secreta. Gata tinha uma vida dupla. Eu me senti traído e abandonado, rejeitado. Pior que isso, a safada de uma gata tinha gozado com a minha cara.

Quarenta minutos depois, eu ainda estava no alto da escada, apoiado nas minhas costas, com as pernas balançando sobre os primeiros degraus. Gata, a gata, já tinha ido embora havia muito tempo, mas as manchas no teto em cima da escada eram tão fascinantes que me seguraram ali por mais uma meia hora. Finalmente, o barulho da caixa do correio me arrancou do meu transe e eu me ergui sobre meus pés. Era um barulho que iluminava o meu dia; fazia com que eu sentisse que ainda não tinha sido completamente esquecido pelo resto do mundo. Obviamente, eu não lia nada que viesse do banco, mas poderia ser o cartão de um taxista ou um folheto de pizza, e era sempre legal ler alguma coisa de gente que tinha se dado ao trabalho de entrar em contato. No capacho, encontrei o folheto de um corretor de imóveis, cheio de casas que custavam mais de 1 milhão de libras. Enquanto passava os olhos pelas fotografias coloridas de lindas casas de quatro quartos, me convenci de que o folheto havia sido posto na caixa do correio pela gata, que tinha se mandado para gozar a glória de seu sarcástico triunfo.

Mas a pontuação no meu longo e solitário dia foi suficiente para me conduzir de volta ao trabalho, e me sentei em meu tamborete. Havia várias ações vitais para eu realizar antes que pudesse realmente me dedicar ao trabalho. Tentei calcular quanta caspa eu conseguia balançar do meu cabelo sobre a escrivaninha. Senti uma espinha no meio das minhas costas e passei dez minutos tentando várias bizarras posições de ioga a fim de alcançá-la com as duas mãos e espremê-la. Raspei um bocado da poeira gordurenta que se acumulara nas teclas do meu sintetizador. Cheirei-a, provei-a na língua. Foi quando me lembrei da nova Manteigura. "Vamos com isso, Michael!", disse alto. "Manteigura! Manteigura! Sabor de manteiga, sem a gordura!" Considerei telefonar para a agência e perguntar se eles estavam absolutamente firmes nessa história de manteiga. A maior parte do dia, não sei como, desaparecera. Eu me esqueci de almoçar e de repente estava com tanta fome que tinha que comer imediatamente, mas não havia nada na casa, a não ser um pão velho de dois dias e uma amostra grátis que haviam me dado da Manteigura.

Quando joguei fora a crosta não comida, tive que encarar o fato de que ia furar com eles, pela primeira vez em minha carreira eu não estava conseguindo cumprir um prazo. Então tentei telefonar para a produtora para perguntar se eles podiam me dar mais um dia. Esperei horas numa fila e, quando finalmente fui conectado, era uma gravação.

– Oi, aqui é Sue Paxton no número 7946-0003. Não estou na minha sala neste momento, embora talvez você possa me encontrar no 7946-0007. Se há muita urgência de falar comigo, tente meu celular, 07700-90004, ou meu pager, 08081-570980 número 894. Você pode me mandar um fax para 7940-0005 ou um e-mail para s ponto paxton arroba Junction5 ponto co ponto uk. Se você prefere falar comigo em casa, meus números são 01632-756545 ou 01632-758864, ou o fax 01632-756533, e o e-mail, s ponto paxton arroba compuserve ponto com. Ou então deixe uma mensagem depois do sinal.

Quando acabou a gravação, eu tinha esquecido por que tinha ligado, então desliguei. Alguns minutos mais tarde, eu me armei com papel e caneta e disquei o número de novo. Tentei encontrá-la por todos os meios listados, mas cada um deles me conduzia a todas as outras rotas para uma resposta. Depois de tentar tudo, me dei conta de que tinha perdido mais uma hora. E aí resolvi me empenhar de verdade e finalmente, finalmente, consegui tirar da cabeça a melodia original e, de repente, algo novo surgiu em meu cérebro; anote isso depressa, grave antes que vá embora, e o telefone tocou e era Catherine cancelando o encontro do dia seguinte no Hyde

Park, e fiquei furioso, impotente, grosseiro, patético e desliguei e andei pela casa chutando peças da mobília.

O telefone tocou mais uma vez e não era Catherine mudando de idéia, era o banco de novo e eu simplesmente gritei para o filho-da-puta intrometido: "Vá se foder!" E desliguei. Mas ele ligou de volta meia hora mais tarde, com o ar satisfeito de um comandante nazista que acabou de descobrir um túnel, e disse que o banco havia mandado uma carta para me informar que um mandado de reintegração de posse havia sido autorizado a seus advogados, e eu sabia o que isso significava: que estou perto de perder a casa, mas argumentei e expliquei, digo a ele que manter a casa é a única chance que eu tenho de recuperar minha família, que tenho dois filhos e um terceiro a caminho e que a mãe deles me deixou para viver com os pais, mas ela não pode ficar lá para sempre, não com a mãe dela enchendo o saco porque os netos não são batizados, e finalmente ela vai ter que voltar, e aí verá que, juntos, podemos resolver as coisas, verá que eu mudei, e vamos ficar todos juntos de novo porque isso é o que importa, essa é a única esperança que eu tenho: que todos voltem para casa, mas isso só pode acontecer se eu ainda tiver a casa, se houver ainda uma casa para eles voltarem, então o senhor veja, eu tenho que ficar aqui; eles não podem tirar de mim essa casa agora. E ele ouve paciente e em silêncio. E aí me diz que eles estão retomando a posse da casa.

capítulo dez

podia ser com você

– Um trocado aí, por favor? Ei, tio, um trocadinho.

Eu já desenvolvera o hábito de passar sem ver pelos mendigos que fazem os vocais da música urbana de Londres. Mas hoje fiquei chocado por ter passado friamente por outro ser humano e voltei para pôr cinco libras na caixa de papelão improvisada para as esmolas. Cinco paus! E ele nem tinha um cachorro com olhar tristonho na ponta de uma corda.

Fiquei um pouco irritado porque o beneficiário não se mostrou extaticamente grato pela minha generosidade excessiva; cinco libras não me compraram um mendigo mais feliz. Por uma nota de cinco paus, o mínimo que se espera é um obrigado executivo-plus, com uma carta personalizada a lhe ser enviada na semana seguinte explicando como seu dinheiro foi gasto e um PS pedindo que você inclua suas esmolas numa cláusula contratual. Mas ele achou que eu era apenas mais um rico limpinho passando perto. Achou que eu tinha uma casa legal e uma mulher feliz e tudo que ele invejava.

Eu acabara de entregar ao banco as chaves da minha casa. Caminhei até a agência do bairro, entrei na fila do caixa e dei a chave para a jovem do outro lado do vidro.

– Espere aí, melhor eu chamar o gerente – ela disse.

– Não, tudo bem, ele já cuidou da burocracia. Não posso demorar. Tenho que encontrar um lugar para dormir esta noite.

– Ah, algo mais que eu deva saber?

– É… talvez. O banheiro do térreo. Você tem que dar uma descarga devagar e outra, logo em seguida, bem depressa.

Ela me olhou atônita, mas quando eu estava saindo, lembrou-se de seu script:

– Obrigada por sua fidelidade ao banco, sr. Adams. Tenha um bom dia.

– Obrigado, você é muito gentil – respondi, já saindo para as ruas de Londres, sem saber para onde ir.

Simplesmente, continuei andando; era tudo muito surreal. Normalmente, o calçamento era para aqueles momentos irrelevantes que ficam entre as várias partes de sua vida; agora era tudo o que havia. Veio-me a idéia de que eu não tinha sentido. A lixeira tinha um sentido: era para a gente jogar papel. A grade tinha um sentido: era para evitar que as pessoas caíssem ou pisassem no asfalto. Mas qual era o meu sentido? Eu não estava fazendo nada, não estava indo para lugar nenhum, então eu era para quê?

Fiquei ali por um tempo e vi um emaranhado de fita cassete amarrado à grade – uma fita fina, marrom e brilhante desfeita e soprando ao vento. Provavelmente, música havia sido gravada ali, música que fora composta, estruturada e arranjada, agora descartada e sem serventia. Em algum momento, a fita tinha simplesmente se partido. Agora eu tinha todo o tempo de lazer do mundo, mas a moeda fora cronicamente desvalorizada. O tempo para mim não era mais roubado em pedacinhos; ao contrário, me era imposto como uma sentença de prisão perpétua. Eu levava uma mochila com algumas roupas, um nécessaire e o guia *Time Out* de Londres. Todas as minhas outras posses e tudo o que compunha a nossa casa ficaram atochados na garagem da minha vizinha de porta.

– Ah, sorte sua ter uma geladeira com uma parte de congelador tão grande – disse a velhinha sra. Conroy, tentando ser simpática enquanto eu empurrava o eletrodoméstico pela entrada da garagem.

Os bichos de pelúcia foram empacotados em sacos plásticos. Embrulhei a televisão em um edredom e a coloquei dentro do berço de Alfie. Fazer a mudança toda me tomou dois dias e, quando terminei, a garagem parecia uma versão espremida e pós-terremoto de nossa casa. Gentilmente, a sra. Conroy disse que eu poderia deixar tudo ali pelo tempo que fosse necessário. Klaus e Hans não estavam mais morando com ela, tinham voltado para a Alemanha, e portanto não havia mais ninguém usando a garagem. Ela me deu caixotes para guardar as coisas e sanduíches e xícaras de chá, quando eu estava já exausto de arrastar sofás e colchões; me deu também uma chave da garagem, para quando eu precisasse dar um pulo lá a fim de pegar alguma coisa. Não me perguntou como eu atrasara tanto as prestações; a única alusão que fez a tudo que acontecera foi quando eu tranquei a garagem e lhe agradeci mais uma vez antes de ir embora. Olhou-me com tristeza, deu um sorriso e disse:

— Você não ficava muito em casa, ficava?

Agora eu estava andando devagar ao longo da Camden High Street, agarrado aos poucos pertences que não haviam ficado trancados na garagem da sra. Conroy. Peguei-me prestando mais atenção do que o normal ao bricabraque de plástico na vitrine do bazar de caridade. Passei por uma galeria de caça-níqueis chamada Grande Curtição, mas, a julgar pelos rostos cinzentos e sem emoção que estavam lá dentro, havia um certo exagero no nome. Corretores de imóveis anunciavam casas charmosas para uma família, fundos de investimento ofereciam empréstimos baratos. Catherine soubera da hipoteca não paga pela carta que eu escrevera a meu pai, mas isso não me impediu de tocar no assunto de novo nas longas horas passadas tremendo de frio nos balanços do parque. Se eu tentasse falar de banalidades, Catherine sempre responderia com monossílabos, por isso tentei usar a iminente perda de nossa casa como meio de forçá-la a conversar comigo.

— Acho que está perto de o banco tomar nossa casa — anunciei.

Obviamente, não esperava que ela jogasse os braços ao meu pescoço, mas era o que eu tinha para iniciar uma conversa. Ela me olhou e afastou o olhar de novo.

– Bem, nós teríamos que vendê-la de qualquer maneira quando nos divorciássemos – comentou, como se fosse algo com o qual eu já tivesse concordado.

Era a primeira vez que ela mencionava divórcio, mas, alto lá, pelo menos estávamos conversando, então tentei ver o lado positivo da coisa.

– Seja como for, eu jamais poderia voltar para lá – continuou. – Fui muito infeliz sozinha naquela casa.

Aquela tinha sido uma estocada absolutamente calculada. Embora ela não quisesse mais estar comigo agora, eu a fizera infeliz por não estar com ela naquela época. Consolei-me com o fato de ela não parecer mortificada pela perda da casa. Não saí dali achando que minha realização de perder a casa da família diminuíra nossas chances de voltar a viver juntos. Entretanto, provavelmente era assim porque nossas chances já eram mais ou menos nulas.

Enquanto andava sem rumo, ocorreu-me que o fato de eu não ter um lugar para dormir me dava a desculpa perfeita para me apresentar a Catherine como alguém digno de pena. Imaginei como ela reagiria. Se alguma vez ela houvesse dito que, se um dia eu virasse um sem-teto, poderia sempre procurá-la e ficar com ela, certamente me lembraria. "Só tenho uma cama de solteiro, benzinho, mas isso só vai fazer com que fique ainda mais gostoso quando você se enroscar comigo." Não, não lembrava de nada do gênero.

Meu pai também não era uma opção. Fora o fato de ele viver em Bournemouth, um verniz de orgulho masculino em ambos os lados fez com que não nos falássemos mais desde o dia em que ele foi embora de minha cozinha. De qualquer maneira, se eu aparecesse a sua porta para lhe dizer que havia entregue minhas chaves ao banco, sua maior apreensão seria com a identificação correta do chaveiro. Havia a opção do apartamento de Balham. Mas todo tipo de coisa acontecera desde que eu tinha me mudado.

Monica terminou com o Jim, que então esperou um decente intervalo de algumas horas para convidar para sair a melhor amiga dela, Kate. Dentro de poucas semanas, ele baixara acampamento para se mudar para o apartamento de Kate em Holland Park, que tinha toda a estrutura necessária para Jim continuar seu Ph.D., embora o canal Sky Sports 2 não tivesse uma imagem muito nítida. Paul finalmente assumira que era homossexual e mudou-se para Brighton a fim de viver com seu namorado, leão-de-chácara de uma boate que trabalhava também no recrutamento do Exército. Simon então tinha arrumado três garotas para ficarem nos nossos lugares na casa, mas quando ele mostrou para elas seus sites na internet, as meninas mudaram todas as trancas do apartamento e puseram suas coisas porta fora.

No espaço de dois meses, nós quatro tínhamos deixado o apartamento. Simon é que me contara tudo, quando ligou para meu celular algumas semanas antes. Ainda estava magoado por ter sido expulso de lá e sugeriu que devia haver uma outra razão para as meninas não gostarem dele. Confessou que uma vez se servira da manteiga de amendoim delas, e provavelmente esta era a verdadeira explicação de todo o episódio.

Portanto, minha velha garçonnière também não era uma opção. Realmente, não conseguia me lembrar de nenhum lugar para onde eu pudesse ir. Pensei em todos os amigos da época em que eu tinha vinte anos, mas perdera contato com eles. No dia em que nasce seu primeiro filho, você pode ir logo cortando do caderninho de telefone todos os amigos que não tenham filhos também. Mais tarde, vai lhe poupar muito constrangimento e inúteis cartões de Natal. É claro que Catherine e eu tivéramos um amplo círculo social, mas tratava-se muito mais de amigas dela com maridos acoplados do que qualquer outra coisa. Desde que me casei, perdi contato com todos os meus companheiros de universidade. Certamente, não punha a culpa em Catherine por isso, ela nunca me desestimulou de ver meus velhos amigos anteriores à nossa relação. O que aconteceu foi que relaxei e preguiçosamente deixei que Catherine organizasse nossa agenda social, e é natural que nunca lhe tenha ocorrido que deveria fazer força para cultivar os meus velhos amigos. Não havia um único casal com quem eu pudesse me sentir à vontade para telefonar agora. Já antes eles me faziam sentir muito inadequado, com seus grandes copos de vinho e seus pães italianos e suas vastas seletas de azeite de oliva no aparador da cozinha.

E assim, ao fim de um dia passado andando sem rumo pela cidade, eu me vi telefonando para Hugo Harrison para lhe perguntar se poderia talvez passar uma ou duas noites em seu apartamento até conseguir arrumar alguma coisa para mim. Não curtia a idéia de ter de explicar a um colega de trabalho – na verdade, meu principal empregador – que eu me pusera numa precária situação financeira, mas, felizmente, Hugo era insensível demais para se interessar por qualquer assunto que não envolvesse as façanhas de Hugo Harrison e, portanto, nunca se deu ao trabalho de perguntar. Ele estava encantado com o fato de poder me convidar a ficar em seu apartamento de maneira a ter com quem conversar um pouco.

Seu endereço londrino era uma magnífica cobertura em um complexo de edifícios altos perto de Albert Bridge, com vista para toda a Londres, permitindo assim que Hugo olhasse o resto do mundo de cima para baixo. Em outra época, esse mesmo complexo tinha sido um conjunto habitacional da municipalidade, mas o município conseguira botar para fora os moradores com base no fato de eles votarem sistematicamente no Partido Trabalhista. Agora a área estava toda fortificada, com portões elétricos e câmeras de segurança que imediatamente denunciavam qualquer pessoa fazendo algo suspeito, como, por exemplo, passar o fim de semana em Londres. A mulher de Hugo vivia no campo com seus cavalos, seus filhos estudavam em internato, e Hugo passava suas noites da semana sozinho nesse opulento apartamento. Como estilo de vida, não era tão diferente do que eu tentara fazer, mas por alguma razão essa versão parecia ter uma certa legitimidade social. Mas Hugo era chique. Às vezes, até se aproximava demais das pessoas com quem estava falando, mas, no que dizia respeito a sua família, em geral gostava dela o mais longe possível.

Embora o meu caso se tratasse de pura caridade, tive de pagar por ela ouvindo Hugo a noite inteira. E, quanto mais me contava suas histórias, mais eu entendia por que ele tinha esse apartamento. Já tinha conhecido chatos do golfe e chatos do bridge, mas pela primeira vez eu era forçado a ouvir um chato do sexo. Ele me contou suas façanhas sexuais achando que eu partilharia sua atitude de que se tratava tudo de saudável comportamento masculino. O fato de minha mulher ter me abandonado tornava-me um mártir da causa, uma vítima heróica da guerra dos sexos. Encheu-me de bebida e, enquanto a escuridão caía sobre a cidade cintilante lá embaixo, tentou me alegrar contando que filho-da-puta ele consistentemente vinha sendo para sua cara-metade. Fiquei curioso para saber o que realmente achava da mulher e sondei-o um pouco mais sobre seu casamento.

— Ah, ela é ótima mãe e aquela coisa toda — concedeu. — Fica o tempo todo mandando coisas para as crianças na escola interna. Mas é gorda. Um grande erro.

— Ela ser gorda?

— Não, não, ela não consegue emagrecer — ele generosamente reconheceu. — Um grande erro da minha parte. Sabe, no começo fiquei a fim dela por causa daquelas bolas enormes — e, para o caso de sua escolha de vocábulos não ser bastante clara, fez a mímica do que eram bolas enormes e em que parte do corpo humano você deveria encontrá-las.

– Mas a gente não deve se casar com mulheres de bolas enormes, Michael. Quando meu filho mais velho começou a sair com garotas, só lhe dei um conselho. Disse a ele: "Lembre-se sempre, meu filho. Peito grande aos vinte, mulher gorda aos quarenta".

– Que lindo – gracejei sem querer. – Tenho certeza de que ele vai lhe agradecer por isso mais tarde na vida.

Encheu meu copo e falou sobre a gordura da mulher como se tratasse de uma trágica invalidez que tornava impossível qualquer tipo de relação sexual com ela, assim justificando que ele caísse na gandaia sempre que tivesse vontade. E, a julgar por suas histórias, isso era bastante freqüente. Por exemplo, estava genuinamente orgulhoso de si mesmo por ter seduzido uma atriz que queria muito ser chamada para atuar em um comercial lucrativo e de alta projeção cujo elenco ele estava selecionando. Que sucesso incrível, Hugo. Que espertinho! Contou em minúcias que a mulher tinha subido para Londres e que ele deveria encontrá-la com ingressos para a ópera. Em vez disso, deixou-a esperando do lado de fora do Coliseum enquanto levava a esperançosa jovem para trepar em um quarto de hotel. E foi piorando...

– Eu sabia que a patroa ia tentar me telefonar, então pus o celular no vibrador e estava no meio da foda com aquela atriz tesuda, não lembro o nome dela, quando o aparelhinho começou a pular na mesa-de-cabeceira. Olhei o número na tela e, é claro, só podia ser Miranda.

– Deus meu. Você brochou?

– O quê? Não. Tive uma idéia superperversa. A atriz estava meio bêbada, um pouco histérica, você sabe, então peguei o telefone vibrando e pus na xoxota dela.

– Você fez o quê?

– Isso mesmo. – Ela achou um escândalo, mas depois também curtiu. Você pode imaginar um negócio desses? Minha mulher tentando me ligar para descobrir em que porra eu me metera, e tudo que ela ouve é o sinal do telefone. Completamente sem saber que, quanto mais insistia, mais perto ela levava minha amante ao orgasmo.

– Isso é obsceno, Hugo.

– Claro que é! Minha mulher deu um orgasmo à minha amante – e ele deu uma gargalhada que era quase um zurro.

– Outro copo de vinho, Michael?

Quando voltou da cozinha, eu lhe perguntei se a garota atuou bem no comercial. Ele me olhou como se eu fosse um louco:

– Por Deus, é claro que não a selecionei.

Ele continuou a me contar mais detalhes sobre as trepadas que dera com dúzias de mulheres sem nome, mas, quanto mais amantes listava, mais sozinho me parecia. De minha parte, cada uma daquelas histórias poderia ser inventada; ele estava apenas me usando como uma caixa de ressonância para suas fantasias privadas. A única prova definitiva que eu tinha de seu incrível poder de sedução era sua visita a uma prostituta deprimente do Soho. Estranhamente, aquela conquista em particular não foi relatada. Comecei a me sentir cada vez mais constrangido sentado ali ouvindo Hugo. Ele estava me puxando, querendo que eu o aprovasse. Como ele, eu enganara minha esposa, e Hugo fazia com que eu achasse que aquilo me dava direito a um título de sócio proprietário de seu clube de homens que odeiam mulheres. Eu estava decidido a não ser como ele. Eu não era um puritano, nem era contra o sexo, mas Hugo falava com tal desprezo das mulheres que seduzira que deixava um gosto ruim em minha boca, como deve ter deixado nas bocas daquelas moças.

— Você só vive uma vez, Michael — ele disse. — E não consigo imaginar nada mais chato do que foder Miranda uma vez por semana pelo resto da vida.

Finalmente, pôs um copo de vinho para mim e perguntou se eu havia pensado um pouco mais sobre o projeto dos *Clássicos dos comerciais*, e de repente percebi uma coisa com toda a clareza que era possível.

— É… no final das contas eu decidi não fazer.

— Por que diabos não fazer?

Tentei explicar a ele. Hugo havia dito que queria um álbum de música clássica sem as partes chatas, então afirmei que é preciso ter as partes chatas, porque o que ele chamava de partes chatas são o que fazem as partes memoráveis, memoráveis. "A vida tem partes chatas", declarei, um pouco alto demais. Tentei fazê-lo compreender que o grand finale vocal da Nona Sinfonia de Beethoven é emocionante, poderoso e maravilhoso graças a tudo que ouvimos durante a hora anterior, graças a nossa entrega e compromisso com a sinfonia inteira. Os violoncelos e os baixos conduzem-nos pelos movimentos anteriores, rejeitam cada um a sua vez e então, experimentalmente, desenvolvem o tema da "Ode à alegria" que, antes, fora expresso pelas flautas doces. É por isso que, quando finalmente explode, o clímax coral é um dos maiores momentos da história da música.

A reação de Hugo foi a seguinte: "OK, nós podemos perder a Nona de Beethoven; mas não abro mão daquele pedacinho de Mozart que tocou no comercial de iogurte." E de novo tive de explicar que não podemos ter pedacinhos isolados. A arte não é assim, e a vida não é assim. Eu havia compreendido isso naquele momento.

Ele ficou confuso com os meus princípios bizarros e logo engrenamos a conversa de volta às várias maneiras pelas quais Hugo traía a mulher. Nesse ponto, eu me levantei e anunciei: "Na verdade, Hugo, vou embora agora. Tenho mais umas duas pessoas que quero ver e talvez passe a noite com elas." E, antes que me desse conta, já estava me olhando no espelho do elevador, me perguntando como eu trocara uma cama quente numa cobertura de luxo por nem sei o quê.

— Boa noite, cavalheiro – disse o porteiro uniformizado que abriu a porta para mim.

Uma portaria um tanto grandiosa para um sem-teto atravessar até chegar às ruas escuras de Londres.

Vi um pub irlandês falsificado e fui em sua direção. Sentei num canto e devagar mas metodicamente me embriaguei ainda mais. Havia uma certa pretensão nesse comportamento irresponsável; até comprei uma garrafinha de uísque mais tarde, e jamais gostei de uísque. Catherine sempre me acusara de ter um lado autodestrutivo, mas sentado naquele pub sem ter para onde ir, excomungado da minha família e sem amigo, achei que tinha direito a ter um pouco de pena de mim mesmo. E aí, só para acentuar minha humilhação, tocou uma música que reconheci de anos atrás.

– Que música é essa que está tocando? – perguntei à atendente do bar enquanto ela contava minha coleção de copos vazios.

– The Truth Test – ela disse com um agudo sotaque australiano, que não combinava nada com o emblema plastificado da Irlanda na parede de fundo.

– O Truth Test! Ah não pode ser o Truth Test. Eles estão famosos agora?

– Você está me gozando? Esta música está em primeiro lugar nas paradas.

– O Truth Test! Mas eles eram um lixo! Costumavam abrir para a gente em Godalming. Uma vez tive que emprestar para eles meu pedal de distorção.

Ela deu uma risadinha, pensou em me perguntar o que era um pedal de distorção, mas deixou para lá. Alguém pôs a mesma faixa para tocar novamente, e achei que aquilo era um sinal para eu me mandar. Embora minha carteira por essa hora já estivesse vazia de notas, eu havia achado o pedacinho de papel onde escrevera o novo endereço de Simon em Clapham, coloquei-o no bolso e comecei a andar em direção ao sul. Eram apenas uns três quilômetros para os sóbrios, mas pelo menos uns quatro para os bêbados, e quando finalmente cheguei lá, eu tinha perdido meu pedacinho de papel. Fiquei ali na escuridão de Clapham Common apalpando os mesmos bolsos uma dúzia de vezes. Duas vezes verifiquei se não tinha caído na bainha virada da minha calça e nas duas vezes constatei que não estava usando calça de bainha virada. O que deveria eu fazer? Faróis distantes rodeavam o parque, a maior ilha de tráfego em Londres. Sentei num banco. Estava bêbado, estava cansado. Finalmente, admiti o que havia acontecido e girei meu corpo para me deitar no banco. Um alarme tocou na distância. Pus minha mochila sob a cabeça, me embrulhei em meu casaco bem apertadinho e tentei dormir. No meu estado etílico, efetivamente me permiti um sorrisinho impertinente pela minha situação. A última correspondência que eu abrira em casa tinha sido uma revista da minha velha universidade, e como sempre eu tinha ido direto para a seção "Onde eles estão agora". Eu deveria ter acrescentado: "Aqui estou, completamente bêbado, dormindo em um banco em Clapham Common".

Apesar do vento e da gargalhada dos patos selvagens, ocasional e debochada, no lago, adormeci bastante rapidamente. Sempre caí no sono com facilidade quando bebia muito; por isso é que fui demitido de um emprego de verão levando aposentados para a beira-mar. Mas no meio da noite a bebida e a garoa começaram a se fazer sentir, e acabei me vendo molhado e desidratado ao mesmo tempo. Como sempre quando você acorda em um lugar estranho, há um meio segundo enquanto você tenta se lembrar onde está. Não parecia ser minha cama lá em casa. Não parecia ser a luxuosa cama de baldaquino que eu desdenhara no apartamento do Hugo. Quando compreendi que as tremedeiras e as dores que estava sentindo deviam-se ao fato de ter adormecido em um banco de praça fiquei tão avassaladoramente deprimido que quase tive vontade de me jogar embaixo do primeiro veículo que passasse, mas isso se revelou ser um carrinho de leite, que no máximo teria machucado minha perna, e eu não queria mais um fracasso para acrescentar a minha lista.

Então, na deprimida introspecção das primeiras horas, minha mente chafurdou na perigosa areia movediça da autopiedade. Tudo que eu queria na verdade, tudo que eu quisera a vida inteira, era o amor e o respeito de Catherine. Simplesmente ter a certeza absoluta de que a mulher que eu amava me amava também. No meu universo auto-referente, eu a via somente como um planeta circulando ao meu redor. Esse equívoco era sustentável até a chegada das crianças, mas aí a física de repente explodiu. Eu não conseguia aceitar isso; ainda tentei forçar minha volta para o centro de sua vida. Se eu não era a razão para ela estar aborrecida no café-da-manhã, daria um jeito para ser a razão de seu aborrecimento na hora do almoço. Eu seqüestraria sua irritação, faria com que tivesse a ver comigo. Talvez fosse essa a maneira como pensavam todos os homens. Talvez no dia seguinte à queda de Margaret Thatcher como primeira-ministra, Denis Thatcher tenha ficado todo sensível e na defensiva dizendo: "Não sei por que você está nesse mau humor comigo".

Fiquei ali deitado, frio e vazio, vendo os carros passarem a toda. Ficaram mais freqüentes à medida que Londres despertava; e os motoristas pareceram estar cada vez mais apressados. Sob o brilho frágil das luzes da rua, percebi uma forma atada à grade da calçada oposta. Poucos metros além do esqueleto de uma bicicleta, distingui um buquê de cravos murchos, um pequeno buquê de flores baratas, agora marrons e sem vida. Só há uma razão para pessoas amarrarem flores às grades: para marcar o lugar onde alguém foi morto. Outro carro cruzou a paisagem, alheio à significação do lugar, voando rua abaixo como deve ter feito o carro fatal que precipitou esse memorial patético e murcho. No verão, caminhões de sorvete estacionam aqui. Fiquei me perguntando se alguma criança teria atravessado para comprar um sorvete sem parar para olhar, como aquela vez em que Millie tinha visto uma pluma no meio da rua e corrido em sua direção, e eu tinha gritado tão alto que ela começou a chorar. Ela nunca tinha me visto tão zangado, mas a verdade é que eu estava furioso comigo por ter deixado Millie se soltar da minha mão e ficava imaginando o que poderia ter acontecido.

Então minha mente desgovernada começou a galopar por uma trilha terrível demais para ser explorada. E se Millie fosse atropelada? E se viesse a existir uma grade onde eu devesse ir para amarrar cravos baratos? *Não pense nisso, Michael. Tire isso de sua cabeça.* Mas eu não conseguia, e deliberadamente comecei a fantasiar a morte de Millie, imaginando a cena minuto a minuto, vendo-a desenrolar-se, construindo em minha cabeça um roteiro fatal mas friamente plausível.

Estou no jardim regando os canteiros da janela e deixei a porta ligeiramente aberta porque não pus no bolso as chaves da porta da frente. Tenho consciência mais ou menos da gata passando pelo buraco da porta. Não vejo Millie atrás da gata. Agora a gata está na calçada e Millie segura seu rabo. A gata não gosta da brincadeira e atravessa a rua, com Millie atrás dela, correndo pelos carros estacionados. Uma grande van branca de trabalho com um número do *Sun* no pára-lamas. Um motorista que ouve a Capital Gold, a *Bohemian Rhapsody*, o solo de guitarra sempre o faz guiar mais velozmente, e de repente uma batida e uma freada e um estouro alto enquanto o pneu passa por cima de Millie, e depois os pneus traseiros, e tudo acontece tão rápido, e ao mesmo tempo em câmara lenta, e lá está ela na rua atrás da van; completamente imóvel, apenas um corpo, um corpinho quebrado, inútil; e eu calcei aqueles sapatos naquela manhã e escolhemos juntos o vestido, e agora o motorista está em pé na beira da rua usando todos os palavrões que conhece para dizer que a culpa não foi dele, e ele está pálido e tremendo, e uma BMW vem da outra direção tocando a buzina porque o raio da van está bloqueando o caminho, e o trabalhador vomita no asfalto e o rádio ainda está tocando, e ouve-se uma frase sobre nada ter importância, e toca uma campainha e acabou e é isso – a vida de Millie durou somente três anos.

Um outro par de faróis brilha sobre as flores secas da grade e eu desperto. Minha antifantasia é tão vívida que quero ver Millie agora, pegá-la e apertá-la e não deixá-la sair, mas não posso. Não porque a perdi para uma van branca, mas porque a perdi para um outro acidente mais sutil: o fim de um casamento. É claro que não é a mesma coisa, e ela ficará bem, e Catherine vai criá-la com dedicação; mas ela não me amará como eu a amo; não vai ligar para mim. E, embora seja um milhão de vezes preferível a seu atropelamento por uma van de trabalho imunda, eu a perdi; não vamos morar juntos; ela não vai me conhecer. Houve um acidente terrível e eu a perdi.

Como sucedeu isso? Como essa seqüência de acontecimentos se desenrolou? O dia em que enganei Catherine pela primeira vez, quando desliguei o celular ao identificar o número de casa na tela – isso foi a gata passando pelo buraco da porta. Então houve a época em que Catherine me perguntava se eu vinha trabalhando sempre pela madrugada adentro, e em vez de dizer que eu trabalhava até as 10:00 e ficava cansado demais para voltar para casa e ser acordado pelas crianças a noite inteira, simplesmente olhei para o chão e assenti, e, não a pondo a par, menti por omissão – isso foi como não me preocupar de ver onde estava Millie, achando que ela não corria perigo. Então passei a mentir cada vez com mais cara-de-pau e mentia para mim mesmo dizendo que Catherine era feliz, e deliberadamente comecei a fugir dela e do bebê – como a gata escapando de Millie, que tentava segurar seu rabo. E a gata foi para a rua e Millie não conseguiu apanhá-la, e de repente, bum, minhas duas vidas colidiram, e Catherine chora e chora e chora, e tudo acabou e não tem conserto. Eu os perdi, como meu pai me perdeu. Aquele foi um outro tipo de acidente, pensei. O caso amoroso. Meu pai me ensinara a atravessar a rua, porque não queria me perder; ele me explicara que eu não devia sair da calçada atrás de uma bola, porque não queria me perder; mas não viu o perigo em que estava me colocando quando foi tomar uns drinques com aquela garota que encontrou no trabalho. Apenas não pensou; como a criança correndo atrás do gato ou da bola, estava excitado e foi atrás da moça bonita e então, bum, perdeu o filho, seu casamento acabou e foi tudo um terrível acidente.

A hora mais escura antes da madrugada foi iluminada pelo farol azul piscando de um carro de polícia a toda, embora não houvesse sirene para furar o silêncio daquela noite de inverno. Por que eles não vinham a toda para socorrer acidentes matrimoniais? Por que o carro de polícia não voou atrás do meu pai quando ele foi embora do lar, por que os policiais não disseram: "Isso é muito perigoso, doutor, a criança pode se machucar." Será que vai tudo se repetir?

No meu último encontro nos balanços com Catherine, implorei-lhe mais uma vez dizendo que eu entregara o apartamento quando ela me deixou, e acho que vi um segundo de hesitação, quando ela ficou muito tentada a acreditar em mim. Contei-lhe que ficara furioso com meu pai por mostrar a carta para a namorada dele.

– Por que ele tinha que fazer isso? – perguntei. – Por que mostrar a Jocelyn uma carta tão pessoal e privada que eu escrevera para ele?

– Porque ele estava orgulhoso – respondeu ela calmamente.

Em um instante, tanta coisa ficou tão clara. Ficou tão óbvio quando Catherine o disse. Meu pai mostrara minha longa confissão a sua namorada porque estava orgulhoso de ter recebido uma carta minha. Nunca antes eu lhe enviara um cartão-postal; raramente, telefonava ou ia vê-lo em Bournemouth. Não importava o que eu dissera na carta; se tivesse escrito para lhe contar que estava roubando velhinhos aposentados para financiar o meu vício de crack, do mesmo jeito ele sairia anunciando que recebera uma carta de seu filho.

Era culpa minha que meu pai tivesse mostrado aquela carta a sua namorada. Era culpa minha que Catherine a tivesse recebido. Eu não me fizera presente nem para a geração mais velha nem para a mais nova. De maneira que minha carta acabara sendo importante não pelo que revelara a meu pai ou a Catherine, mas pelo que me revelara. O quanto Catherine se sentira incrivelmente traída ao saber da verdade sobre meu estilo de vida e a necessidade esmagadora que meu pai tinha de atenção.

A madrugada estava rompendo no parque e, de repente, achei que tive uma iluminação. Compreendi como tudo funcionava; o quebra-cabeça resolveu-se em minha mente. Basta você ficar junto das pessoas que ama. Não querer mudá-las, não ficar aborrecido porque elas não se comportam à sua maneira, agüentar o tédio, os chiliques ou a repetição e apenas passar tempo com as pessoas amadas. Nos termos delas, ouvindo-as contar sobre carros que amigos compraram na Bélgica, ou o que aconteceu na creche, ou o que for. Basta ter paciência e estar presente. Pais idosos ou filho pequeno, é tudo a mesma coisa. Apenas fique junto e todo mundo será feliz, até você, no final das contas.

Queria ver Catherine para partilhar com ela essa revelação, contar-lhe que agora eu sabia o que tinha que fazer para tudo ficar legal outra vez. Queria me unir a ela, me entediar junto dela. À meia-luz, lutei para me levantar, mas estava enjoado e tonto. Ressacas em geral me faziam querer ar fresco, mas naquela ocasião não era esse o problema. Fechei os olhos e pressionei os dedos contra as têmporas, tentando um suave movimento de massagem circular, como se isso pudesse ter alguma remota chance de contrabalançar os efeitos de uma garrafa de vinho, várias canecas de cerveja forte e uma garrafinha de uísque.

– Você está meio avacalhado, cara.

Se minha aparência era tão avacalhada quanto eu me sentia, deveria ficar surpreso de alguém chegar a menos de um metro de mim. Sentado a meu lado no banco da praça havia um vagabundo. Um tradicional vagabundo fedorento, com uma lata grande de cerveja na mão e um machucado gigantesco no queixo. A única coisa que não era tradicional a seu respeito é que ele era galês. Bêbados escoceses, claro, já vi muitos. Bêbados irlandeses, também, eles se apossaram da estação de metrô de Camden. Mas um sem-teto alcoólatra galês, aquilo era totalmente novo para mim. É estranho como os escoceses e os irlandeses parecem estar por toda parte – em filmes, na música, em festivais de dança celta, até desprezados do lado de fora das estações de metrô. Aqui, enfim, um galês se esforçando para reduzir esse desequilíbrio.

– É, estou me sentindo meio avacalhado, sim. Acho que eu estava precisando descansar um pouco.

– Então você se deitou e passou a noite aí. Esse banco é meu, sabia, mas seu sono estava tão pesado que deixei para você esta noite. Está a fim? – e ele me ofereceu um gole da sua lata de cerveja, que ainda tinha uma bola de cuspe pendurada na borda.

– Não, obrigado, nunca bebo cerveja quente e cuspe de malandro antes do café-da-manhã.

Só pensei isso; não tive coragem de dizer. Era simpático da parte dele oferecer para dividir comigo o pouco que tinha, embora se tratasse do presente menos atraente que eu já recebera em minha vida. Fiquei preocupado por esse vagabundo estar falando de maneira tão amigável comigo, tratando-me como um igual.

– Nunca tinha visto você dormindo por aqui – disse ele.

– É claro que não. Não sou um sem-teto.

– Ah, desculpe, vossa majestade – e fez uma mesura de bêbado exageradamente servil de sua posição a meu lado no banco. – Então onde você mora?

– Bem, agora não estou morando em lugar nenhum – resmunguei –, mas até pouco tempo atrás, eu tinha duas casas

– acrescentei com esperança de dar credibilidade à minha afirmação como um cidadão que paga seus impostos à sociedade.

– Então você tinha duas casas e agora não tem nenhuma – ele disse, tomando um último gole de sua lata e jogando-a no chão. – Parece justo.

Ele tinha razão, havia uma simetria na maneira como as coisas se desenrolaram: o homem que tentara ter tudo, acabou com nada. Mas eu estava agoniado com o jeito como o vagabundo tentava me pôr no nível dele. Eu não era um vagabundo! Tudo bem, eu não tinha onde morar e não tinha dinheiro e tinha passado a última noite em um banco do parque, mas por mais bêbado de cerveja que eu ficasse, jamais jogaria uma lata no chão daquele jeito.

– Tenho mulher e dois filhos, e um terceiro a caminho – contei-lhe com orgulho.

Ele me olhou de cima a baixo. Olhou para meu rosto enrugado e com a barba por fazer, meu cabelo grudento, minhas roupas sujas e amassadas, e meu patético embrulho de pertences atochados numa mochila esfarrapada.

– Que mulher de sorte. Quer dizer, você me parece um partidão para qualquer moça.

– É... bem... tivemos uma bela briga, mas vou telefonar para ela. Vou ligar para ela daquele telefone ali.

– Vá, então.

– Vou voltar com ela porque não sou um vagabundo qualquer.

– É o que você está dizendo.

306

– Porque não sou um mendigo desabrigado.

– Claro. Vá telefonar para sua mulher.

– Eu quero, só que... Você poderia me emprestar um trocado?

Com vinte centavos surrupiados de um vagabundo galês, telefonei para a casa dos pais de Catherine preparando-me para uma acolhida de fria desaprovação. Mas meu coração pulou quando Millie resolveu atender ao telefone.

– Alô, Millie, é papai. Como vai você?

– Tudo bem.

– Você já tomou seu café-da-manhã?

Silêncio do outro lado do telefone, do que deduzi que ela estava assentindo.

– Você tem sido boazinha com vovô e vovó?

Mais silêncio; ela poderia estar assentindo, poderia estar meneando a cabeça em sinal negativo, era difícil dizer. Eu tinha que parar de fazer perguntas que não requeressem que ela falasse.

– Você gosta do meu chapéu? – ela me perguntou.

– É um chapéu lindo. É da vovó?

– Não – respondeu como se eu fosse um estúpido completo. – A vovó não é um pirata!

O telefone estava comendo minhas moedas e, por mais legal que fosse conversar com Millie, uma discussão acerca da condição de pirata da vovó não me levaria longe no meu projeto de reconstruir nossas vidas.

– Mamãe está aí, querida?

Silêncio.

– Millie, daqui, não sei dizer se você está fazendo que sim ou que não. Dá para chamar a mamãe?

Ouvi a voz de Catherine falando com Millie, dizendo a ela para passar o telefone.

– Alô?

– Oi, sou eu. Olhe, temos que conversar, porque eu sei que você deve estar me odiando e compreendo que, do seu ponto de vista, não posso parecer o cara mais maravilhoso do mundo, mas também não sou o pior de todos, você sabe disso. E o que importa é que eu te amo e, Deus meu, tantos homens já dormiram com outras mulheres e foram perdoados, mas nunca fiz isso. Pelo amor de Deus, até quando me masturbo, sempre tento pensar em você.

– Não é Catherine, Michael. É Sheila – disse a voz gelada da mãe dela. – Por favor, não use o nome do Senhor em vão desse jeito.

– Ah, sim, desculpe, Sheila. Deus meu, sua voz é igualzinha à dela no telefone.

– Por favor, não use o nome de Deus em vão.

– Ah, claro. Merda, desculpe. Posso falar com Catherine, por favor?

– Não, não pode.

– O quê? Não, você não vai deixar, ou não, ela não está?

– Não, ela não está.

Sheila, certamente, não tentaria colaborar.

– Você sabe onde ela está?

– Sei.

– Você pode me dizer, por favor?

– Não sei se deveria.

– Olhe, pelo amor de... Zeus, Sheila. Ela ainda é minha esposa. Ela está grávida de nove meses de nosso terceiro filho. Acho que tenho o direito de saber onde ela está.

Sheila fez uma pausa. E aí ela me disse onde Catherine estava. E aí gritei alguma coisa e larguei correndo o telefone público, deixando o fone balançando para um lado e para outro, e a pessoa esperando a vez para falar depois de mim ainda ouviu Sheila pedindo para que eu não usasse em vão o nome de Nosso Senhor Jesus Cristo.

Subi correndo Clapham Hight Street passando por Stockwell e por todas as estações de metrô que faziam parte do meu trajeto entre casamento e meninice, mas agora eu não tinha uma libra sequer para pegar um trem e corri e corri e corri, e meu corpo doía, e eu estava me sentindo muito mal, mas continuava correndo porque tinha que alcançar Catherine. Eu tinha que estar a seu lado naquele momento, porque Catherine estava em trabalho de parto. Nosso terceiro filho estava nascendo.

capítulo onze

o que realmente tem importância

Um carro buzinou e desviou enquanto eu corria pelo tráfego atravessando Clapham Road. Eu já tinha corrido três quilômetros e estava perto de ter um colapso quando vi a luz laranja de um táxi se aproximando e comecei a acenar como um maluco.

– Oi – disse, ofegante, debruçado na lateral do carro. – Olhe, não tenho dinheiro, mas minha mulher está em trabalho de parto no São Tomás, e, se você me levar até lá, eu lhe mando um cheque no dobro do valor da corrida.

– Pode subir. Eu já tenho dois filhotes lá em casa. Levo você numa e volto em outra, sem taxímetro. Essa corrida é meu presente para o neném.

Isso era o que eu esperava que ele dissesse. Já tinha visto essa cena no cinema – homem desesperado com mulher em trabalho de parto encontra policial ou motorista de táxi que desobedecem à lei para ajudar. Mas aquele motorista não tinha visto os mesmos filmes que eu.

– Vá à merda – fungou e deu a partida, quase levando meu braço.

Retomei minha maratona pelo sul de Londres, de vez em quando trocando minha mochila de um ombro para outro, até finalmente jogá-la no lixo. Quando estava chegando ao rio, só conseguia dar corridinhas intermitentes, entre longos trechos de caminhada rápida e ansiosa. Nunca se consegue de fato avaliar a distância entre um ponto e outro até você precisar correr desesperadamente para chegar àquele lugar, com uma ressaca brava, a fim de assistir ao nascimento de seu filho. Trechos da rua que em minha cabeça eram muito curtos agora pareciam não acabar, como se eu estivesse na contramão da esteira rolante do aeroporto de Gatwick. O esforço aumentava minha náusea. Eu estava tonto e passando mal e podia sentir meu suor escorrendo pelas costas e molhando meu casaco.

O Tâmisa se estendia à minha esquerda com o parlamento assomando por trás da névoa, na outra margem do rio. Enquanto eu corria exaustivamente ao longo do dique, uma explosão de ciclistas veio para cima de mim e por um momento pensei que a única opção segura era subir numa árvore. Finalmente, cheguei à entrada do Hospital São Tomás e, respirando fundo para recuperar o fôlego, aproximei-me da recepção.

– Oi, vim ver Catherine Adams, que está dando à luz neste exato momento. Pode me dizer em que andar ela está, por favor?

A recepcionista não parecia partilhar comigo esse sentimento de urgência. Ainda ofegante, expliquei-lhe que eu era o marido, que não tinha vindo com Catherine porque não estava presente no momento em que ela entrou em trabalho de parto, mas que eu tinha que subir lá imediatamente e que, claro, eles só podiam me querer a seu lado tão logo fosse possível. E aí eu vomitei na lata de lixo.

Obviamente, a recepcionista via gente passando mal o tempo todo, porque ela nem se abalou com isso. Enquanto eu descansava a cabeça em sua mesa e gemia "ah, meu Deus" bem baixinho, ela ligou para a maternidade a fim de confirmar minha versão dos acontecimentos.

– É, ele está aqui na recepção – afirmou. – Acabou de vomitar na lata de lixo e agora eu acho que está quase desmaiando.

Uma conversa se seguiu, da qual eu só podia ouvir a metade. "Sim, eu entendo, entendo...", mas pelo tom da voz dela eu podia perceber que havia alguma complicação administrativa.

– O que é? Algum problema – perguntei, impacientemente.

– Eles querem saber por que o senhor está passando mal. O senhor está doente?

– Não, não estou doente, apenas vim correndo até aqui, só isso.

– Não, ele não está doente, mas está cheirando a álcool – acrescentou ela com grande espírito de colaboração, fazendo-me então um sinal negativo com a cabeça para sugerir que esse detalhe não tinha agido em meu favor.

Finalmente, informou-me que não podiam autorizar minha entrada na maternidade, que eles entendiam que Catherine e eu estávamos separados e que ela já estava com a irmã, Judith, para acompanhá-la no parto. Como se parir não doesse o suficiente.

– Está legal, tudo bem, eu entendo – disse com calma. – Eu ligo mais tarde, talvez.

Saí andando devagarinho, virei o corredor e peguei o elevador para a maternidade. Saltei no sétimo andar, e o obstáculo seguinte era uma grande porta de metal arranhado com uma campainha de segurança ao lado. Fiquei por ali um pouquinho fingindo estudar o pôster que explicava "como fazer o auto-exame das mamas", e uma enfermeira que estava passando me olhou de maneira esquisita. Afinal, o som do elevador anunciou a chegada de outro pai ansioso, que apareceu carregando um grande embrulho de sanduíches pré-preparados, que ele comprara na lojinha do térreo. Excelente, ele estava se dirigindo para a porta da maternidade.

– Ah, os famosos sanduíches – disse eu, achando que era uma boa fazer amizade com ele se a minha intenção era invadir aquele recôndito santuário.

– Eu não sabia que recheio era melhor para uma mãe em trabalho de parto e então peguei de vários tipos.

– Queijo e picles – anunciei com segurança enquanto tentava me colocar a seu lado.

– Oh – disse ele, arrasado. – Foi o único sabor que não peguei. Vou lá trocar.

– Não, não, de ovos com agrião é ainda melhor. Na verdade, muita gente acha que queijo com picles aumentam a probabilidade de uma cesárea.

– É mesmo? Legal, obrigado pela informação – e ele tocou a campainha, dizendo seu nome no interfone e entrando, como eu entrei também.

Adotei o ar resoluto de alguém que definitivamente sabia para onde ia, apesar de volta e meia ter de diminuir a velocidade para dar uma olhadinha para dentro dos quartos, tentando identificar alguém. O corredor sem janelas da maternidade tinha a atmosfera de uma prisão secreta em alguma remota ditadura fascista. Urros de agonia saíam de trás das várias portas enquanto homens e mulheres com olhares determinados andavam para lá e para cá carregando instrumentos metálicos de tortura. Vi uma porta e tive a impressão de que era o quarto onde Catherine estaria dando à luz.

– Desculpe, foi um engano – disse a uma mulher pelada entrando numa banheira para dar à luz.

Colei meu ouvido à sala de parto seguinte. Ouvi a voz firme de um homem: "Não, todo mundo sabe que queijo e picles aumentam as possibilidades de uma cesárea". No fim do corredor estava a mesa da enfermeira, e decidi que não queria mais aquela história. Passei confiante por ela em busca de uma pista, e na parede havia um grande quadro branco com os números dos quartos e, embaixo, os nomes das mães rabiscados. No quarto 8, alguém havia escrito Catherine Addams com um pilô azul. Adams com dois "ds", como se fosse a família Addams.

315

Mas naquele momento vi minha imagem no espelho e achei que o erro se revelou muito adequado. E segui para o quarto 8. Tentei alisar o cabelo, mas senti que ele subia de novo. Bati suavemente e entrei.

– Aaaaaaaaaaaaaaaaaaaaaiiiiiiiiiiiiiiiiiiiiiiiii!

– Oi, Catherine.

– Aaaaaaaaaaaaaaaaaaaaaiiiiiiiiiiiiiiiiiiiiiiiii! – ela gritou de novo.

Deduzi que estava tendo uma contração, a menos que se tratasse de uma reação natural à visão da minha humilde pessoa.

– Que diabos você está fazendo aqui?! – ela exclamou.

– Preciso conversar com você.

– Ah, legal, porque agorinha não tenho nada mesmo para fazer. Aaaaaaaaaaaaaaaaiiiiiiiiiiiiiiiiiiiiiiiii!

A única outra pessoa no quarto era Judith, com o ar desapontado do ator substituto que vê o protagonista voltar para reassumir o papel.

– Não deveria estar aqui uma parteira, ou um médico, ou alguma coisa do gênero? – perguntei.

– Ela está só com cinco centímetros de dilatação – respondeu Judith com ar magoado por não contar nem como "alguma coisa do gênero". – Eles têm entrado e saído a toda hora para ver como ela está. Eu trouxe os sanduíches dela e tudo o mais.

– Ela nunca come os sanduíches.

– Oh! – Judith parecia cada vez mais desapontada.

– Catherine, escute – eu disse. – Resolvi tudo. Sei muito bem o que eu estava fazendo de errado.

– Oh, parabéns, Michael!

Ela estava sentada na cama vestindo um robe do hospital, que não a favorecia em nada, e sua aparência era quase tão descabelada e ofegante quanto a minha.

– Eu achava que você estava puta comigo.

– Eu estou puta com você. Completa e incondicionalmente consternada e enojada por sua causa.

– Sim, claro, você está *agora* – admiti. – Mas, antes, quando você estava puta com a maternidade e o trabalho com os bebês, achei que você não me amava mais e acho que era por isso que eu vivia fugindo.

– Aaaaaaaaaaaaaaaaaaaaaaaaaaiiiiiiiiiiiiiiiiiiiii!

Judith aproveitou a oportunidade para se meter e dar umas pancadinhas irritantes na testa de Catherine com uma flanela ainda mais molhada do que ela já estava.

– Que cheiro é este?

– Óleos essenciais – respondeu ela com um jeito presunçoso. – Eles me ajudaram muito quando eu tive Barney.

– Será que são óleos essenciais mesmo, Judith? Não são óleos nada essenciais. Por milhares de anos, as mulheres têm dado à luz sem óleos essenciais. O nome certo deveria ser merda de óleos completamente supérfluos.

– Pare com isso, Michael – disse Catherine, ainda se recuperando da última contração. – Você mentiu para mim e me abandonou e acha que basta chegar aqui para ficar tudo bem de novo. Você está cansado de ficar sozinho e gostaria de uma nova temporada dando uma de papai até se entediar mais uma vez. Então vá à merda! – agora ela já estava gritando.

– Ah, será que você gostaria que eu massageasse seus pés? – perguntou Judith, meio constrangida.

– Não, Judith, não quero que você massageie meus pés, muito obrigada.

– Olhe, Catherine, tudo que você está dizendo é verdade. Mas foi você quem quis logo os filhos. Eu fingi que queria também, mas era só para fazê-la feliz. Tudo que eu fiz foi tentando fazê-la feliz.

– Ah, entendo, você vivia numa boa no seu apartamento para *me* fazer feliz, claro. E eu pensando que você era um punheteiro egoísta. Agora vejo que era eu que estava impondo o meu jeito de fazer as coisas. Bem, me perdoe por ser tão egoísta.

– Espere aí – eu disse de repente. – Que barulho é esse?

– Que barulho? – perguntou Catherine, irritada por ser interrompida no melhor do seu discurso.

Ouvi de novo. Um ruído estranho vindo de algum lugar dentro do quarto. Como se houvesse um velho drogado gemendo dentro do armário, só que com suas pilhas já no final.

– De novo. É horrível. O que é isso?

Judith pareceu magoadíssima:

– É minha gravação de música das baleias. Para Catherine relaxar.

– Aaaaaaaaaaaaaaaaaaaaaaaaaaaiiiiiiiiiiiiiiiiiiiiiiiii! – retomou Catherine.

– Está funcionando muito, não é? Uma gravação de música das baleias! Deus meu, que clichê de hippie que você é. Provavelmente, não são nem canções modernas de baleias. Devem ser clássicos das baleias dos anos 60.

– Gnnnnnnnnnnnnnnnnnnnnnnuuuuuuuuuuuuuuuu – retomou a baleia.

– Aaaaaaaaaaaaaaaaaaaaaaaaaaaaaiiiiiiiiiiiiiiiiiiiiiii! – mais uma vez, Catherine. – Para falar a verdade, Judith, você pode me fazer um favor? – acrescentou, se mexendo com desconforto.

– Sim? – perguntou Judith toda alegrinha.

– Você poderia desligar esse raio de gravação com música de baleia? Já estou me sentindo suficientemente baleia sem ela.

– Ah, tudo bem.

– E, por favor, pare de esfregar esse óleo fedorento nos meus pés antes que o cheiro me faça vomitar.

Catherine e eu discutimos para lá e para cá, ela com a clara desvantagem de estar em pleno trabalho de parto. Houve uma ou duas ocasiões em que pensei que tinha ganhado a discussão, porque ela não respondeu, mas na verdade era só porque uma imensa e dolorosa contração a estava tomando inteira. Enquanto gritávamos um com o outro, eu tinha somente uma vaga consciência de Judith folheando um manual de parto natural para ver se descobria que tipos de cristais ou ervas poderiam ser usados numa situação desse tipo. Catherine disse que eu só ligava para mim mesmo, e eu respondi "não, eu te amo, sua cabeça de merda". Chamou-me de filho-da-puta autocentrado, e eu disse que ela era uma mártir lamurienta. Eu tinha desistido de rastejar, porque não estava adiantando nada, e passei para a ofensiva.

– Você me pôs para fora, então você me deve um pedido de desculpa.

– Eu *lhe* devo um pedido de desculpa? – ela perguntou, sem acreditar no que tinha ouvido.

– É – eu não sabia aonde isso estava levando, mas continuei cavucando nesse sentido.

– Eu lhe devo um pedido de desculpa? Você quer mesmo saber o que eu lhe devo?

– Quero.

Essa era a deixa para ela me dar um soco com toda a sua força no meio da minha cara. Caí como uma árvore derrubada, batendo com a parte de trás da cabeça em uns tubos de metal, que deveriam ter a função de reduzir as dores de Catherine, mas que me causaram muita dor. Catherine começou a gritar e a me surrar com a comadre de plástico, e eu me enrolei todo como uma bola no chão, e aí Catherine começou a ter mais uma contração, e Judith apertou o botão de emergência.

No parto dos meus primeiros dois filhos, de uma estranha maneira, eu me senti espiritualmente muito distante daquilo tudo. No parto do meu terceiro, fui fisicamente removido por dois grandalhões da segurança do hospital. Impotente, fiquei rondando do lado de fora por mais ou menos uma hora enquanto visitantes felizes entravam e saíam da maternidade carregando flores e bichos de pelúcia. Houve um raio de esperança que me fez permanecer ali. Catherine disse "eu te amo" uma porção de vezes enquanto me batia na cabeça com a comadre. Eu tinha achado que ela me odiava, o que, suponho, também era verdade. Mas, enquanto os seguranças me pegavam pela parte de trás dos cabelos, me dobravam e me arrastavam para fora do hospital, quase quebrando meu braço, encontrei uma eufórica serenidade, como se meus pés não estivessem tocando o chão, o que de fato não estavam no momento em que os dois gorilas me jogaram na calçada.

Depois de um tempo, aproximei-me de um grupo de visitantes e os convenci a levar uma mensagem até o quarto 8 da maternidade. Entreguei-lhes um bilhete rabiscado nas costas de um cartão que encontrei perto do telefone público. Eles estavam tão cheios de boa-vontade com o mundo que não foi difícil lhes pedir um favor, embora tenham parecido hesitar um pouco quando viraram o cartão e viram a fotografia de uma puta peituda topless com a mensagem: "Dominatrix! Deixe-a castigá-lo!" Foi o único papel que encontrei.

– É uma piadinha particular – gaguejei. – Lá em casa, minha mulher gosta das coisas do jeito dela.

A mensagem dizia a Catherine que eu não estava longe e ficaria agradecido por um telefonema quando o bebê nascesse. Catherine não reconheceria o número porque se tratava do telefone público perto da Westminster Bridge. Depois, fui passar o dia sentado em um banco ao lado da cabine de telefone de minha escolha. De vez em quando, uma pessoa dirigia-se a ela, mas em seguida observava um papel anunciando "telefone quebrado", e partilhávamos uma expressão de "até que ponto está chegando este país".

A cada 15 minutos, o Big Ben batia me lembrando o quanto aquele dia estava demorando a passar. Consegui desenvolver plena consciência dos minutos sentando-me em frente ao maior relógio do mundo. A London Eye rodava devagarinho, chegava lá em cima e baixava de novo. Dediquei-me então a meu almoço. Antes de me sentar, eu abordara um casal abobalhado entrando no estacionamento do hospital com um bebezinho.

– Parabéns – disse eu.

– Obrigado – responderam ambos, orgulhosos e surpresos, enquanto a mãe e o bebê eram acomodados no banco traseiro do carro.

– Será que posso perguntar uma coisa? Ela comeu os sanduíches?

– Como?

– Os sanduíches que o senhor fez quando ela entrou em trabalho de parto.

– Não. Curioso o senhor comentar isso, porque ela nem tocou neles.

– Bem, o senhor se incomodaria de dá-los para que eu os distribua aos pobres da área? Faz parte de uma ação que estamos desenvolvendo.

– É claro. É uma ótima idéia.

O marido me deu os sanduíches, refrigerantes e até uma barra de chocolate. E, embora ela tivesse acabado de parir e parecesse inteiramente concentrada em seu recém-nascido, uma voz firme veio do banco traseiro:

– A barra de chocolate, *não.*

Minha longa vigília ao lado do telefone passou por vários estágios. De início, eu estava muito orgulhoso de mim mesmo pelos meus poderes organizativos em face das adversidades. Eu tinha um lugar com vista para o Tâmisa. Meu almoço estava em um saco à minha esquerda. Meu telefone público particular, à direita. Era somente uma questão de esperar. Mas uma hora se passou e o frio começou a roer minha moral, comecei a me preocupar. Primeiro, tive medo de que Catherine não fosse me telefonar, que tivesse rasgado o bilhete e que eu ainda estivesse ali muito tempo depois de ela ter saído do hospital. Depois, receei que o telefone estivesse quebrado de verdade, que eu tivesse posto um aviso sem antes verificar se o cartaz era verdadeiramente mentiroso. Fui ao telefone e disquei o 0800 da operadora.

– Alô, atendimento ao cliente, Janice falando, como posso ajudá-lo?

– Obrigado, era só isso que eu queria saber.

Aí fiquei ansioso, com medo de que Catherine tivesse ligado justamente durante aqueles dez segundos em que falei com a telefonista, encontrando a linha ocupada e decidindo não telefonar de novo. Será que eu deveria mendigar dez centavos de um passante para ligar para a maternidade e descobrir? Mas talvez fosse este o exato momento em que ela decidisse me telefonar. Essas ansiedades me consumiram tanto que acabei me cansando delas, podendo me dedicar a preocupações sérias e genuínas. Para que raios ela me telefonaria? E, se ela o fizesse, como eu deveria agir? Voltar para meu banco em Clapham Common? Os desempregados sem-teto têm mais problemas do que a maioria das pessoas, mas o pior de todos é passar horas e horas sem nada mais para fazer além de pensar neles. Pelo menos, quando general Custer tinha problemas, ele estava ocupado.

A tarde começou a cair. Os milhares de pessoas que passaram por mim em uma direção naquela manhã agora estavam fazendo o caminho de volta. As luzes dos barcos desapareceram sob a ponte, e os faróis foram diminuindo a velocidade. Com a escuridão, aumentou o frio, e a vontade de urinar, que eu tinha esperado que passasse se eu a ignorasse, transformou-se na minha grande e única preocupação. Andei para lá e para cá em frente a meu banco, cruzei as pernas, dei pulinhos, mas ficou insuportável. Eu tinha que permanecer ao alcance do telefone, mas precisava desesperadamente ir ao banheiro. Então é por isso que cabines de telefones sempre fedem a urina. Afinal, tive uma idéia. Furtivamente, peguei uma lata de cerveja descartada perto do telefone e decidi que nela eu realizaria minha façanha. Na ocasião, pareceu-me uma solução civilizada, mas nunca antes eu medira a capacidade da minha bexiga cheia. Nunca me passaria pela cabeça que fosse quatro vezes o volume de uma lata vazia de 50cl. A lata se encheu em dois segundos, quando então a torrente se tornara incontrolável. Eu não podia suportar a idéia de estar reduzido à situação de urinar em uma cabine de telefone público, então apertei a ponta do meu pênis e dolorosamente fechei a torneira. Todo esquisitão, empurrei a porta da cabine com a perna e contorci meu corpo para jogar a lata em um trecho de grama molhada do lado de fora, enquanto, com a outra mão, continuava a apertar meu pobre pênis dolorido, inchado a ponto de estourar, como uma mangueira de incêndio entupida em um desenho de *Tom e Jerry*. Foi aí que o telefone tocou.

Isso me fez saltar e entrar em pânico ao mesmo tempo.

– Alô? – disse ao telefone enquanto a urina se espalhava pelas minhas calças como uma barragem que arrebenta. – Oh, não! – e percebi que tinha derrubado a lata também, molhando de mijo os meus sapatos. – Ah, merda, caralho!

– Sou eu – disse Catherine. – Pensei que você queria que eu telefonasse.

– Não, eu queria. Desculpe. É que você me fez derrubar minha lata de mijo.

– O quê?

– Cerveja. Cerveja-cor-de-mijo.

Tentei afetar um ar de total normalidade, enquanto a urina escorria incontrolavelmente pelas minhas calças.

– Humm, e o que é que você tem feito?

Houve uma pausa.

– Tenho parido – respondeu, como se nada fosse.

– Ah, claro, claro, está certo.

Um homem passou pela cabine e olhou para mim através do vidro enquanto eu penava para esconder o fato de efetivamente estar usando-a como um banheiro público.

— Então, hum... o que é que você tem feito?

— Você acabou de me perguntar isso.

— Ah, sim, desculpe. Você disse que tinha estado parindo. Você vê que estou ouvindo.

As vaporosas Cataratas do Niágara dentro da cabine finalmente deram uma parada e, ainda pendurado ao telefone, abotoei minha braguilha com a outra mão.

— Bem, cansei — disse ela, afinal.

Sua voz estava estranha. Exausta, obviamente, mas fria e distante, o que me assustou um pouco.

— E o bebê está bem? — perguntei nervosamente. — Ele é saudável, tudo?

— Sim, completamente saudável e lindo. Cinqüenta centímetros, três quilos e oitocentos. Nasceu à uma e meia da tarde de hoje. Um menino, aliás, se você estava pensando em perguntar.

— Um menino! Fantástico! E você está bem, não é?

— É, foi muito fácil.

— Maravilhas da música das baleias — brinquei, mas Catherine não estava para dar risada.

— Olhe, é melhor você vir nos ver logo. Tenho que conversar com você. Convenci o pessoal do hospital a deixá-lo entrar. Eles me puseram na Ala Helen, sexto andar.

— Perfeito, obrigado. Tentarei ser o mais rápido possível — disse e desliguei.

Deveria ter acrescentado "antes terei que tirar essa urina da minha calça", mas não me pareceu apropriado. Peguei a lata meio cheia, meio vazia, e joguei-a no lixo. Do canto do olho, vi um pobre-diabo observar o líquido que espirrou da lata quando a atirei longe, e enquanto eu corria para o hospital, ele se aproximou do lixão, excitado e gozando por antecipação o primeiro gole.

– Boa noite – disse alegremente ao guarda que entrou no toalete masculino do hospital.

Eu concluíra que, se me comportasse como se fosse perfeitamente normal ficar ali de cuecas, segurando minhas calças enxaguadas sob o secador elétrico, ele talvez se convencesse. Ele não se convenceu.

– Derrubei café nas minha calças, então tive que lavá-las – disse a ele, dando-lhe a oportunidade de sorrir e compreender, mas ele não comprou a história.

Não demorou muito e eu já estava vestido de novo. Lavei meu rosto barbado e fiz de tudo para alisar meu ralo cabelo. Parecia um velho, mas tinha o ar nervoso de um menino que sai com uma garota pela primeira vez. Quando fui abrir a porta, percebi que minha mão estava tremendo. O deslumbramento que senti pelo nascimento de nosso filho levou minha ansiedade para um outro patamar. Uma nova vida já começara hoje, cabia a Catherine decidir se outra poderia começar para mim. Sentia que era minha última chance. Eu lhe dissera que seria diferente, que eu ia mudar. Se ela não achasse que devíamos ficar juntos depois de acabar de dar à luz nosso terceiro filho, então não acharia nunca mais. Apertei o botão do elevador como se tivesse sido convocado para ouvir o resultado da minha apelação. Deveria estar excitado mas, em vez disso, estava nervoso. Ela disse que me amava, ficava repetindo para mim mesmo, mas também me socou a cara. Pareciam sinais conflitantes. E, se me queria de volta, por que parecera tão fria e sem afeto ao telefone?

As portas do elevador se abriram e um alegre casalzinho saiu com um recém-nascido; obviamente, era o primeiro, a julgar pelo nervosismo com que o levavam para casa. Eu tinha esquecido como eram mínimos os recém-nascidos, o quanto pareciam saídos de um documentário de história natural.

– Lindo – eu disse.

– Eu sei – respondeu a mamãe tentando evitar que o imenso chapéu de algodão azul cobrisse inteiramente o rostinho do bebê.

O nascimento de um bebê é uma das poucas coisas que levam os britânicos a dirigir a palavra a estranhos. Bebês recém-nascidos, filhotinhos de cachorro e grandes desastres ferroviários.

O elevador chegou ao sexto andar e apertei a campainha para entrar na Ala Helen. Um corredor comprido alongou-se a minha frente. À minha direita, a primeira enfermaria com seis camas contendo seis mulheres muito diferentes. Catherine não era nenhuma delas. As mães vestiam somente robes ou camisola, mas estavam tão concentradas nos pacotinhos em seus bercinhos de plástico que não davam a mínima para um homem passando e olhando para cada uma delas. A enfermaria seguinte tinha um outro grupo de mamães, todas muito diferentes de Catherine, o que só confirmou para mim minha impossibilidade de me interessar por outra mulher. A última enfermaria era perto da sala de televisão e as vozes distorcidas dos atores podiam ser ouvidas pela porta aberta.

– Oi, Michael – disse a voz de Catherine atrás de mim.

Havia uma fresta entre as esfarrapadas cortinas verdes que tinham sido puxadas em volta da primeira cama, e me dirigi para ali. Passei pela cortina, Catherine estava sentada na cama vestindo uma velha camiseta minha do Radiohead. Não parecia muito feliz por me ver. Para falar a verdade, parecia um tanto amedrontada. Debrucei-me para beijá-la no rosto, e ela não resistiu.

– Parabéns.

Ela não disse nada e devolveu-me um olhar vazio.

– Bem, quer dizer, então onde está meu menininho? – gaguejei, tentando fazer um ar de família normal e feliz, tornado ainda mais surreal pela vinheta melódica de assinatura do programa ecoando da sala de televisão.

Então olhei para baixo e vi um bebezinho mínimo adormecido no berço, embrulhado em um cobertor de hospital, com uma etiqueta de plástico azul amarrada no pulso. Ele era uma miniatura tão perfeita, com cada pequeno detalhe tão amorosamente trabalhado, que me fez querer acreditar em Deus.

– Oh, ele é lindo – disse eu –, ele é tão lindo.

Vi como os cílios do bebê eram curvados com tanta habilidade e dispostos a mínimos mas exatos intervalos, e como a pequena circunferência de suas narinas formava círculos perfeitos. E aí ouvi a voz de Catherine dizer:

— Ele não é seu, Michael.

Inicialmente, não consegui registrar. Em seguida, percebi o significado do que acabara de dizer e olhei para ela, abestalhado pela total incapacidade de compreensão. Lágrimas enchiam seus olhos.

— Ele, não seu — repetiu ela, e para responder à minha perplexa confusão, acrescentou: — Você nunca estava lá — e começou a soluçar incontrolavelmente. — Você nunca estava lá.

Só fiquei olhando para ela, buscando alguma lógica.

— Mas por que você diz isso? Você, com quem...

— Klaus.

— *Klaus?!*

— Eu estava sozinha, e dividimos uma garrafa de vinho e... não sei...

— O quê? Uma coisa levou a outra, imagino.

— Não grite.

— Não estou gritando — gritei. — Mas você me abandonou por eu enganá-la, quando o tempo todo você estava carregando o filho de outro na barriga.

Seus soluços ficaram mais altos; roncos animais desgraciosos que contorciam seu rosto.

— De qualquer maneira, como você sabe que é dele? Nós trepamos sem camisinha, você se lembra?

– Eu fiz aquilo porque sabia que estava grávida. Para me proteger, para que você não tivesse que saber. Quando eu ainda achava que você era um bom pai, mas agora é tarde demais para isso.

– Mas ele ainda pode ser meu – implorei desesperadamente, olhando para o berço, desejando identificar algum traço distintivo que eu partilhasse com aquele bebê. Não havia nenhum. Se fosse uma questão de com quem o bebê se parecia, claramente Catherine tinha ido para a cama com sir Winston Churchill.

– A data faz com que seja dele. Você pode fazer um teste de DNA, se não estiver convencido, mas até lá tem que levar em conta minha palavra. Este filho não é seu.

Ela me encarou fixamente; tinha um ar desafiador e até orgulhoso por ter posto o último prego no caixão desse casamento.

– Ele sabe? Quero dizer, você chegou a contar antes de ele voltar para Munique?

– Não, esta criança não tem pai – o choro começou de novo.

Uma parte de mim queria lhe dizer "tudo bem, pare de chorar agora, não é tão ruim assim". Mas é claro que era ruim, era muito ruim.

Eu realmente não sabia o que fazer. Parecia que não tinha o menor sentido eu permanecer ali. Estava visitando uma mulher que já dissera que não queria mais ficar casada comigo e que agora acabara de ter um filho de outro homem. Abri a cortina, voltei para o corredor e tentei sair voando daquela maternidade. Uma enfermeira que vinha passando deu-me um sorriso beatificado, que é a maneira normal de se olhar para alguém em um corredor de maternidade, mas acho que não consegui retribuir. Não me lembro de ter passado pelo portão daquela ala, mas devo ter feito isso.

Todos aqueles meses em que observei sua barriga crescer, passando-lhe lenços de papel quando ela vomitava de manhã, olhando a imagem do feto pelo aparelho de ultra-som, indo a cursos para pais, sentindo o bebê chutar dentro dela, ansiosamente aguardando notícias do nascimento; todo aquele investimento emocional de repente acabou-se. Depois que ela foi embora, fiquei sonhando que esse bebê fosse capaz de nos reunir mais uma vez. Mas ele nos separou definitivamente.

Apertei o botão do elevador, sem saber muito bem para onde ir depois que saísse do hospital, ainda zonzo do choque. Minha cabeça estava rodando com cem idéias confusas e furiosas. Catherine achou que eu tinha agido tão mal com ela; comportou-se como a parte ofendida, pobre vítima de minha insensível trapaça, e no entanto, o tempo todo, crescia dentro dela a testemunha da mais fundamental das traições. Na minha amarga confusão, não conseguia deixar de me ressentir pelo fato de ela ter querido fazer sexo com o vizinho de porta, quando nunca parecia estar a fim de trepar comigo. Quando estivéramos juntos, não transávamos três vezes ao dia, e de repente eu sumi, deixando-a com seu insaciável apetite sexual sem vazão possível. Desde que vieram as crianças, o sexo virou algo para o qual ela estava sempre muito cansada. Ela me disse que, quando se passa o dia com crianças pegando em você, à noite não se quer o marido pegando também. Mas ela não ficou cansada demais para trepar com o jovem estudante musculoso da casa ao lado. Não é de surpreender que ele fosse tão simpático comigo. Ele tinha desentupido minha pia, consertado os fusíveis, regulado a torneira; nenhum trabalho era trabalho demais. Engravidar sua mulher? Nenhum problema, Mikey. Dou um pulinho lá quando você estiver fora.

O elevador não dava sinal de querer chegar, então fiquei apertando o botão um montão de vezes, embora soubesse que isso não faz diferença nenhuma. Será que ela havia pensado em Millie e Alfie quando corneou o marido? Pensou aonde isso os levaria quando eu descobrisse a respeito de sua tórrida noite de paixão? Ou talvez não fosse somente uma noite, talvez fosse uma série de noites, talvez esse caso estivesse rolando há anos. Talvez ele não tivesse voltado para a Alemanha, mas estivesse arrumando uma casa em algum lugar de Londres para onde iriam também Catherine e as crianças com o novo bebê. Sim, quando ela descobriu acerca da minha vida dupla, encontrou a desculpa que estava esperando. Fiquei ruminando essa teoria e decidi que tinha um pequeno defeito. Eu dera uma carona a Klaus até o aeroporto e ele me mandara um cartão-postal de Munique em agradecimento. Seria uma cobertura desnecessariamente elaborada. De qualquer maneira, Catherine me contara o que aconteceu; se a verdade fosse pior que isso, não acho que ela deixaria de revelá-la.

Ela havia trepado uma vez com o cara da casa ao lado. Será que eu não poderia perdoá-la por isso? Isso era pior do que o longo abandono a que eu a submetera? Eu não a tinha deixado sozinha uma noite após outra? Não tinha quase sido sexualmente infiel também? Meu ressentimento desmoronou quase tão rapidamente quanto eu o construíra. Era como se o elevador estivesse deliberadamente me fazendo esperar, forçando-me a refletir sobre o que eu estava deixando para trás. Visualizei Catherine e eu aconchegados com as crianças em seus pijamas, vendo um vídeo juntos, lembrei-me da confiança transparente nos rostos de Millie e Alfie quando olhavam para mim, e comecei a chorar. O que as crianças tinham feito para merecer essa confusão? Como tínhamos chegado a isso? Oh, Millie, Alfie, desculpe. Tudo estava em ruínas, e minhas lágrimas explodiram como uma represa; toda a pressão contida desde nossa separação de repente subiu à superfície. Virei meu rosto para o quadro de avisos e tentei me recompor. Olhei para as fotografias de uma porção de nenéns que tinham passado pela unidade de tratamento intensivo alguns anos antes – imagens de pequeninos bebês prematuros agarrando-se à vida em tendas de oxigênio junto de fotos das criancinhas saudáveis e espertas em que tinham se transformado, e me emocionei de novo. Caí em pranto desesperado, a torneira completamente aberta, pondo tudo para fora. As portas do elevador se abriram e se fecharam de novo e, quando finalmente me recompus, voltei e apertei o botão mais uma vez.

Ao se abrirem, as portas revelaram um velhinho esquálido em um pijama folgado e amarfanhado. Parecia tão perto da morte que quase esperei a Indesejada das Gentes pular para o elevador na minha frente, pedindo desculpa pelo atraso. Seu corpo trêmulo mantinha-se em pé graças à ajuda de um andador, e sua pele manchada estava esticada perto da boca e das bochechas.

— Entra ou não entra? — perguntou-me.

Dentro de poucos anos, meu pai estaria assim, só e perto da morte. Um caso estúpido quando estava na faixa dos trinta, e passou o resto da vida procurando pelo amor que tivera com minha mãe.

— O senhor vai entrar ou não? — repetiu ele. — Porque eu não tenho o dia todo — apesar do fato de, claramente, ele ter o dia todo.

— Desculpe — disse eu, dei a volta e deixei-o lá.

Fui até as cortinas verdes em volta da cama de Catherine.

— Ele tem — disse a ela ao passar pela fresta.

Ela levantou o olhar, surpresa de me ver, os olhos ainda vermelhos.

— O quê? — perguntou, intrigada.

— Você disse que este menininho não tinha um pai. Mas ele tem. Eu posso ser o pai dele.

Ela levantou as sobrancelhas, o que entendi como um convite a continuar.

— Ele é irmão de Millie e Alfie, por que não posso ser o pai dele? Ele é filho da mulher que eu amo. Eu não estive lá para os dois que são meus, então estarei lá para este. Prometo,

Catherine. Estarei lá para os momentos difíceis e os fáceis. Eu sei como uma criança se sente quando é abandonada pelo pai. Deixe-me ser o pai deste menininho; deixe-me ser um pai de verdade para Alfie e Millie.

Um auxiliar de enfermagem puxou a cortina para oferecer uma bandeja de comida.

– Desculpe – disse a ele –, pode nos dar um minutinho? – e puxei a cortina de volta. – Catherine, estarei lá quando você estiver chateada e aborrecida e quiser alguém somente para ter com quem reclamar da vida, alguém que vai dar solidariedade em vez de sugestões para resolver todos os problemas. Estarei lá quando você se preocupar com ele, mesmo que eu não ache que haja motivo de preocupação. Vou sentar e ouvir até que tenhamos dito tudo. Estarei lá para brincar todas as brincadeiras, fingindo que adoro ficar movendo figurinhas do *Power Ranger* sobre o tapete. E estarei lá quando não estivermos fazendo nada, somente passando as horas juntos, porque a vida, e isso eu não entendia, é assim – passar o tempo com a família é um fim em si mesmo, e é preciso programar um tempo para se perder tempo juntos. E, agora que aprendi o que eu devo fazer, eu sei que vou fazer.

Catherine não disse nada, apenas me olhou.

– Acabou? – perguntou o auxiliar de enfermagem do outro lado da cortina.

– Sim, obrigado – disse, pegando a bandeja.

– Carne ao curry.

– Carne ao curry. Ótimo. É seu prato predileto.

A expressão de Catherine não se alterou. Fiquei parado esperando algum tipo de pista para o que ela estava pensando.

– Não quero isso – disse ela finalmente.

Senti de repente minhas entranhas vazias.

– Mas, Catherine, você tem que nos dar mais uma chance.

– Não, não quero carne ao curry. Não dá para ver se tem uma salada?

– Num minuto, vamos só resolver isso antes. Você vai criar este menino sozinha, ou vamos fazer isso juntos?

– Você me perdoa? Simplesmente assim? – ela perguntou, devagar.

– Bem, na verdade, estava pensando em fazer um negócio. Existe alguma coisinha de errado que eu tenha feito nos últimos dois anos pela qual você queira me perdoar, mesmo que seja em parte?

Era a primeira vez que eu a via rir desde que nos separáramos. Somente um meio sorriso amarelo, mas o retorno dele era como um súbito sinal positivo em um cardiograma: havia vida onde já não houvera nenhuma.

– Mas você sempre vai saber que este filho não é seu.

– E daí? Você tem razão, eu nunca estava lá. Mas Klaus não estará lá para este bebê, e por que você deveria ser abandonada de novo?

Estava tudo tão claro em minha cabeça, falava com um zelo missionário. Eu sabia que esse era o único caminho. Catherine deveria compreender que isso era o certo.

– Você realmente está preparado para criar um filho de outro homem como seu?

– Ele nunca vai saber que é meio alemão. Aliás, o que você acha do nome Karl-Heinz Adams? Tem uma sonoridade legal, não é?

Ela riu de novo, agora de verdade.

– Você tem que entender, Michael, que, se vamos tentar de novo, as coisas nunca mais serão as mesmas. Nunca mais vou confiar em você como eu confiei, algo terminou para sempre.

Meneei a cabeça, nervoso por saber de que lado a moeda cairia.

– Você foi egoísta e imaturo e desonesto e cego e frio e auto-indulgente.

Tentei pinçar um adjetivo que não estivesse sendo usado com justiça, mas não achei. Como era isso de Catherine ter tantas palavras a sua disposição? Por que sempre tínhamos que discutir com palavras? Daquela maneira, ela sempre ia vencer. Se pudéssemos discutir usando notas musicais, acordes e linhas melódicas, talvez eu tivesse alguma chance.

– Mas – continuou ela –, mas se você está preparado para me perdoar, talvez tenhamos alguma base sobre a qual construir nossa relação. Você pode me prometer que daqui por diante, você promete que será sempre honesto, que nunca mais vai desaparecer em alguma fantasia solipsista?

Fiz uma pausa.

– Eu... eu não sei.

O rosto dela caiu. Era a resposta errada.

– Bem, se você não tem certeza, não sei como podemos ter algum futuro juntos.

– Não, não – gaguejei. – Só não sei o que é "solipsista". Eu ia fingir e dizer sim, mas estou tentando ser honesto.

– Quer dizer que você tem que entender que não é a única pessoa no raio desse mundo.

– Eu entendo, eu entendo. Só não queria prometer não ser solipsista quando podia se tratar de alguma desordem alimentar.

– Você tem que entender que, a partir do momento em que temos filhos, eles se tornam mais importantes do que nós mesmos.

– Eles são mais importantes, Catherine, eu juro. Todos três. Mas você é mais importante ainda. Eu te amo; só fui entender isso tão claramente depois de te perder, e o fato de que você acabou na cama com o Klaus só confirma para mim o quanto estava se sentindo abandonada. Vamos começar de novo. Por favor, Catherine, me aceite.

Ela parou.

– Apenas condicionalmente – e estendeu os braços para mim, e eu a abracei longamente e com força, como se tivesse acabado de ser salvo de um afogamento.

– Obrigada por me perdoar – disse ela puxando-me para perto de si. – Eu precisava saber que você perdoaria. Se você estivesse realmente preparado para se comprometer a criar o filho de Klaus como seu, você teria que merecer uma segunda chance.

Ela me abraçou com força, segurando firmemente a parte de trás de minha cabeça enquanto eu me encolhia em agonia silenciosa, sem querer mencionar o leve arranhão onde eu tinha batido com a cabeça nos cilindros de oxigênio depois que ela me derrubou no chão. Mas estava tudo bem. Estávamos juntos de novo. Éramos uma família.

— E eu te perdôo, apesar de você ainda ter um defeito grave ao qual jamais me acostumarei.

— O quê? — perguntei, ansiosamente, afastando-me dela.

Ela me olhou nos olhos.

— Michael, se você realmente acreditou naquele papo de eu ter dormido com o Klaus e ter parido um filho dele, então realmente você é um babaca de marca ainda maior do que eu já sabia.

E uma gargalhada represada explodiu na sala de tevê.

capítulo doze

a maior conquista de um homem

– Eu os declaro marido e mulher – disse o jovem padre com entusiasmo, e a congregação uniu-se em um espontâneo aplauso.

Mulheres mais velhas em chapéus esquisitos trocaram olhares de aprovação, e até o padre entrou no clima alegre para mostrar que a igreja não tem que ser sempre séria e sisuda. Também bati palmas da melhor maneira possível, considerando que eu estava carregando um bebê de nove meses. O barulho o excitou e ele me deu vários chutes aleatórios e balançou os braços em sinal de animada aprovação. Catherine levantou Alfie para ele ver o noivo e a noiva se beijando um pouquinho mais apaixonadamente do que seria apropriado. O padre havia dito "você agora pode beijar a noiva", não "você agora pode botar a língua na garganta da noiva e apertar seu bico do peito".

O convite para o casamento foi quase um choque para mim; uma mensagem no meu celular de alguém que eu não via fazia meses. Jim estava se casando com Kate. O amigo com quem eu vivi estava casando com a garota com quem eu quase dormi. Talvez eu devesse ter explicado isso aos organizadores da cerimônia na igreja quando eles perguntaram: "O noivo ou a noiva?" Deveria ter deixado para eles decidirem onde eu iria me sentar. Uma vez que me acostumei com a idéia do casamento, fiquei muito feliz pelos dois. Era um casal perfeito: ela ganhava uma fortuna e trabalhava muito, ele gastava uma fortuna e não trabalhava nada. Há algo de tão abandonadamente romântico em casamentos religiosos que não se pode deixar de acreditar que o casal será feliz para sempre. Até quando Henrique VIII se casou pela sexta vez, a congregação deve ter pensado "ah, enfim o verdadeiro amor, ele definitivamente prometeu não cortar a cabeça dela dessa vez". Mas, vendo Jim e Kate saírem da igreja, eu não conseguia deixar de pensar como eles não tinham a menor idéia dos problemas que os aguardavam.

O meu próprio casamento, depois de lenta convalescença, recuperara a saúde ao longo dos nove meses anteriores. Demos o nome de Henry ao bebezinho – por alguma razão, todos os nossos filhos tinham nomes que lhes davam um ar de pequenos órfãos de algum drama de costumes vitoriano. Ele tinha olhos azuis e cabelo louro. Nem Catherine nem eu éramos remotamente louros, mas, seguindo o roteiro dela na maternidade decidi que provavelmente não seria apropriado questioná-la mais a fundo sobre a paternidade do bebê. Os acontecimentos daquele dia eram agora uma névoa bastante surreal. O júbilo pelo fato de aquela criança ser meu filho afinal de contas mesclava-se com a fúria de curto prazo reprimida por Catherine me ter submetido a tal calvário emocional. Havia até uma pequena parte secreta de mim levemente desapontada – por ela não ter fraudado tanto quanto eu, por não estarmos empatados, por eu ter ficado como o único vilão da história. Anos a fio, eu a vi enganando as pessoas e saindo-se de situações desesperadas com as mais absurdas e audaciosas mentiras, mas nada me preparara para o teste a que me submeteu quando Henry nasceu. Perguntei-lhe o que teria feito se eu não tivesse voltado e a perdoado, comprometendo-me a assumir a paternidade do bebê que eu pensava ser do Klaus. Ela respondeu que teria entrado em contato com o pai verdadeiro de Millie e Alfie e voltado para ele. Eu ri muito e alto, sem a menor convicção.

Henry virou um bebezão que ria de tudo e que, sem qualquer motivo, nos acordava à noite com as mais abjetas lágrimas de tristeza, lágrimas que logo terminavam quando a mãe ou o pai, que ele amava tão completamente, o pegavam no colo. Bebês experimentam suas emoções no mais alto volume, com uma intensidade extrema que só se repete quando crescem e têm seus próprios filhos. Ele se comportou perfeitamente durante todo o casamento. Aliás, alguns dos sons que fez quando foi cantado *To be a pilgrim* saíram mais afinados do que os esforços dos parentes do noivo, sentados à nossa frente. Na recepção, ele adormeceu no canguru de náilon azul luminoso, que não combinava nada com o terno claro que aluguei. Ele babou nas minhas costas, e para todas as mulheres no casamento fiquei de repente muito atraente e gostoso, e todos os homens se sentiram malvestidos porque não tinham um bebê molhando seus colarinhos.

Chegamos ao nome Henry bastante rapidamente. A sugestão tinha sido minha e, quando contei a Catherine meus motivos, ela adorou minha escolha. Telefonei para meu pai, que atendeu e disse: "Henry Adams falando". Disse-lhe que estava telefonando da maternidade porque Catherine e eu tínhamos voltado e ela havia dado à luz um menininho que queríamos que recebesse o nome dele.

– Boa idéia, porque ainda tenho várias placas de identificação com o nome Henry Adams que posso legar para ele.

Quis gritar: "Papai, acabo de lhe dizer que meu filho vai se chamar como você. Não se preocupe com placas de identificação!"

– Legal – eu disse. – Muito obrigado.

Na verdade, Catherine e eu ficamos morando com meu pai por algumas semanas até conseguirmos alugar alguma coisa para a gente. Ela limpou a despensa dele e alega que, quando gritou "a guerra acabou!", vários pacotes de ovo em pó saíram de seus esconderijos atrás de ameixas enlatadas, onde estavam desde 1945. Embora estivéssemos gratos a meu pai, no final estávamos desesperados para mudar para um lugar nosso, onde o aquecimento não estivesse sempre demais, a televisão alta demais, e as crianças não fossem incentivadas a sair e brincar na estrada A347. Eu nunca faria uma hipoteca de novo, mas muitas coisas em nossas vidas teriam que ser diferentes a partir daquele momento; tínhamos ambos muitos ajustes a fazer. Finalmente, alugamos uma casa de quatro quartos em Archway, e eu montei um estúdio em um quarto apertado no sótão. Na nossa primeira noite lá, olhamos as crianças adormecidas em suas camas novas e eu disse a ela:

— Três filhos são bastante para mim, Catherine. Sei que você gostaria de ter quatro, mas acho que devemos parar em três.

Houve uma pausa, e ela disse simplesmente "OK".

Descemos, preparei a mamadeira noturna e percebi que estava medindo o leite em pó sem aplainá-lo com a faca. Catherine estava sentada à mesa da cozinha, folheando uma revista. Agora, finalmente, ela conseguia deixar que eu me virasse com essas tarefas. Tivéramos uma discussão porque ela se irritou quando fiz algo errado, mas, audaciosamente, afirmei:

— Você não pode ganhar sempre, Catherine. Não dá para ter um homem que divida as tarefas de casa com você e ainda faça tudo a sua maneira.

O casamento acabou, e levamos as três crianças para tomar sol fora da igreja, onde, sem muito entusiasmo, sugeri a Millie que talvez não fosse muito legal ficar escalando os túmulos do cemitério ao lado, como se aquilo fosse um playground. A minha frente, estavam meus antigos companheiros de apartamento, que não souberam que eu era pai durante todo o período em que moramos juntos. Olharam para mim estupefatos, e eu me senti muito orgulhoso ao me aproximar deles. Apresentei minhas crianças às crianças com quem eu tinha morado. Millie e Alfie disseram um "oi" bonitinho e educado, e consegui reprimir minha surpresa e agir como se isso fosse inteiramente normal. Tudo naquele dia parecia perfeito. O sol brilhava, o champanhe corria e nenhuma outra mulher estava usando o mesmo vestido que Catherine. Ela havia ficado genuinamente preocupada a esse respeito, uma ansiedade tão estranha a tudo que eu possa começar a compreender, que acho que prova sem sombra de dúvidas como os dois sexos são diferentes. Como era de manhã, os homens estavam todos com ternos claros, mas não caí em lágrimas quando vi vários deles vestindo exatamente o mesmo modelo que eu.

Apresentei minha mulher a Jim, Paul e Simon. Jim ficou muito impressionado com o fato de eu ter guardado esse segredo para mim. Jogou charme para Catherine, elogiou-a e a fez rir e, dado que era o noivo e portanto já o centro das atenções, fiquei preocupado com o tanto que Catherine gostou dele. Paul estava com seu namorado, que foi muito frio comigo, como se eu ainda representasse uma ameaça a seu novo relacionamento. Quanto ao próprio Paul, acho que ele achou que o fato de eu ter mulher e filhos só provava ainda mais os esforços extraordinários que alguns gays reprimidos eram capazes de fazer para negar a si mesmos sua condição. Mas havia algo mais sereno em torno dele agora; tinha-se a impressão de que, quando a noiva cortou o bolo, ele não ficou pensando em quem ia lavar a faca depois. No entanto, ao longo da recepção, ele ficou conversando com a mãe divorciada de Kate. Ela havia consumido um bocado de champanhe e tinha um quarto reservado em um hotel e, bem, uma coisa levava a outra...

Kate estava linda e, quando me aproximei dela para apresentá-la a minha mulher, de repente me peguei querendo muito que elas se entendessem. Mas aconteceu algo terrível: elas se entenderam bem *demais*. Ficaram conversando por horas a fio, e logo Catherine estava sugerindo datas para eles irem jantar lá em casa, enquanto eu tentava surpreender seu olhar com súbitos movimentos de cabeça. O problema é que eu sempre teria tesão na Kate. Não queria me transformar nesses velhos gordos que se deliciam despedindo-se das amigas da mulher com beijinhos, depois de uma noite regada a vinho.

– Bem, foi um casamento maravilhoso – disse Catherine. – Vocês fazem um casal lindo.

– Obrigada – respondeu Kate.

– E tudo bem, Michael me contou sobre a noite da piscina.

Eu decidira que era melhor ser aberto e honesto acerca de tudo que aconteceu.

– Ela é muito bonita – disse Catherine mais tarde. – Fiquei surpresa de você não achá-la especialmente atraente.

Bem, honesto acerca de quase tudo.

Enquanto a recepção se desenrolava, fui convencido a tocar o belo Steinway do salão do hotel e, sem o menor respeito, totalmente entregue, rasguei o teclado lustroso do piano com um animado boogie-woogie. A pista de dança ficou lotada, e Millie e Alfie dançaram um twist muito louco e animado. Cada número saía naturalmente depois do outro, e os dançarinos rodopiavam, batiam palmas e gritavam e, justo quando eles precisaram respirar, Millie veio e sentou-se no meu colo e perguntou se podia tocar uma canção que eu lhe ensinara, e todos silenciaram e esperaram. Minha angélica filhota de quatro anos tocou as notas de abertura de *Lucy in the sky with diamonds* com tal perfeição, e um natural ouvido de músico para o ritmo e a interpretação, que todo mundo ficou boquiaberto com seu talento, e olhei para Catherine e vi que ela estava mordendo o lábio, tentando segurar as lágrimas, e sorriu para mim com tanto amor e orgulho que eu quis sair voando pelo salão.

A banda voltou e dancei e rodei tanto com Millie, que apertou meu pescoço com suas mãos com tanta força, e eu quis que ela ficasse com aquela idade para sempre, só dançando com ela pendurada em mim, me amando e confiando em mim tão completamente. Passamos a noite naquele hotel bacana, os cinco em um quarto, e de manhã fui acordado pelo barulho das crianças. Elas pularam em nossa cama e ligamos a televisão e elas se enfiaram entre nós embaixo do edredom enquanto cochilávamos um pouco mais, e veio o anúncio da Gilette e ouvi o homem cantar "a maior conquista de um homem".

Ri para mim mesmo e pensei, já alcancei, obrigado. Contei a Catherine acerca do slogan e como eu o fizera uma máxima pessoal. Ela disse que jamais interpretara a frase como eu. Para ela, "a maior conquista de um homem" não tinha tanto a ver com ter, adquirir, conquistar, mas com ser, com se tornar. Estava mais para conquista existencial do que conquista material.

Catherine podia estar olhando para mim, mas mantinha um olho grudado na televisão em caso de passar o comercial em que ela atuara. Essa era outra conseqüência do nascimento de Henry. O fato de eu ter me deixado convencer plenamente pelas lágrimas desafiadoras e pela amarga autodefesa de Catherine na maternidade me recordaram a espetacular atriz que ela havia sido. Com algum incentivo da minha parte, ela entrou em contato com seu antigo agente, recomeçou a fazer testes e logo conseguiu uma pequena parte em um horroroso programa de humor que exigiu o máximo de sua capacidade de atuação quando o roteirista lhe perguntou se o script estava engraçado. A quantia que ela recebeu foi revoltante; muito mais do que eu já ganhei na minha vida.

Quando ela ia trabalhar, era minha vez de cuidar das crianças. Catherine ficava fora desde cedo de manhã até tarde da noite, e algumas vezes as filmagens envolviam um pernoite. E assim eu me via sozinho com os filhos por dois dias seguidos, sendo acordado ao longo da noite e ainda obrigado a tomar conta deles durante o dia. Tinha que vesti-los, fazer o café-da-manhã, tinha que tentar evitar que Millie e Alfie se jogassem mutuamente biscoitinhos mastigados enquanto eu trocava a fralda de Henry, tinha que me vestir, escovar os dentes deles, calçar sapatos e luvas e correr com Millie para a creche empurrando os carrinhos gêmeos de Henry e Alfie, sempre tentando manter uma atmosfera de carinho e harmonia na casa. Fui bem-sucedido em nove de dez ocasiões.

Todo mundo esperava que eu dissesse que cuidar dos meus filhos o dia inteiro era a mais gratificante atividade que já desempenhara. Certamente, foi a atividade mais difícil que já realizei, mas nada mudou minha opinião sobre a chatice das crianças. Só que agora eu entendia que ter uma família e criar os filhos é difícil porque tudo que vale a pena na vida é difícil. É a diferença entre os meus jingles e a Nona de Beethoven.

O comercial de Catherine não passou, e ela foi se consolar sumindo na sauna e na piscina do hotel enquanto eu brincava com as crianças. Depois sugeriu que eu usasse as instalações esportivas, o que me pareceu uma boa idéia, mas logo vi que é possível jogar croquê sozinho apenas por um tempo limitado. Finalmente, parecia que tínhamos alcançado um equilíbrio em nosso casamento, uma compreensão de que estávamos nessa juntos, para nosso bem e para o bem das crianças. Nós nos prometemos ser sempre francos um com o outro, trabalhar em equipe, e pessoalmente eu sentia um gostinho de satisfação por, depois de tudo que passamos, ainda conquistarmos tanta honestidade e confiança.

Paguei a conta do hotel, o gerente agradeceu e, depois de refletir, gritou:

— Até a próxima, sra. Adams.

Enquanto descíamos as escadas, perguntei por que ele dissera isso. Catherine riu e me contou. Nenhum de seus trabalhos até agora envolvera pernoite. Ela passara aquelas noites sozinha em hotéis de luxo como esse.

Este livro foi composto na
tipologia Adobe Garamond em corpo 12,8/17,5
e impresso em papel off-white 80g/m²
no Sistema Cameron da Divisão Gráfica
da Distribuidora Record